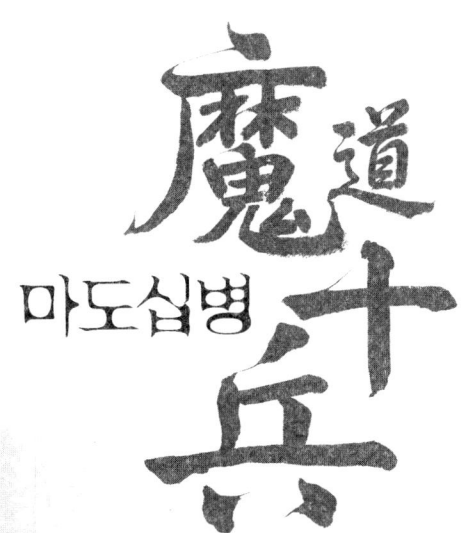

魔道十兵

마도십병

마도십병 2
조돈형 新무협 판타지 소설

초판 1쇄 찍은 날 § 2006년 8월 21일
초판 1쇄 펴낸 날 § 2006년 8월 26일

지은이 § 조돈형
펴낸이 § 서경석

편집장 § 문혜영
편집책임 § 장상수
편집 § 유경화 · 심재영

펴낸곳 § 도서출판 청어람
등록번호 § 제1081-1-89호
등록일자 § 1999. 5. 31
어람번호 § 제2-0986호

주소 § 경기도 부천시 원미구 심곡1동 350-1 남성B/D 3F (우) 420-011
전화 § 032-656-4452 팩스 § 032-656-4453
http://www.chungeoram.com
E-mail § eoram99@chollian.net

ⓒ 조돈형, 2006

ISBN 89-251-0274-9 04810
ISBN 89-251-0272-2 (세트)

※ 파본은 본사나 구입하신 서점에서 교환하여 드립니다.
※ 저자와 협의하여 인지를 붙이지 않습니다.

Fantastic Oriental Heroes

魔道十兵

마도십병

조돈형 新무협 판타지 소설

②

목차

제10장	이게 독이야?	7
제11장	제가 가겠습니다	39
제12장	장부(丈夫)의 길	67
제13장	미륵하생(彌勒下生) 성녀재림(聖女再臨)	109
제14장	잔잔한 호수에 비친 가을 달	135
제15장	약속은 어기라고 있는 것이다	161
제16장	오중제일산(吳中第一山)? 이것도 산이냐!	191
제17장	강을 건너려고 그러시오?	227
제18장	너, 뭐 하는 놈이냐?	259
제19장	누구에게 죽는 것인가?	307
제20장	사과는 원래 이렇게 먹어야 제 맛	331

제10장

이게 독이야?

첫 번째 시험을 통과한 인원은 구십일 명, 떨어진 인원은 정확히 열둘이었다.

문관을 통과한 이들은 도한의 안내로 다음 시험 장소로 이동했다.

잠시 후, 걸음을 멈춘 도한이 말했다.

"두 번째 시험을 치를 곳이오."

좌중이 술렁이기 시작했다. 그들 눈앞에 직경이 거의 삼 장이나 되는 연못이 들어왔기 때문이다.

예상대로 시험은 그 연못과 관련이 있었다.

"신객을 하려면 자신을 지킬 수 있는 최소한의 무공, 특히 경공은 필수고, 이곳은 그 경공을 시험하는 곳이 되겠소. 저 연못을 뛰어넘어 보시오. 뛰어넘으면 통과, 못하면 당연히 탈락이오."

이곳저곳에서 무거운 침음성이 터져 나왔다.

삼 장이면 무공을 익힌 사람이라도 결코 만만하게 여길 거리가 아니었다.

"내가 먼저 하겠소."

한 사내가 나섰다.

제법 험상궂은 얼굴에 건들거리는 발걸음이 어디에서 힘깨나 쓰던 인물 같았다. 하지만 힘찬 기합성과 함께 지면을 박차고 뛰어오른 사내는 반대편 연못가에 이르지 못하고 수면에 코를 박으며 허무하게 빠져 버리고 말았다.

풍덩!

요란한 소리와 함께 큰 물보라가 튀었다.

연못으로 추락한 사내가 미처 빠져나오지 못하고 허우적거리고 있는 사이 도한이 냉정하게 소리쳤다.

"탈락! 다음!"

감정의 기복을 느낄 수 없는 차가운 음성이었다.

그의 말에 따라 한 사람씩 연못을 건너기 시작했다. 앞서 멋모르고 덤볐던 사내의 실패를 의식했는지 저마다 신중을 기하는 모습들이었다.

"탈락!"

"합격!"

"탈락!"

당락을 가르는 도한의 음성이 연거푸 들려오고, 응시자의 수는 급격하게 줄었다.

어느덧 일차 합격자의 끝 자락에 섰던 묵조영의 차례가 되었다.

그의 순서가 오기까지 연못을 뛰어넘어 합격한 사람은 모두 이십칠 명, 탈락한 사람은 칠십에 육박했다.

"다음."

그의 차례임을 알리는 도한의 음성이 들렸다.

앞으로 나선 묵조영이 지그시 연못을 살폈다.

제법 멀기는 했으나 다른 사람은 몰라도 그에겐 그다지 어려운 거리가 아니었다.

과거 을파소는 그에게 여러 마교 무공을 전수했다. 그 이후의 성취도에 대해선 가타부타 말을 하지 않았지만 천마호심공을 비롯하여 정색을 하고 가르친 무공이 두 가지가 있었으니 바로 고신척영(孤身隻影)이라는 경공술과 만뢰구적(萬籟俱寂)이란 보법이었다.

'외로운 몸에 단지 그림자 하나뿐'이라는 뜻을 지닌 고신척영은 과거 천마 조사가 홀로 세상을 주유할 때 만든 것으로 빠르기가 가히 바람과 같다고 하여 섬전풍(閃電風)이라는 이름으로 불리기도 하는 마도 사상 최고의 경공술이었다. 그리고 밤이슬이 내리는 고즈넉한 호수 변에서 탄생한 만뢰구적 역시 정중동의 묘리가 극에 달한 극상의 보법이었다.

'하지만 쓸 수는 없지. 누가 알아보면 안 되잖아?'

당연히 쓸데없는 생각이었다.

어차피 본 실력을 보이는 것도 아니고 단순히 연못 하나 뛰어넘는 수준의 것이라면 그것이 마교의 고신척영인지 무당의 제운종(梯雲縱)인지 구별하기란 애당초 불가능했다.

그러나 돌다리도 두드려 보고 건너라는 말이 있듯 모든 불안 요소를 배제하려 한 묵조영은 어릴 적 본 가에서 배운 간운보월(看雲步月)이란 경공을 사용하기로 결정했다.

잠시 심호흡을 한 묵조영이 힘찬 기합성과 함께 지면을 박차고 도약했다.

"오~"

"멋진 자세!"

한 마리 학과 같은 우아한 자세에 이곳저곳에서 탄성이 터져 나왔다. 하나 그것은 그가 바라는 바가 아니었다.

'안 되겠군.'

너무 뛰어난 실력을 보여 시선을 집중시킬 필요가 없다고 판단한 묵조영은 여유있게 연못을 건널 수 있음에도 불구하고 일부러 가장자리 끝을 밟아 위태위태한 모습을 연출했다.

"저런!"

"아!"

안타까움의 탄성이 곳곳에서 터져 나왔다.

'이쯤 하면 되겠지?'

묵조영이 흔들리는 몸을 완전히 바로 세우고 도한을 쳐다봤다.

"합격."

역시 무미건조한 음성이었다.

묵조영을 끝으로 이십팔 명의 합격자가 가려졌다.

시험에서 떨어진 사람들은 등왕표국에서 준비한 약간의 노자를 받고 쓸쓸히 표국 문을 나서야 했다.

세 번째 시험은 외부가 아닌 극기관(克己觀)이라는 다소 심상치 않은 글이 걸려 있는 건물에서 계속됐다.

"심사는 일곱 명씩 네 번에 걸쳐 하겠소."

일방적으로 선언한 도한은 응시자들의 입에서 질문이나 반박 따위가 나오기도 전에 무작위로 일곱 명을 추렸다.

"들어가시오."

첫 번째 조로 정해진 일곱 명의 응시생들은 창문도 없는 방문으로 안내되어 들어갔다.

조그맣게 말소리가 들렸다.

밖에 남은 응시생들은 사소한 정보라도 얻을까 하여 한껏 귀를 기울이고 방 안의 동태를 살폈다.

그렇게 얼마간의 시간이 흘렀을까.

"으악!"

"아아아악!"

난데없이 비명이 터져 나왔다.

그것도 한두 사람의 것이 아닌 거의 대다수 응시생들의 음성.

남은 사람들의 표정이 가관이었다.

두려움에 떠는 사람, 호기심에 고개를 갸웃거리는 사람, 당황하여 얼굴이 벌게진 사람, 초조함을 이기기 위해 피가 나도록 입술을 깨무는 사람 등.

묵조영은 호기심에 고개를 갸웃거리는 사람 중의 한 사람이었다.

'도대체 무슨 일이기에 저리 비명을 지르는 것이지? 싸운다거나 하는 소리는 전혀 없었는데······.'

일각 이상 계속되던 비명이 끝나고 방문이 열렸다. 한데 방에서 나오는 사람은 아무도 없었다.

의문은 금방 풀렸다.

"출구는 맞은편 문이오. 다음 조 들어가시오."

도한의 말에 따라 조심조심 방 안으로 들어가는 두 번째 조 사람들.

문이 닫히고 잠시 말소리가 들리는가 싶더니 처음과 마찬가지로 또다시 비명이 터져 나왔다.

"극기관이라더니만 무슨 굉장한 고문이라도 하는 모양이오."

삼조에 속한 사내가 초조함을 감추지 못하며 말했다.

"그러게 말이오. 저렇듯 비명 소리가 요란한 것을 보면 생각보다 훨씬 더 고통스런 모양인데……."

옆에 있던 사내가 고개를 끄덕이며 대꾸했다. 그러자 둘의 대화를 듣던 도한이 차갑게 소리쳤다.

"지금이라도 포기할 사람은 포기해도 되오!"

사내들은 입을 다물었다. 그렇다고 포기하지는 않았다.

약간의 차이를 두고 방 안에서 들려오던 비명이 끝나고, 세 번째 조가 방 안으로 들어갔다.

어김없이 비명이 터져 나왔다.

"으아아악!"

"크악!"

그럴수록 남은 사람들의 표정은 두려움으로 물들었다.

'흠, 무슨 고문을 하기에 저럴까?'

힘겹게 무공을 익히는 과정에서 나름대로 고통에 익숙해져 있기에 그런지는 몰라도 처절하게 들려오는 비명 소리에도 묵조영은 딱히 무서워하거나 두려워하지 않았다. 얼굴에 표정 하나 나타내지 않던 도한마저 의외라는 눈빛으로 쳐다볼 정도로 불안에 떠는 이들과는 달리 담담한 모습이었다.

"다음!"

도한의 외침이 있고, 묵조영이 속한 네 번째 조가 방 안으로 들어갔다.

이게 독이야? 15

무시무시한 고문 도구로 가득 차 있을 것 같던 방은 의외로 단출했다.

중앙에 긴 탁자가 있었고, 그 위에 일곱 개의 술잔이 놓여 있었다. 의자도 일곱 개가 준비된 것을 보면 응시생의 숫자와 맞춰놓은 것 같았다. 시험을 진행시키는 사내들은 그 의자 뒤에 서 있었다.

그게 전부였다.

"각자의 의자에 앉으시오."

마지막 인원을 직접 살펴보고자 따라 들어온 도한의 외침에 묵조영을 비롯한 응시생들이 떨떠름한 표정으로 의자에 앉았다.

"이번 마지막 시험은 신객으로서 가장 중요한 자질인 인내력을 알아보고자 준비한 것이오. 각자 앞에 놓인 잔을 주시해 주시오."

일곱 명의 시선이 일제히 탁자 위의 술잔으로 향했다.

도한이 눈짓을 하자 뒤에 서 있던 사내들이 술잔에 술을 채웠다. 호박 빛에 제법 그윽한 향기를 지닌 술이었다.

"시험에 통과하고 장차 신객으로서 활동하게 되면 많은 위험에 직면할 것이오. 물론 표사만큼은 아니나 때로는 목숨을 걱정해야 할 위기에 빠질 수도 있소. 그런 상황에서도 신객은 고객의 비밀을 지켜야 하오. 구두로 전해 받은 것이라면 목에 칼이 들어와도 발설하지 않아야 할 것이며 서찰이라면 죽음으로써 그것을 지켜야 할 것이오. 그러자면 아마 엄청난 용기가 필요할 것이오. 때로는 필설로 형용할 수 없는 고문도 있을 터, 고통을 참아내는 극한의 정신력도 반드시 갖추고 있어야 하오. 이번 시험은 바로 그러한 정신력을 간단하게나마 시험하고자 하는 단계요. 첫 번째 잔의 술을 마시고 일각 이상을 버티면 합격으로 하겠소."

"버틴다는 것이 무슨 뜻입니까?"

묵조영의 바로 옆에 있던 사내가 물었다.

"술에는 미량의 독이 들어 있소. 아, 그렇다고 걱정하지는 마시오. 몸에 고통을 주는 독이기는 하나 시간이 지나면 저절로 해독이 되는, 목숨이 위태롭다거나 후유증을 남기는 독은 아니니. 또한 해약을 먹으면 그 즉시 고통에서 벗어날 수 있소. 일각 이상을 버틴다는 뜻은 정신을 잃지 않으면서도 그 고통을 참고 해약을 먹지 않는다는 의미라고 보면 되오."

"하면 그 이상도 있다는 것입니까?"

"그렇소. 모두 세 가지의 술이 준비되어 있소."

"그 차이가 무엇입니까?"

사내가 재차 물었다.

"표사도 일반 표사와 일급표사, 표두가 있듯 신객도 일반신객과 일급신객, 그리고 특급신객으로 나뉘오. 다루는 일도 다르고 보수 또한 다르오. 특히 특급신객은 우리 등왕표국에도 단 세 명만이 존재할 정도로 귀하다고 보면 될 것이오."

"지금까지 몇 명이나 통과했습니까?"

묵조영이 물었다.

"유감스럽게도 지금까지 통과한 사람은 단 두 명이오. 그것도 정말 아슬아슬하게. 대다수가 첫 번째 술잔에 포기하고 말았소. 두 번째, 세 번째 잔은 아예 시도 자체가 없었고."

그렇잖아도 긴장했던 이들이 도한의 말에 더욱더 긴장했다. 스물한 명이 도전하여 두 명이 통과했다는 것은 그만큼 힘들고 고통스럽다는 것. 게다가 그 이상의 단계는 감히 도전조차 하지 못했다니 겪지 않았어도 그 고통이 어떠할지 전해지는 듯했다.

"힘들면 언제든지 손을 드시오. 바로 해약을 드릴 것이오. 물론 그 순간 탈락이라는 것은 말 안 해도 알 것이라 믿겠소. 그럼 건투를 빌겠소."

건투를 빈다는 말, 곧 시험을 시작하라는 의미였다.

그의 말이 끝나기가 무섭게 모두들 술잔을 들었다. 그리곤 단숨에 잔을 비웠다.

독이 퍼지는 것은 순식간이었다.

고작 두 호흡이 지나기도 전에 좌, 우측에서 신음성이 터져 나왔다.

"으으으으."

맨 좌측에 있던 사내가 벌떡 일어났다.

힘을 이기지 못한 의자가 뒤로 나뒹굴고, 사내는 목을 잡고 머리를 탁자에 쾅쾅 찧어댔다.
 뒤이어 묵조영의 곁에 있던 사내도 비명을 내질렀다.
 붉게 충혈된 눈, 고통을 참기 위해 억지로 깨문 입술에서는 피가 철철 흘러내렸다.
 어떤 이는 자신의 머리카락을 쥐어뜯으며 고통을 참았고, 행여나 해약을 달라고 할까 봐 옷을 찢어 입을 틀어막는 사람도 있었다.
 그에 반해 묵조영은 태연자약했다.
 '뭐야? 이게 독이야? 그런데 뭐로 담갔을까? 술맛 참 좋은데? 빛깔도 그렇고 향기도 그렇고. 곡운이 보면 정말 좋아하겠어.'
 다른 사람이 고통에 신음할 때 그는 입맛을 다시며 한 잔 더 마셨으면 좋겠다는 생각을 하고 있었다.
 만년홍학과 음양쌍두사의 힘. 애당초 술에 탄 독 따위는 그의 몸에 아무런 작용도 할 수 없었다.
 그러나 그는 곧 주변과 너무도 이질적인 자신을 발견했다.
 '흠.'
 묵조영은 잠시 고민했다.
 모두들 고통에 몸부림치는데 혼자만 태연할 순 없는 노릇이 아닌가. 어쩔 수 없이 연극을 해야만 했다.
 "으으으."

묵조영의 입에서 미약한 신음성이 흘러나오고 얼굴도 벌게졌다. 목을 잡고 있는 손에서는 심줄이 툭툭 튀어나왔다. 그러면서도 착 가라앉은 눈동자는 좌우를 살피고 있었다.

"해, 해약을!"

머리카락을 쥐어뜯던 사내가 더 이상 참지 못하고 소리쳤다.

해약은 즉시 주어졌고, 미친 듯이 약을 삼킨 사내는 곧 평온한 얼굴을 되찾을 수 있었다.

그것은 또 다른 유혹이었다.

필사적으로 참고 있던 응시자들은 해약을 받은 사내가 고통에서 해방되는 것을 보자 극도로 갈등하기 시작했다.

결국 유혹을 참지 못한 두 명의 사내가 추가로 해약을 요청했고, 곧 고통에서 벗어났다.

"통과."

일각이 지났음을 알리는 도한의 음성.

해약을 받지 않은 네 명의 사내에게 들린 그의 목소리는 가히 천상에서 내려온 것이나 다름없었다. 물론 억지로 연극을 하느라 진을 뺀 묵조영이야 다른 의미로 고마워하는 것이었지만.

시험에 통과한 사람들은 즉시 해약을 받았고, 지독한 고통에서 벗어날 수 있었다. 하나 그들에겐 땀으로 흠뻑 젖은 의복 하며 멍든 이마, 찢어진 입술 등 고통을 참기 위해 몸부림친 흔적이 몸 곳곳에 남아 있었다.
"두 번째 잔에 도전할 사람은 없소?"
도한이 물었다.
지옥에서 간신히 벗어난 이들은 고개를 절레절레 내저었다.
바로 그때 한 사내가 땀을 훔치며 손을 들었다.
"내가 지원하겠소이다."
조금 전 옷을 찢어 입을 틀어막은 사내였다.
"이름이 어떻게 되오?"
"소중명(蘇仲暝)이오."
"괜찮겠소?"
도한이 걱정이라곤 조금도 느껴지지 않는, 참으로 형식적인 음성으로 물었다.
"참아보겠소이다. 한데 성공하면 일급신객이 되는 것이오?"
"물론이오. 다른 사람은?"
"저도 하겠습니다."
묵조영이었다.
그를 눈여겨보던 도한은 아무런 말 없이 고개를 끄덕였다.
"시간은 역시 일각이오."
도한의 말이 끝나고 다시 술잔이 채워졌다.
묵조영과 소중명은 서로를 마주 보며 단숨에 잔을 비웠다.

'역시 좋은 술이야.'

묵조영은 지그시 눈을 감으며 맛을 음미했다.

목구멍을 타고 흐르는 알싸한 기운과 목에서 코로 이어지는 향기가 그렇게 좋을 수가 없었다.

소중명도 눈을 감았다.

맛을 음미하는 묵조영과는 달리 앞으로 다가올 고통에 미리 준비하는 것이었다.

"크으으으."

소중명의 입에서 쇠 끓는 소리가 났다.

그는 조금 전 입에 물었던 옷 뭉치를 재빨리 들어 또다시 입을 틀어막았다.

"끄끄끄끅."

옷 뭉치를 뚫고 나오는 신음성은 차마 듣지 못할 정도였다.

반 각이 채 지나지 않았는데 그는 거의 실신지경에 이르렀다. 이마와 목덜미에 핏대가 서고, 겉으로 드러난 피부는 붉다 못해 점점 시꺼멓게 변하고 있었다. 부들부들 떨리는 몸은 마치 간질을 앓는 사람과 같았고, 탁자를 긁어대는 손톱은 절반 이상이 깨져 나가 피가 흘렀다.

묵조영은 그 나름대로 필사적으로 애쓰고 있었다.

열심히 비명을 질러대고 사내가 하는 대로 옷을 찢어 입을 틀어막기도 하였다. 탁자를 북북 긁어대거나 미친 듯이 두드리기도 하였다. 하지만 정말 고통스러워서 자연적으로 나오는 행동과 억지로 연기를 하며 흉내 내는 것엔 분명 차이가 있었다.

뭔가 이상한 점을 느꼈는지 도한의 눈이 의문으로 물들었다.

'이런!'

때마침 그의 눈을 바라보던 묵조영은 그의 의심스런 눈초리에 당혹할 수밖에 없었다.

아무런 생각도 할 수 없었다. 그는 본능적으로 바닥을 구르기 시작했다.

"으아악!"

미친 듯이 바닥을 구르는 묵조영.

머리가 의자 다리에 부딪치고 벽에 부딪쳤다.

뒤에서 지켜보던 사내들이 깜짝 놀라 그의 몸을 잡아줄 때까지 그는 발작이 난 사람처럼 이리 구르고 저리 굴렀다.

"우웨엑!"

묵조영은 목과 배를 부여잡고 연신 구역질을 해댔다. 누가 보더라도 고통에 몸부림치는 모습이었다.

'그러면 그렇지.'

미심쩍은 눈으로 그를 바라보던 도한이 비로소 의심을 풀었다.

그사이 일각이란 시간이 흘렀다.

"그만!"

도한의 외침이 있고, 그를 보필하던 사내들이 묵조영과 소중명에게 달려가 해약을 먹였다.

혼절하기 일보 직전이었던 소중명은 해약을 먹고도 쉽게 정신을 차리지 못했다.

"축하하오. 두 번째 과정을 통과했소."

도한이 소중명과 묵조영에게 축하의 인사를 했다.

"자, 이것으로 가려질 사람은 대충 가려진 것 같소. 이번 조에서 시험에 합격한 사람은 네 명, 다른 조의 두 명과 합쳐 최종적으로 총 여섯 명이 우리가 준비한 모든 관문을 통과했소. 원래 뽑기로 한 인원보다 한 명 많으나 더 이상 추리지는 않겠소."

바로 그때, 묵조영이 조심스레 입을 열었다.

"저, 세 번째 술잔을 받고 싶습니다만……."

지금껏 무표정으로 일관했던 도한의 얼굴이 딱딱하게 굳어지고, 그를 보필하던 등왕표국의 사람들은 물론 첫 번째 술잔만으로도 천당과 지옥을 오갔던 응시자들의 입이 쩍 벌어졌다.

"괘, 괜찮겠소?"

도한의 음성이 떨렸다. 역시 처음 있는 일이었다.

"여기까지 왔는데… 뭐, 한번 해보는 것이지요."

"고, 공연한 객기 부리지 말게나. 두 번째만으로도 이럴진대 세 번째는 정말……."

상상만으로도 끔찍한지 힘겹게 눈을 뜬 소중명이 온몸을 부르르 떨며 만류했다.

"너무 힘들면 포기하면 되지요. 그래도 여기까지 왔는데 하는 데까지는 해볼 생각입니다."

묵조영은 태연자약하게 말하고 의자에 앉았다. 그리곤 술을 따르는 사내에게 잔을 들었다.

일순 어찌해야 할지 판단을 못한 사내가 도한을 쳐다봤다.

"원하는 대로 해주어라."

잠시 망설이던 도한이 고개를 끄덕였다.

쪼르르르.

묵조영은 지그시 눈을 감았다.

술을 따르는 소리가 그렇게 듣기 좋을 수가 없었다. 콧속으로 스며드는 향기 또한 더 진해진 것 같았다.

한껏 기대에 찬 묵조영과는 달리 술을 따르는 사내나 옆에서 지켜보는 이들의 표정은 실로 가관이었다.

마치 못 볼 것을 보는 듯한 표정.

자신도 모르게 눈을 감는 사람도 있었고, 두 주먹을 불끈 쥐며 몸을 떠는 사람, 자신이 마시지도 않는데 오만상을 찌푸리며 고개를 흔드는 사람도 있었다. 탈락자 중 한 명은 벽을 잡고 구역질을 해대는 촌극을 빚기도 했다.

묵조영은 안타까움과 연민이 가득 담긴 시선을 뒤로하고 태연스레 잔을 들었다. 그리곤 천천히 맛을 음미하며 술을 들이컸다.

'역시 좋아.'

첫 번째와 두 번째가 다르고, 세 번째 술맛 역시 달랐다. 뭔가 조금씩 깊어지는 맛과 그윽한 향기가 있었다.

분명 같은 술일진대 마실수록 그 맛이 다르다는 것. 명주라 이름 붙일 수 있는 술만이 가지는 특징 아니겠는가!

'에이, 이것만 없었으면 더 좋았을 것을.'

묵조영은 향기 뒤에 숨은 약간 이질적인 끝 맛에 인상을 찌푸렸다. 첫 번째와 두 번째 술에서는 그다지 느끼지 못했으나 세 번째 술에서 술과 섞인 독의 존재를 느낀 것이다. 그만큼 강한 독이 섞여 있다는 증거였다.

사람들은 찌푸려지는 묵조영의 얼굴을 보며 저마다 걱정스런 표정을 지었다.

첫 번째와 두 번째 술잔에 섞인 독이 효과를 보인 것은 그래도 몇 번의 호흡이 있은 다음이었다. 한데 이번 것은 마시자마자 그 징후를 드러낸 것이라 여긴 것이다.

"얼마나 지독한 독이 섞여 있기에 이렇듯 빨리 반응이 온단 말인가!"

소중명이 탄성을 내질렀다.

묵조영을 제외하고 유일하게 두 번째 술의 지독함을 느낀 그는 세 번째 술에 도전하고 있는 묵조영을 대단하게 여기면서도 한편으론 앞뒤 잴 줄 모르는 무모함에 고개를 흔들었다.

'에휴, 또 해야 하나?'

술맛을 음미할 새도 없이 주변의 반응을 살핀 묵조영은 남몰래 한숨을 내쉬었다.

등왕표국에도 몇 없다는 특급신객이 되면 아무래도 정보를 얻기도 편하고, 또 하선고를 찾는 일에 많은 도움을 받을 것이라 판단하여 세 번째 술에 도전했다. 물론 술맛이 좋다는 이유도 있었다. 하지만 사람들이 기대하는 반응을 연기해야 한다는 점은 너무도 귀찮았다.

한숨을 내쉰 묵조영은 어쩔 수 없이 또 한 번의 연극을 시작했다.

"으아아악!"

목이 터져라 비명을 내질렀다.

머리로 벽을 들이박는 것은 애교였다.

그는 목이 쉬어 쇳소리가 날 때까지 비명을 지르고 의자와 탁자를 미친 듯이 걷어찼다.

그가 들고 있던 술잔은 이미 산산조각이 난 상태. 그는 다른 사람의 술잔까지 집어 던져 산산조각 냈다.

"해, 해약을 먹겠소?"

그에게 술을 따랐던 사내가 말했다.

고개를 홱 돌린 묵조영은 번개같이 사내에게 달려들어 그가 들고 있던 술병을 빼앗더니 벌컥벌컥 들이켰다.

"아, 아니, 그것은 해, 해약이 아니라 독이 들어 있는……."

술병을 빼앗긴 사내는 어쩔 줄을 몰라 했다.

'역시… 좋은 술이야.'

고통에 정신이 혼미해졌다는 것을 핑계로 술병을 빼앗아 기분 좋게 술을 들이킨 묵조영은 또다시 술병을 집어 던지더니 이번엔 바닥을 구르기 시작했다.

"으아아아!!"

배를 잡고 바닥을 구르는 동안에도 비명은 계속됐다.

"해약을 원하시오?"

도한이 물었다.

분명히 들었음에도 듣지 못한 양 묵조영은 대답없이 계속해서 몸부림을 쳤다.

"고통에서 벗어나고 싶으면 해약을 달라고 하시오! 어서!"

도한이 묵조영의 얼굴을 잡고 소리쳤다. 냉정하기만 하던 지금까지의 행동과는 사뭇 다른 모습이었다.

"차, 참아… 참을 수 이, 있습……."

묵조영은 일부러 환자처럼 말을 더듬는 것이 얼마나 힘든지 절실히 느끼면서 도한의 손을 뿌리쳤다. 그리곤 더 이상 비명을 지르지는 않았다. 그저 엎드린 자세에서 간간이 몸을 튕길 뿐이었다.

사람들은 고통에 지친 그가 비명을 지를 힘도 남아 있지 않다고, 그저 몸부림치기도 힘들 정도로 괴로움을 겪는 것이라 여기며 안타까워했다.

"그, 그만! 통과!"

약간의 시간이 더 남았음에도 도한은 시험을 중지시켰다.

그의 말이 떨어지기가 무섭게 해약이 묵조영의 입으로 쏟아져 들어왔다.

'이런 젠장, 무슨 놈의 맛이……'

독을 탄 향기로운 술과는 달리 해약은 그저 쓰기만 했다.

입 안 가득 감미로운 주향의 여운을 즐기고 있던 묵조영은 어쩔 수 없이 마셔야 하는 해약이 그렇게 싫을 수가 없었다.

"괘, 괜찮은가?"

소중명이 달려와 물었다.

묵조영은 대답없이 고개만 끄덕였다.

"세상에! 무슨 놈의 고집이 그리도 센가? 힘들면 해약을 마시면 될 것을. 하마터면 목숨이 위태로울 뻔하지 않았는가?"

"괜찮습……."

대답을 하던 묵조영이 황급히 입을 다물었다.

쉿소리를 내야 할 음성이 너무나도 낭랑하지 않은가. 그래도 의심을 하는 사람은 아무도 없었다. 그저 너무 힘들어서 대답조차 하기 힘들어한다고 여길 뿐이었다.

"정말 대단했소. 내 지금껏 많은 응시자들을 보았지만 당신 같은 사람은 처음이오. 세 번째 술에 도전하는 사람이 간혹 있기는 했어도 통과한 사람 역시 처음이오."

"특… 급신객이 세 사람이나 있다고……."

묵조영이 최대한 목소리를 변형시키며 물었다.

"그분들은 오랜 경험과 연륜을 인정받아 특급신객의 반열에 오른 것일 뿐 당신처럼 세 번째 술잔을 통과하진 않았소."

"그, 그렇군요. 으음……."

묵조영은 대답과 동시에 기절해 버렸다. 이런 식으로 대화를 나누는 것이 더 힘들다고 생각하여 나온 궁여지책이었다.

"어서, 어서 방으로 옮기게."

도한이 시험을 도왔던 사내들에게 말했다.

"모두들 저 친구들을 따라가서 편하게 쉬고 계시구려. 난 이번 시험의 결과를 윗분들께 아뢰고 오겠소."

그러잖아도 지칠 대로 지친 이들은 누가 먼저랄 것도 없이 방을 빠져나갔다.

도한은 난장판으로 어질러진 방을 둘러보며 깨진 술잔을 바라보았다.

그 역시 과거에 똑같은 시험을 받은 적이 있었다. 그리고 세 번째 술에 도전한 사람 중 한 명이었다. 물론 반 각도 버티지 못하고 기절하고 말았지만.

'범상치 않다고 생각은 했으나 세 번째 술까지 버티다니… 가히 극한의 인내력이다. 정말 대단한 인물이 들어왔구나.'

멀리 등에 업혀 실려가는 묵조영의 모습을 보던 도한은 자신도 모르게 고개를 흔들었다. 그가 실눈을 뜨고 남아 있는 술병을 아쉬운 눈빛으로 쳐다보고 있다는 것도 모른 채.

"몇 명이나 통과했나?"
"여섯입니다."
"흠, 다섯 명을 뽑을 생각이었는데 여섯이라면……."
"송구합니다만 제가 임의로 모두 합격이라고 말을 해놓았습니다."
"송구하기는 무슨. 열 명까지는 자네에게 재량권을 주었으니 당연한 것을."

등왕표국의 집사 이청(李靑)이 부드러운 미소를 지으며 말했다.

중원에서 세 손가락 안에 드는 거대한 표국의 사무를 총괄하는 집사답지 않게 이청은 무척이나 온화한 성품을 지닌 사람이었다. 게다가 모든 일을 자신이 직접 챙기며 일일이 간섭을 하는 것이 아니라 아랫사람들에게 상당한 재량권을 주고 그에 맞는 배려를 해주기 때문에 수하들로 하여금 국주만큼이나 신망을 얻고 있었다.

"그런데 세 번째 술을 마신 사람이 있다고?"
통과한 사람의 명단을 살피던 이청이 물었다.
"예."
"호~ 대단하군. 두 번째 술을 마신 이후엔 보통 엄두를 내지 못하는데 말이야. 그게 워낙 독해서 말이지. 나도 예전에 어떤 것인가 궁금하여 한번 살짝 맛을 본 적이 있는데 정말 끔찍했다네. 도전한 것만으로도 강인한 정신력을 칭찬하고 싶군."

이청은 도전은 했으되 당연히 통과를 못했을 것이라 여기고 있었다.

"한데 놀랍게도 통과를 했습니다."

순간, 이청은 도한이 건네준 명단을 떨어뜨리고 말았다.

"통… 과를 했단 말인가?"

"예. 고통에 몸부림치기는 했어도 해약을 요구하지도 않고 일각을 버텨냈습니다."

"그가 누군가?"

목소리가 착 가라앉았다.

대내, 외에 알렸듯 세 번째 술을 버텨냈다면 특급신객의 대우를 해줘야 하는 것이고, 특급신객이라면 등왕표국의 얼굴이나 마찬가지로써 무척이나 신중하고 조심스럽게 결정해야 할 일이었다. 또한 이것저것 확인할 것도 많았다.

"묵조영이라는 자입니다."

"묵조영이라……."

이청은 명단에 적힌 묵조영의 신상을 예리한 눈으로 훑어보기 시작했다.

"다른 합격자의 신원은 이미 확실한 것으로 판명되었습니다. 셋이 남창 출신이고, 한 사람은 구강(九江), 다른 한 사람은 고안(高安)이라는 마을의 비응산문(飛鷹山門) 출신입니다."

"비응산문은 나도 아네. 솔직히 과한 이름을 지닌 곳이기는 하나 문주가 꽤나 우직하다고 알려져 있지. 한데 그가 누군가?"

"소중명이라는 자입니다."

"흠, 그렇군."

이청의 눈이 잠시 잠깐 소중명의 신상명세가 적힌 곳으로 향했다가 다시 묵조영의 신상이 적힌 곳으로 돌아왔다.

"무창이라……. 그리고 출신 문파는 불명에 익힌 경공술은 암향표(暗香飄)… 암향표라면……?"

"예. 심하게 말해 별 볼일 없는 삼류무사도 외면하는 것이라 보면 정확할 것입니다."

"실력은 어떤가?"

"그다지 뛰어나지 않습니다. 이 단계를 간신히 통과할 수 있을 정도였으니까요."

"흠."

묵묵히 고개를 끄덕이는 이청의 얼굴에 살짝 그늘이 졌다.

"가만있자… 무창의 묵조영이라면……."

그는 뭔가가 생각났는지 온갖 서류로 뒤덮인 책상을 뒤적거렸다. 그리곤 아침나절 한 표사가 전해 올린 서찰을 펼쳤다.

"그렇군. 어쩐지 익숙한 이름이다 했어."

"아시는 자입니까?"

"뭐, 그를 안다고는 할 수 없네만 그를 추천한 사람은 알고 있네."

"추천이 있었습니까?"

"자네, 조서당이라고 아나?"

잠시 생각을 하던 도한이 고개를 흔들었다.

"모르겠습니다."

"무창에서 제법 이름을 날리고 있는 단체라네. 주로 정보를 취급하고 있지."

"하오문처럼……"

"하오문과 비교할 것은 못 되고, 뭐, 그래도 나름대로 명성은 있지. 그곳의 당주가 나와 한 고향 사람인데 그가 추천을 해왔네."

"믿을 수 있는 사람입니까?"

"지금까지는. 우리 표국에도 그가 추천한 사람이 몇 있지, 아마? 아, 신객 중에도 있네. 자네도 알 걸세. 진육(眞毓)이라고."

"예, 알고 있습니다. 꽤 성실한 친구지요."

도한은 그다지 말은 없지만 자신이 맡은 일은 어떻게든지 끝까지 책임지는 사내의 얼굴을 잠시 떠올리며 말을 이었다.

"전례가 있으니 꽤 믿을 만하지 않겠습니까?"

"흠, 그럴 수도 있지. 한데 조금 마음에 걸리는 것이 있어."

"뭐가 말입니까?"

"이유 말일세. 그가 신객이 되고자 하는 이유가 한 여인을 찾기 위함이라고 하는군."

"여인… 말입니까?"

"그래. 자세히 적혀 있지 않아서 어떤 사연인지는 알 수 없으나 한 여인을 찾기 위해 자신에게 왔고, 또 신객이 되려고 한다는군. 해서 이곳을 소개해 줬고."

"하긴, 이곳처럼 정보가 많은 곳도 없으니까 고르긴 제대로 고른 것 같습니다."

"자네 생각은 어떤가? 괜찮을 것 같은가?"

이청의 물음에 도한은 잠시 생각에 잠겼다.

"어떤 의도를 가지고 시험에 응했다는 것이 마음에 걸리지만 그 의도가 명확한 것이니 큰 문제는 없어 보입니다. 어쩌면 더욱 열심히 일을 하는 원동력이 될 수도 있을 것이고요. 또한 비교적 믿음이 가는 사람이 그를 추천했다는 것과 일신에 익힌 무공이 그다지 뛰어나지 않은 것으로 보아 다른 누군가가 본 표국에 잠입시킨 첩자라는 생각도 들지 않습니다. 물론 그 또한 완전히 배제할 수는 없을 것입니다. 하지만 그가 신객으로서 가장 중요한 덕목인 인내력에서 가히 타의 추종을 불허한다는 것은 생각해 봐야 할 문제 같습니다."

"그건 세 번째 술을 마시고도 참아냈다는 것만 봐도 능히 알 수 있지."

이청은 동의한다는 듯 고개를 끄덕였다.

"그렇다면 결국 자네의 생각은……."

"예, 이런 인재는 놓쳐선 안 된다는 생각입니다."

"약간의 위험을 감수하고서라도?"

"이 정도 인물이라면 위험을 감수하고서라도 받아들일 가치가 있다고 생각합니다."

"흠, 이제 곧 특급신객의 반열에 오를 자네의 의견이 그렇다면 정확하겠지. 사실 내 생각도 자네와 같다네. 그럼 어느 선에서 시작하는 것이 좋겠나?"

"세 번째 술을 버텨냈으니 약속대로 대우는 특급으로 해주되 시작은 일급신객의 지위로 했으면 합니다."

"그리고 어느 정도 시간이 지나면 특급으로 올리자?"

"예."

"그렇게 하지."

그것으로 묵조영의 합격은 결정되었다.

"전하고 오겠습니다."

"그러게."

허리를 굽혀 인사를 한 도한이 몸을 돌렸다. 방을 나서는 도한의 뒷모습을 보며 이청은 아침나절에 잠깐 만났던 청년의 얼굴을 떠올렸다.

'무창이라……. 그 청년도 무창에서 왔다고 했는데… 설마?'

순박한 얼굴의 청년. 시험에 통과한 묵조영이 바로 그 청년이었으면 하는 마음이 잠시 잠깐 일었다.

그것은 곧 현실이 될 터였다.

제11장

제가 가겠습니다

초원각(初元閣).

등왕표국의 모든 대소사를 관장하는 집사의 집무실 이름이다.

대지를 뜨겁게 달구었던 태양이 서산마루에 힘없이 걸쳐 있을 때 한 사내가 여유로운 발걸음으로 초원각으로 향하고 있었다.

"방 노인, 그간 안녕하셨습니까?"

사내가 초원각 주변을 청소하는 노복(老僕)에게 인사를 했다.

부지런히 비질을 하던 방일(芳一)이 화들짝 놀라며 고개를 들었다. 그리고 사내의 얼굴을 보며 환한 미소를 지으며 대답했다.

"묵 공자께서 오셨군요? 언제 오셨습니까?"

"지금요. 그런데 제발 그 공자라는 말은 좀 하지 마세요."

사내가 두 손을 내저으며 난색을 표했다.

"공자께서도 이 늙은이에게 방노라고 부르신다면 생각해 보겠습니다."

"공자라는 말을 들으면 온몸에 두드러기가 날 것 같아서 그래요."

"아직까지 멀쩡한 것을 보니 그렇지도 않은 것 같습니다."

방일이 태연스레 대꾸했다.

"에휴, 한두 번도 아니고… 관두지요. 집사님 계시지요?"

"예. 그러잖아도 오늘쯤이면 오실 것이라 하시는 것을 보니 공자님을 기다리시는 것 같았습니다. 어서 들어가시지요."

"그럼."

사내는 고개를 가볍게 숙여 인사를 한 후 초원각으로 들어갔다.

"언제 봐도 예의 바른 분이란 말이야?"

사내의 뒷모습을 바라보는 방일의 주름진 얼굴에 또다시 미소가 지어졌다.

방문은 열려 있었다.

사내는 조금의 주저함도 없이 방으로 들어갔다.

"어서 오게나."

밖에서 들려온 목소리로 이미 그가 도착한 것을 알고 있는 이청이 반갑게 맞아주었다.

"그간 안녕하셨습니까?"

"나야 늘 안녕하지. 뭐, 하는 일이 있어야 말이지."

이청은 언제나 그렇듯 넉넉한 미소를 흘렸다.

"국주님께 인사는 드렸나?"

"예. 그곳에서 오는 길입니다."

"애썼네. 이번에 다녀온 곳이… 정주던가?"

"북경입니다."

"맞아, 북경."

이청이 멋쩍은 웃음을 흘리며 머리를 톡톡 건드렸다.

"요즘 들어 자꾸만 건망증이 생기는 것이 영……. 북경이라… 그래, 제법 멀었지?"

"조금 멀기는 했어도 좋은 구경을 했습니다. 황제가 계신 곳이라 그런지 조금 다르긴 다르더군요."

"아무래도 그렇겠지. 나라의 모든 것이 집중되는 곳이 아닌가. 그래도 난 북경보다 이곳이 좋다네. 그곳은 너무 살벌해. 여기처럼 사람 냄새가 나지 않거든."

"저도 그다지 머물고 싶지는 않았습니다."

사내가 맞장구를 쳤다.

"하긴, 자네처럼 자유분방한 사람은 살 곳이 못 되지. 아 참, 반점표국에는 가보았나? 내 따로 부탁도 해놨는데."

"예, 어르신."

"그래, 좋은 소식은……."

이청은 차마 질문을 이어갈 수가 없었다. 사내의 얼굴이 씁쓸함으로 물들고 있음을 본 것이다.

"찾지 못한 게로군."

사내가 고개를 끄덕였다.

"예. 거론되는 이들을 모조리 확인했습니다만 다들 아니었습니다."

"유감일세."

이청의 얼굴에 안타까움이 떠올랐다.

"아닙니다. 공연한 일에 신경 써주셔서 정말 감사합니다."

"무슨 소리. 내 자네의 마음을 알고 있거늘. 그간 얼마나 애쓰고 마음고생을 하는지 곁에서 지켜보았지 않은가? 나만 그런가? 우리 표국 사람은 물론이고 상단 사람들도 다 알고 있네. 그랬으니까 다들 그렇게 발벗고 나서주는 게야."

"늘 고마워하고 있습니다."

"후~ 벌써 이 년이 흘렀는데 걱정일세. 언제쯤이나 자네가 찾는 여인의 행방을 알게 될 것인지. 이보게, 조영."

"예, 어르신."

"그래도 너무 걱정하지 말게나. 모두 열심히 알아보고 있으니 곧 좋은 소식이 있을 게야."

"예. 저도 그렇게 믿고 있습니다."

사내, 어느덧 등왕표국의 특급신객으로서의 관록이 묻어나오는 묵조영이 환히 웃으며 고개를 끄덕였다.

처음 일급신객으로 활동하던 묵조영은 그 성실함과 정직함, 예의 바른 태도로 인해 동료 신객들은 물론이고 등왕표국의 모든 식솔들에게 금방 인정받아 특급신객이 되었다.

도한과 더불어 여섯 달 만이라는, 등왕표국 사상 최단 기간에 특급신객의 지위에 올랐어도 그는 자만하지 않았다. 자신이 맡은 바 책임에 더욱 성실하게 임했고, 편한 일과 궂은일을 가리지 않고 최선을 다했다. 그런 노력은 헛되지 않아 그의 명성은 어느덧 등왕표국을 벗어나 전 상단, 표국에 퍼져 나갔다.

특히 일 년 전, 남창부주의 은밀한 전갈을 가지고 창평대장군부(昌平大將軍府)에 가다가 대장군부와 세력을 다투고 있던 제남(濟南)의 군벌에게 잡혀 고문을 당하면서도 무려 보름을 견딘 일은 전설로 화한 지 오래였다.

당시 자신을 사로잡으려 하는 이들을 충분히 뿌리칠 수 있음에도 묵조영은 그들이 단순한 도적이나 무림인이 아니라 국가의 정규군임을 파악하고는 반항을 포기했다. 그들로부터 벗어나기 위해선 최소한 수십 명의 목숨을 빼앗아야 했기 때문이다. 사실 정말로 위험한 순간이 다가오면 언제든지 도망칠 수 있다는 그 나름의 자신감 때문이기도 했지만 결과적으로 목숨을 건 그의 도박은 성공했다.

보름간 무자비한 고문이 있었다.

군벌이 내세운 사람은 무면객(無面客)이라는 인물이었다.

과거에 무림에서 활동하다가 군에 투신했다는 사실만 알려진 그는 군인들 사이에선 그들을 이끄는 장군보다도 더 무시무시한 괴물로 인정받는 고문 기술자였다.

묵조영을 처음 대면하는 자리에서 무면객은 비릿한 웃음을 흘리며 최대한 오래 버텨보라고 격려까지 해주었다.

그러나 그는 꿈에도 몰랐을 것이다.

금방 끝날 것이라 여긴 싸움이 무려 보름간이나 이어지리라고는.

천만다행히도 무면객은 인두로 몸을 지지거나 칼로 몸을 상하게 하는 행동은 하지 않았다. 그것이야말로 가장 저급의 고문이라 여긴 그는 자신이 가장 자신있어하는―결국 최악의 결과를 가져왔지만―독으로써 묵조영을 굴복시키려 했다.

용독술(用毒術) 하나로 군부에서 인정받았을 만큼 그가 사용한 독은 무척이나 다양했다.

정신을 혼미하게 만드는 미혼분(迷魂粉)과 몽환약(夢幻藥)을 시작으로 중독 즉시 염라대왕을 알현하게 된다는 염왕환(閻王丸), 혼까지 붉게 만든다는 혈혼단(血魂丹) 등, 온갖 독초와 독

물들로부터 추출한, 극히 미량만으로도 육체는 물론이고 정신마저 황폐하게 만들 수 있는 수많은 극독을 끊임없이 사용했다. 그래도 묵조영은 굴복하지 않았다.

고문의 절정은 최후에 사용했던 고독(蠱毒)이었다.

자신이 사용한 모든 독을 참아낸 묵조영의 의지에 나름대로 찬사를 보낸 무면객은 묵조영의 몸에 십여 년간 애지중지 키우던 고독을 투입했다.

그동안 고독을 사용한 적은 딱 한 번, 그리고 정확히 반 각 만에 원하지 않던 정보까지 모두 얻은 경험이 있었다.

그는 느긋하게 기다렸다. 실패라는 것은 추호도 생각하지 않았다. 그러나 덧없이 시간이 흐르고 반 각은커녕 반 시진, 아니, 한 시진이 넘도록 반응이 없자 당황하기 시작했다. 심지어 고문을 당하던 묵조영이 잠이 드는 사태까지 발생하자 넋을 잃고 결국 체념하기에 이르렀다.

그사이 묵조영을 납치한 군벌도 난처한 상황에 직면했다.

묵조영이 납치당한 사실을 알게 된 남창부, 창평대장군부가 전 방위적으로 압력을 가하기 시작하고, 무엇보다 등왕상단이 주축이 된 상계가 정식으로 항의한 것이다. 남창부나 창평대장군부는 어차피 적이나 마찬가지였기에 신경을 쓰지 않았지만 상계의 압력은 무시할 수가 없었다. 천하의 그 어떤 세력도 상계의 도움 없이는 큰일을 할 수가 없었기 때문이다.

제남의 군벌은 아무런 정보도 얻지 못하고 결국 온갖 비난만 감수한 채 어쩔 수 없이 묵조영을 풀어주고 말았다. 신객의 세계에서 새로운 전설이 탄생하는 순간이었다.

이후부터는 탄탄대로였다.

나날이 그의 명성이 커지고, 그에 따라 하선고를 찾기 위한 그의 노력에도 탄력이 붙었다.

중원 각지를 돌아다니며 틈나는 대로 직접 찾아보기도 하고 동료들에게 도움도 청했다. 특히 처음부터 그의 사정을 알고 있던 집사 이청은 등왕표국뿐만 아니라 등왕상단의 상인들, 심지어는 주변의 상인들까지 그를 돕도록 배려를 아끼지 않았다. 하지만 그토록 많은 인원이 하선고를 찾기 위해 애를 썼어도 그녀의 행방은 여전히 오리무중이었다.

무엇보다 묵조영이 그녀의 과거에 대해 아는 것이 없다는 점이 큰 문제였다. 그저 무공을 익히고 있으며 의천맹과 관련이 있을 것이라는 막연한 추측—마교와의 다툼이 있었다는 것은 애써 감출 수밖에 없었다—과 백 일 정도 기억을 잃었었다는 사실을 제외하면 그가 알고 있는 것은 극히 단편적인 것이라 별 도움이 되지 않은 것이다.

그래도 그는 포기하지 않았다.

언젠가는 그녀를 찾을 수 있다는 희망에 매일같이 그가 할 수 있는 최선의 노력을 하고 있었다.

그렇게 벌써 이 년이란 세월이 흘렀다.

"아무튼 먼 길 다녀오느라 고생했네. 며칠 푹 쉬면서 피로를 풀게나."

"알겠습니다."

묵조영은 대답과 함께 예를 표하며 방문을 나섰다.

그의 뒷모습을 보는 이청의 눈길엔 더할 나위 없이 강한 믿음이 담겨 있었다.

'무슨 일일까?'

이른 아침부터 국주의 호출을 받은 이청의 얼굴에 긴장감이 깃들었다. 평소 아침잠이 많기로 유명한 국주가 아침부터 자신을 호출했다는 것은 분명 심각한 일이 발생했다는 것을 의미했기 때문이다.

등왕표국의 국주가 머무는 신의각(信義閣).

주변 건물에 비해 작고 화려한 멋은 없었으나 어딘지 모르게 단아하고 차분한 느낌을 주는 건물이었다.

"후~"

빠른 걸음으로 달려온 이청이 잠시 호흡을 고르고 안으로 들어갔다.

신의각에는 등왕표국의 국주인 황산(黃山) 외에도 그의 아들이자 표두(鏢頭)로서 경험을 쌓고 있는 황곤(黃崑), 총표두인 신무영(申霧英)이 먼저 자리하고 있었다.

"왔는가? 앉게나."

방 안으로 들어선 이청에게 황산이 자신의 옆 자리를 내주며 말했다.

"무슨 일이신지요?"

자리에 앉기가 무섭게 이청이 물었다.

"기다리게. 아직 한 분이 오지 않으셨네."

현재 모인 인원에서 한 명이 더 와야 한다면 특급신객이자 신객을 총괄한다고 할 수 있는 장편(張翩)뿐이었다. 그것은 곧 표국에 웬만큼 심각한 문제가 생기지 않는 한 거의 열리지 않는 '오 인 수뇌 회의'가 소집되었다는 것을 의미했다.

그렇잖아도 긴장하고 있던 그의 얼굴이 딱딱하게 굳었다.

'도대체 무슨 일이기에?'

하룻밤 사이에 국주의 얼굴이 십 년은 더 늙어 보이는 것이 영 수상했다. 아무리 생각해 봐도 근래 들어 표국에 문제가 될 만한 일은 전혀 없었다. 무림의 동태가 조금 수상하다는 보고가 있긴 했으나 무시할 만한 수준이었고, 표국의 가장 큰 적이라 할 수 있는 녹림도 잠잠했다.

생각이 정리되기도 전에 장편이 거친 숨을 몰아쉬며 들어왔다.

전대 국주인 황육(黃堉)을 모시며 오십 년도 넘게 등왕표국을 지켜온 원로로서 육 척―180㎝―장신에 머리카락이 새하얗게 센, 주름진 얼굴과 흔적이 남은 몇몇 상처에서 거친 풍상의 세월이 그대로 느껴지는 노인이었다.

"국주, 대체 무슨 일인가?"

방에 들어선 그가 다짜고짜 물었다. 그도 이미 사태의 심각성을 느끼고 있는지 꽤나 다급한 모습이었다.

"어서 오십시오, 숙부님. 우선 앉으셔서 숨을 가라앉히시지요."

장편을 예의 바르게 맞이한 황산은 그가 자리에 앉고 두 잔의 차를 연거푸 마시며 숨을 고를 때까지 말을 아꼈다.

"자, 이제 시작해 보게나. 이 늦은이까지 부를 정도면 뭔 일이 생겨도 단단히 생긴 것이 아닌가?"

장편이 물었다.

소집의 이유를 알고 있는 황곤을 제외하곤 다들 궁금해하는 빛이 역력했다.

잠시 뜸을 들인 황산이 입을 열기 시작했다.

"제가 이렇듯 회의를 소집한 것은 한 가지 사안을 처리하고자 함입니다. 지난밤 한 사람이 본 표국을 방문했습니다."

'지난밤? 모르는 일이다. 그렇다면 나를 거치지 않고 바로 국주님과 만났다는 것인데……'

이청이 머리를 굴리고 있는 사이 황산의 설명이 이어졌다.

"그리고 의뢰를… 해왔습니다."

"어떤 의뢰입니까?"

의뢰라면 아무래도 표행에 나서는 표사들과 직접적인 연

관이 있을 터, 총표두 신무영이 참지 못하고 물었다.

"다음 보름까지 신객들을 보내달라고 하더군."

"신객을 말입니까?"

힘이 빠진 음성이었다.

신무영은 인원이 조금 많기는 했지만 고작 신객을 원하는 고객 때문에 이렇게 모였다는 것이 이해가 안 간다는 모습이었다. 하지만 장편은 그렇지 못했다.

"몇 명이나?"

"다섯입니다."

"다섯이면… 특급신객을 원한다는 말이로군."

"그렇습니다."

"대체 그들이 누군가?"

장편이 착 가라앉은 음성으로 물었다.

"제갈세가(諸葛世家)입니다."

"제갈세가?!"

"그들이?!"

다들 놀라는 눈치였다. 특히 이청의 눈이 반짝거렸다.

'제갈세가? 그들이 무엇 때문에?'

그는 최근 들어 무림의 동태가 수상하다는 보고가 있었음을 떠올렸다.

'흠, 그다지 큰 문제는 없어 보였는데…….'

혹시 자신이 놓친 것이 있을지도 모른다는 의심을 하며 신중하게 물었다.

"무림과 연관이 있는 겁니까?"

황산은 곤혹스런 표정으로 고개를 끄덕였다.

"일단 그런 낌새는 느끼지 못했지만 돌아가는 분위기를 보니 아무래도 그런 것 같네."

"무슨 일이랍니까?"

"그거야 모르지. 애당초 신객을 원하는 사람들이 용건을 제대로 알려주는 것도 아니고."

사실이 그랬다.

신객은 말 그대로 신용을 목숨처럼 지키는 사람.

의뢰를 거절하지 않고 일단 받아들이기로 결정하면 의뢰의 내용에 대해선 일체 묻지 않는 것이 거의 불문율처럼 되어 있었다.

"허허, 도대체 무슨 일이기에 특급신객을 원한단 말인가? 그것도 한두 명도 아니고 다섯이나?"

장편의 어이없는 웃음 속엔 짙은 불안감이 깔려 있었다.

"예, 다섯이 안 되면 최소한 한 명이라도 보내달라고 하더군요."

"한 명이라도? 이거 뭔가 수상한데?"

"예. 한데 문제는… 거절하기가 쉽지 않다는 겁니다."

황산의 얼굴은 심각했다. 그런데 그 심각함이 어딘지 모르게 이상했다.

"그렇겠지. 제갈세가도 제갈세가거니와 등왕표국 역사상 지금껏 단 한 번도 신객의 파견을 거절한 전례가 없으니 말일세."

장편의 말에 이청이 정색을 하며 고개를 흔들었다.

"성급하게 결정을 내려선 안 된다고 생각합니다."

"저도 그렇게 생각합니다."

총표두도 거들었다.

"그렇다고 무작정 거절할 수는 없지 않은가? 우리 표국의 신용이 걸린 일이야. 신용이라는 것은 하루아침에 쌓아지는 것이 아닌 법. 우리가 그들의 요구를 거절했다는 것이 알려지면 당장은 아니더라도 꽤나 타격을 받을 걸세. 자존심 문제도 있고."

"그렇더라도 어떤 위험이 기다리고 있는지도 모르는데 표국의 식구를 함부로 내줄 수는 없는 것 아니겠습니까? 신중해야 합니다. 자존심 따위보다는 인명이 우선입니다."

장편은 목소리를 높이는 이청을 물끄러미 쳐다봤다.

평소엔 자신의 주장을 크게 내세우는 법이 없었지만 한번 목소리를 내면 국주의 결정까지 번복시킬 힘이 그에게는 있었다. 그만큼 이청은 표국 내에서 그 누구보다 상황 판단이 빠르고 위기 감지 능력이 뛰어난 사람이었다.

과거, 한 녹림도가 목숨을 잃은 사건이 있었다. 하루에도 수십 명이 죽어가는 곳이 바로 무림이라는 것을 감안했을 때 그의 죽음은 아무런 의미도 없었다. 아니, 다들 그렇게 생각했다(훗날 밝혀졌지만 그는 녹림 대부의 직계 후손이었다). 하지만 당시 녹림의 분위기가 심상치 않다고 판단한 이청은 표두들의 강한 반대에도 불구하고 표행에 나서는 표사들의 숫자를 세 배 이상 늘렸다.

그리고 정확히 삼 개월. '녹림의 난'이라 불릴 정도로 큰 혼란이 찾아왔다.

때와 장소를 가리지 않고 날뛰는 녹림도로 인해 수많은 표국이 엄청난 피해를 당했다. 심지어 문을 닫는 표국도 심심찮게 볼 수 있었다. 하나 거의 유일하게 등왕표국만은 그 불행의 화살을 피해갈 수 있었다. 약간의 피해가 발생하기는 했어도 여타 표국에 비할 바가 아니었다. 특히 녹림과의 충돌로 인해 쟁자수와 많은 표사들을 잃은 표국들이 그 인원을 보충하지 못해 수년 동안 전전긍긍했던 것을 보면 표사의 수를 세 배로 늘려 표행에 나서서 인원의 피해를 최소한으로 만든 이청의 판단이 얼마나 탁월했는지 알 수 있었다.

그런 이청이 반대하고 나섰다. 하니 등왕표국의 원로이자 특급신객으로서 신객의 일을 관장하고 있는 장편이라도 무조건 고집을 피울 수는 없었다.

"후~ 하면 어찌하면 좋겠나?"

장편이 한숨을 내쉬며 물었다.

이청은 물음에 답하지 않고 황산을 응시했다. 아무리 그가 주장을 해도 결정을 내리는 것도 번복을 하는 것도 결국은 국주가 할 일이기 때문이었다.

"국주께서는 어찌 생각하십니까?"

수하의 입장에서 하는 질문치고는 꽤나 가시가 돋아 있었다. 그것이 마음에 걸렸는지 헛기침을 한 이청이 부드러운 어조로 다시 물었다.

"국주님께서는 벌써 저들의 의뢰를 받아들이신 겁니까?"

황산은 대답을 하지 못했다. 그러자 지금껏 침묵을 지키고 있던 황곤이 대신 입을 열었다.

"반환비(返還費)가 만만치 않습니다."

"반… 환비?"

되묻는 그의 표정이 그렇게 딱딱해질 수가 없었다.

반환비는 '녹림의 난'으로 인근 표국이 초토화되었을 때 등왕표국의 가치를 한껏 끌어올리기 위해 도입한 것으로, 의뢰 자체를 받지 않거나 실패는 할 수 있어도 의뢰받은 일에 대해선 중도에 절대 포기하지 않는다는, 즉 등왕표국의 자존심과 자부심을 외부에 확실히 보여주고자 한 상징적인 말이었다. 문제는 그 약속이 지켜지지 않았을 때, 의뢰를 받아들였다가 포기해야 할 때 지불해야 하는 비용이 계약금이나 선수금의 스무 배라는 것.

한데 황곤이 거론한 것이 등왕표국에선 지금껏 단 한 번도 언급되지 않은 반환비, 바로 그것이었다.

그것은 곧 의뢰를 받아들였다는 것을 의미했다.

"설… 마……?"

이청의 시선이 황산에게 향했다.

"받아들이셨습니까?"

황산이 참담히 일그러진 표정으로 고개를 끄덕였다.

"내 실수였네. 그냥 신객이 필요하다는 말에 별생각없이 그러자고 해버렸으니……."

돈을 받은 후 엄청난 거금에 놀라고, 또 필요한 신객의 누구이며, 몇 명을 원한다는 소리를 듣고 얼마나 후회를 했던가!

그렇다고 정면에서, 그것도 계약금을 받자마자 거절할 수가 없었다.

고개를 절레절레 흔들며 스스로를 자책하는 황산의 모습에 다들 할 말을 잃었다.

이후, 신의각에는 끊임없이 이어지는 한숨과 숨이 막힐 듯한 침묵이 한참이나 이어졌다.

"후~ 상황이 그랬다면 어쩔 수 없는 일이지요. 일단 제갈세가가 어찌 신객을 원하는지 철저하게 조사한 후 문제가 있다면 반환비를 지불하는 것까지 생각해야겠습니다."

침묵을 깬 이청이 말했다. 황곤이 말을 받았다.

"그 또한 만만치가 않습니다."

"만만치가 않다니? 하긴, 스무 배면 큰 액수긴 하지."

장편이 안타깝다는 듯 혀를 차자 황곤은 더욱 어두운 얼굴을 하였다.

"큰 액수 정도가 아닙니다."

"아니라면?"

장편을 비롯하여 일동의 얼굴이 또다시 의혹으로 물들고, 황곤은 차마 고개를 들지 못하는 황산을 아픈 눈으로 바라본 후 대답했다.

"그들은 계약금 자체를 의뢰 대금으로 한번에 내놓았습니다. 받은 액수가 황금 이십 냥, 반환비를 주려면 그 스무 배인 황금 사백 냥을 준비해야 합니다."

"사, 사백 냥!"

"세상에!"

장편과 총표두의 입에서 비명에 가까운 탄식성이 터져 나오고, 이청은 아득함을 느끼며 눈을 감고 말았다.

그럴 만도 했다.

물건을 직접 운반하고 인원도 많이 참여하는 데다가 늘 위험을 감수하는 표행의 대가로 받는 돈의 액수가 평균적으로 황금 이십 냥이었다.

상대적으로 위험이 적은 데다가 인원도 개인으로 한정되는 신객의 의뢰비는 그에 비해 수십 분의 일에 불과했다. 물론 신객이라도 목숨을 걸 정도로 위험한 일일 경우 신행을 무사히 마치면 그에 대해 합당한 대가를 지불하기도 한다. 그래 봤자 많은 이가 동원되는 표행에 비할 바가 아니다.

지금껏 등왕표국이 신객을 파견해서 받았던 돈 중 가장 액수가 큰 것이 바로 전설로 남은 묵조영의 사건이었는데, 그때 받은 돈도 금자로 이십 냥이 채 안 됐다.

한데 사백 냥이었다. 그것도 금자로.

금자 사백 냥이면 은자로 팔천 냥. 쟁자수가 백에 표사 오십 이상이 동원되는 초대형 표행을 최소한 서너 번은 해야만 받을 수 있는 엄청난 거액이었다.

등왕표국의 일 년 매출이 금자 육백 냥이 조금 못 되고, 인건비며 뭐며 이것저것 비용을 빼고 순수하게 남는 액수가 금자 팔십 냥 정도인 것을 감안하면 실로 어마어마한 돈이 아닐 수 없었다.

"사백 냥이면 본 표국이 적어도 육칠 년 이상을 아무런 문제 없이 운영해야만 벌 수 있는 엄청난 돈입니다. 게다가 당장 그만한 거금을 준비할 여력도 없습니다."

"주지 못하면 약속 자체를 어기는 것. 치명적인 타격이네."

힘없이 던지는 황곤의 말에 총표두가 한탄스럽게 대꾸했다.

"모든 것이 내 잘못일세. 몇 명의 신객이 필요한지, 또 비용을 얼마를 지불할 것인지 제대로 들어봤어야 했는데…….
그랬다면 지금껏 들어온 의뢰를 단 한 번도 거절한 적이 없다는 자부심은 깨지겠지만 이리 곤란한 상황에 직면하지는 않을 텐데. 한데 그냥 덜컥 수락하고 말았으니……. 조금만 생각해 보면 처음부터 나를 직접 찾은 것부터가 수상했거늘……."

황산은 일의 책임을 전적으로 자신의 잘못으로 여기며 심한 자책을 했다.

"애당초 그리 큰 액수를 지불한 것을 보면 처음부터 아주 작심한 것으로 보입니다. 결국 조사를 해볼 필요도 없는 상황입니다. 천하의 제갈세가라도 그만한 액수라면 상당한 출혈일 터. 그런 수를 쓸 만큼 급박한 상황이라면 무림의 상황이 우리가 알고 있는 것보다 훨씬 더 심각하다는 뜻일 테니까요."

냉정을 회복한 이청의 머리는 빠르게 움직이고 있었다.

"설마하니 그들이 그런 잔수를 썼겠는가? 아마도 그들 나름대로 그만큼 급하고 절실했던 게지."

장편이 제갈세가를 두둔하며 말했다.

"그들이 어떤 의도를 가지고 의뢰를 했든 어쨌거나 결과적으론 우리에게 치명적인 계약이 되었습니다."

"그건 그렇지……."

장편이 무거운 표정으로 고개를 끄덕였다.

"우선 계약 조건을 정확하게 할 필요가 있을 것 같습니다. 그들은 분명 다음 보름까지 다섯 명의 특급신객을 보내달라고 했습니다. 다만 한 몇 명이라도. 맞습니까?"

"그랬네."

황산이 대답했다.

"꼭 다섯이라고 못을 박지는 않았다는 말이군요?"

"그렇긴 하네만……."

순간 이청의 눈빛이 반짝거렸다.

"그렇다면 한 명만 보내도 상관없겠군요?"

장편이 재빨리 끼어들었다.

"아무리 그래도 달랑 한 명만을 보내는 것은……."

모양새가 좋지 않다는 말일 것이다.

사태의 심각성을 알면서도 여전히 체면을 생각하는 장편의 모습에 이청은 답답함을 감추지 못했다.

"처음부터 수작을 부린 것은 그들입니다. 아니, 수작이 아니라 하더라도 우리는 그들이 원한 조건대로 다섯이 불가능하여 한 명만을 보내는 것입니다. 계약을 위반한 것은 아니니 그들로서도 뭐라 할 말이 없을 겁니다."

단번에 장편의 말을 막아버린 이청이 황산에게 고개를 돌렸다.

"어차피 벌어진 일입니다. 의뢰를 받지 않았다면 최선이겠으나 물리지도 못하게 되었으니 신객을 보내는 것이 좋겠습니다."

"누구를 보내야 한단 말인가?"

이청의 말에 다소 기운을 차린 황산이 물었다.

목숨이 위태로울 것이 뻔한 일에 딱히 누구를 골라서 보낸다는 것이 영 그랬기 때문이다. 게다가 특급신객이라 해봐야 고작 다섯뿐이었다.

"지금까지도 위험한 일이 제법 있었지만 이번 의뢰는 과거와는 비교도 되지 않을 정도로 심각할 것입니다. 누구를 보낼지를 우리가 결정한다는 것 자체가 말이 되지 않는다고 봅니다. 언제나 그래 왔던 것과 같이……."

이청의 시선이 장편에게 향했다. 이청뿐만 아니라 모든 이의 눈길이 장편에게 쏠렸다.

"알겠네. 우리가 알아서 결정하도록 하지."

"최소한 한 명은 나서야 합니다. 또한 이번 일의 위험성에 대해서도 분명 인지를 시켜야 합니다."

"반드시… 설명을 해야 합니다, 숙부님. 아무도 나서지 않는다면… 백부님께… 부탁을 하겠습니다."

황산이 붉게 충혈된 눈으로 말했다.

백부라면 등왕상단을 운영하는 황전(黃錢)을 말하는 것이다. 금자 사백 냥이 비록 상상도 할 수 없는 큰 액수이기는 해도 등왕상단이라면 능히 감당할 수 있는 돈이었다. 다만 가족이라도 돈 문제에서만큼은 철저하게 따지는 상계의 특징을 감안한다면 그에 대한 대가가 반드시 따르리라는 것은 능히 짐작할 만했다.

"맡겨두게. 없다면… 나라도 가겠네."

묵조영과 도한이 특급신객의 반열에 오른 이후 단 한 번도 신행에 나서지 않았던 장편. 각오를 다지는 그의 한마디에 다들 숙연해하는 모습이었다.

"제가 가겠습니다."

장편의 설명이 끝나기도 전에 터져 나온 한마디에 등왕표국 수뇌들이 머리를 쥐어짜던 고민은 너무나도 간단히 해결됐다.

일이 이렇게 쉽게 풀릴 것이라 미처 예상하지 못한 장편은 기뻐하기보다는 오히려 당황하고 있었다.

"정… 말인가?"

"예."

묵조영은 별일 아니라는 듯 담담히 고개를 끄덕였다.

"고맙네! 진정으로 고맙네!"

장편이 그의 손을 잡고 감격 어린 표정을 지었다.

"우리들 중 누군가는 해야 할 일인걸요. 어르신이야 은퇴하신 것이나 마찬가지고, 다른 두 분은 모두 지키고 가꾸어야 할 가정이 있으나 전 혼자가 아닙니까? 그리고 이렇게 무림인과 제대로 접할 기회가 흔치 않아서요."

묵조영은 자신이 나선 이유를 솔직하게 털어놨다.

"그래도 자칫 목숨을 걸어야 하거늘……."

"상관없습니다. 제게 중요한 것은 그게 아니니까요. 한데 언제까지 가야 한답니까?"

"다음 보름까지만 가면 될 것이야. 아직 여유가 있으니 며칠 푹 쉬다 가게나. 난 국주님께 일의 상황을 전하도록 하겠네."

"예, 그러시지요."

장편이 허둥지둥 달려가자 동료들은 표국을 위해, 그리고 자신들을 대신하여 신행에 나서게 된 묵조영을 에워싸며 진심 어린 걱정을 하였다.

"괜찮겠는가? 표국의 어른들이 저리 걱정하는 것을 보면 보통 심각한 것이 아닌 모양인데……."

그동안 친해진 소중명의 걱정스런 표정에 묵조영은 밝은 웃음으로써 대답을 대신했다.

"걱정하지 마세요. 별일이야 있겠습니까?"

"후~ 어차피 우리와는 상관없는 얘기였으나 돌아가는 상황이 영 수상한 것이 별일이 있을 것 같으니까 하는 말이네."

소중명은 연신 한숨을 내쉬었다. 그러자 그의 뒤에 서 있던 도한이 무거운 음성으로 말했다.

"미안… 하군. 내가… 가야 하는데……."

"그런 말씀 마세요. 이제 돌도 지나지 않은 소부(小芙)를 놓고 어디를 간다고 그러세요?"

당치 않다는 듯 손을 내저은 묵조영이 동료들을 둘러보았다.

"나참, 죽으러 가는 것도 아닌데……. 생각보다 심각한 일이 아닐 수도 있으니까 모두 염려 마세요. 쓸데없는 걱정도 마시고요. 누가 떠밀어서도 아니고 간절히 부탁해서 어쩔 수 없이 가게 된 것도 아닙니다. 제가 원해서, 좋아서 하는 일입니다요. 다들 아시잖아요. 제가 이런 기회를 놓칠 수 없다는 것을."

"젠장! 그러니까 더 미안하고 안타까운 것이야. 그런 위험을 자초해서 가야 하는 자네의 입장을 알기에 말이네."

소중명의 말에 묵조영은 쓴웃음을 짓고 말았다. 그리고 자신을 걱정하면서도 차마 말리지 못해 더욱 미안해하는 동료들을 바라보며 한없는 애정과 고마움을 느꼈다.

"괜한 걱정일랑 마시고 다녀올 동안 일이나 열심히들 하세요."

모두에게 핀잔 섞인 말을 던진 묵조영이 몸을 돌렸다.

그날 밤 그는 충분히 휴식을 취하고 길을 떠나라는 수뇌들의 당부에도 불구하고 몰래 떠날 줄 알았다는 듯 미리 준비하고 있던 노복 방일의 걱정에 찬 전송만을 받으며 조용히 표국문을 나섰다.

어둠이 미처 가시지 않은 새벽. 하선고의 유일한 자취가 남겨진 군림전포를 걸치고 언제나 함께하는 천마조를 든 그는 외롭지 않았다.

제12장

장부(丈夫)의 길

황산(黃山).

한번 오르면 오악(五嶽)이 눈에 들어오지 않는다는 천하의 명산.

묵조영의 본가 황산묵가는 그 황산의 동쪽 능선에 자리했다.

규모만으로도 가히 일 성의 규모를 능가할 정도로 어마어마했고, 상주하는 인원만 이천이 넘는 묵가의 정문은 늘 활짝 열려 있었다.

제일차 정마대전 이후 지금껏 묵가의 정문이 닫힌 적은 단 한 번도 없었다. 심지어 제이차 정마대전 때 마교의 주력이

장부(丈夫)의 길 69

코앞까지 밀려왔을 때도 묵가의 문은 닫히지 않았다.

어쩌면 활짝 열린 정문은 도전하는 적을 결코 두려워하지 않는다는 묵가의 자존심을 대표하는 상징이라 할 수 있었다.

그렇다고 경비가 철저한 것도 아니었다.

비상시가 아닌 평소에 정문을 지키는 경비는 고작 두 명뿐이었고, 그나마 묵가를 드나드는 손님들을 접대하기 위한 성격이 강했다.

지금도 단지 두 명의 무사가 정문을 중심으로 각각 좌우에 서서 나른한 오후를 보내고 있었다.

"후~ 날씨 참 덥기도 덥다."

노상(盧想)이 이마에 흐르는 땀을 문지르며 말했다.

"그러게. 비라도 왕창 쏟아졌으면 좋겠어."

"비는 바라지도 않고 시원한 물이나 한 모금 축였으면 좋겠다."

"물? 떨어졌어?"

"조금 전에."

"쯧쯧, 그러기에 조금씩 나눠서 마시지 그랬어?"

"목이 타는데 어째?"

"이거라도 마셔."

맞은편에 있던 석건(石乾)이 허리춤에 찬 물 주머니를 집어 던지며 말했다.

고양이가 먹이를 낚아채듯 물 주머니를 잡은 사내는 벌컥

벌컥 소리를 내며 물을 마셨다. 그리곤 빈 물 주머니를 흔들며 민망히 웃음 지었다.

"애구, 먹다 보니 다 마셔 버렸다."

"괜찮아. 곧 교댄데 뭘."

"그나저나 무슨 놈의 까치가 저리 울어대. 재수없게시리."

노상이 돌멩이를 집어 들더니 나무 위에 무리 지어 울어대는 까치를 향해 냅다 던졌다. 아닌 게 아니라 십여 마리가 훨씬 넘는 까치가 아까부터 요란하게 울어대는 것이 짜증이 날 정도였다.

"쯧쯧, 그렇게 던져서 한 마리라도 맞을까. 던지려면 이렇게 던져야지."

석건이 몇 개의 돌멩이를 집어 들더니 미동도 없이 앉아 있는 까치들을 향해 연거푸 던졌다.

그가 던진 돌멩이도 별다른 효과를 보지는 못했다.

까치들은 잠시 푸드득거리며 날아오르다 다시 제자리에 앉아 울기 시작했다.

"저것들이!"

"하하! 자신만만하더니 꼴좋네!"

노상의 이죽거림에 석건의 얼굴빛이 벌게졌다.

그는 다시 돌멩이 몇 개를 집어 들었다.

노상도 두리번거리며 적당한 돌을 찾았다. 하지만 둘의 행동은 한 사내의 출현으로 인해 멈춰졌다.

장부(丈夫)의 길

무려 반 시진가량을 망설이던 묵조영이었다.

"누구십니까?"

노상이 자세를 가다듬고 물었다.

조금 전의 장난스런 표정은 온데간데없었다.

만약을 대비해 조금 떨어진 곳에 위치한 석건은 두 눈을 날카롭게 빛내고 있었다.

"묵조영이라고 합니다."

곧바로 대답하지 못하고 잠깐 동안 뜸을 들이던 묵조영이 기어들어 가는 음성으로 말했다.

"묵조영?"

기억에 없는 이름이었다.

"무슨 일로 오셨습니까?"

"대장로님을 뵈러 왔습니다."

태연스레 나오는 말에 노상과 석건의 몸이 움찔했다. 비록 일 년 전부터 병석에 누워 점점 잊혀져 가고 있었지만 대장로라면 묵가의 최고 어른. 어떤 이유로 찾아왔는지는 몰라도 일단 조심스럽지 않을 수 없었다.

"대장로님께선 지금 몸이 편찮으셔서……."

"예, 그 일 때문에 왔습니다."

묵조영이 안색을 굳히며 말했다. 한데 그 어감 자체가 왠지 가볍게 넘겨선 안 될 것 같았다.

"대장로님과는 어떤……?"

노상이 최대한 조심스런 태도로 물었다.

"그냥……."

자꾸만 이어지는 질문에 묵조영도 난처했다. '집 나간 장손이 찾아왔다'라고 말하기도 뭐했고, 그렇다고 달리 할 말도 없었기 때문이다.

바로 그때, 그의 곤란함을 해소해 줄 수 있는 사람이 나타났다.

"무슨 일이냐?"

정문에서 걸어오는 사내. 묵가의 네 가신 중 청룡(靑龍)을 상징으로 하는 임(林)가의 후손이자 묵가의 외부 경계를 책임지고 있는 임철영(林澈瑛)이 한쪽 어깨를 썰룩이며 나타났다.

'하나도 안 변했네.'

단번에 그를 알아본 묵조영의 입가에 반가운 미소가 지어졌다. 어릴 적 자신의 처소를 지켜준 사람이 바로 그였던 것이다.

"무슨 일이냐니까?"

임철영이 노상을 보며 눈을 부라렸다.

재빨리 허리를 꺾은 노상이 묵조영을 가리키며 말했다.

"이 소협이 대장로님을 찾아왔다고 해서……."

"대장로님을?"

임철영도 다소 놀란 눈으로 묵조영을 응시했다.

'응?'

어디선가 많이 본 얼굴이다. 확실하지는 않지만 분명 익숙한 얼굴이었다. 그러나 명확하게 떠오르지는 않았다.

"저기… 혹시… 어디서 나를 본 적은……."

"오랜만이에요, 임 아저씨."

묵조영이 미소를 띠며 말했다.

임철영은 아무런 대답도 하지 못하고 뚫어져라 묵조영을 응시했다.

의문이 가득 담긴 얼굴.

그 얼굴이 곧 경악으로 바뀌고 반가움으로 바뀐 것은 금방이었다.

"서, 설마?"

그는 차마 말을 잇지 못하고 묵조영의 앞으로 다가왔다.

"소, 소가주님이십니까?"

묵조영이 고개를 끄덕였다.

"세상에!!"

자기도 모르게 손을 잡은 임철영은 몰라보게 변모한 묵조영의 몸을 살피며 부르르 떨었다.

"정녕, 정녕 조영 소가주님이십니까?"

"지금도 소가주일 리는 없지요. 어쨌든 아저씨가 알고 있는 묵조영이 맞기는 합니다."

묵조영이 씁쓸히 웃으며 대꾸했다. 그러자 비로소 상황을 인식한 임철영이 안타까운 얼굴을 하며 잡았던 손을 놓았다.

"그러기에 어째서……."

집을 뛰쳐나갔느냐는 말일 것이다.

"이제 와서 지난 일을 거론할 필요는 없고요, 대장로님이 위중하시다고 들었습니다."

"대장로님을 만나러 오셨습니까?"

"예. 위독하시다는 소문을 들어서……. 상세가 어떠신가요?"

임철영이 길게 한숨을 내쉬었다.

"병석에 누우신 지 벌써 일 년이 훌쩍 넘었습니다. 백방으로 노력은 하고 있지만 워낙 노령이시라 그다지 차도가……."

차마 위독하다는 말을 직접적으로 하진 못하고 빙 돌리는 임철영의 모습에 묵조영은 가슴이 아려왔다.

"뵐 수 있겠지요?"

"물론입니다. 아, 아니, 그게……."

당연하다는 듯 고개를 끄덕이던 임철영이 순간 아차 하는 표정을 지었다.

묵조영이 세가를 떠나고 정확히 사흘 후 어떤 일이 있어도 묵조영을 세가에 들이지 말라는 전대 가주의 엄명이 떠올랐기 때문이다.

"문제가 있나요?"

"문제가 있는 것은 아니고……."

임철영은 정확하게 대답하지 못하고 말끝을 흐렸다.

무엇 때문에 그리 머뭇거리는지 대충 눈치를 챈 묵조영이 씁쓸히 말했다.

"여기 있을 테니 허락을 받아주세요."

"알겠습니다. 최대한 빨리 다녀오겠습니다."

임철영이 일그러진 표정으로 대답했다.

"그런 얼굴 하실 필요 없습니다. 나도 내 처지를 아니까."

묵조영은 어쩔 줄을 몰라 하는 임철영을 애써 위로했다.

"너희들, 이분을 잘 모셔라. 한 치의 소홀함이 있어선 안 될 것이다."

"예!"

이미 둘의 대화를 듣고 돌아가는 상황을 눈치 챈 노상과 석건이 동시에 대답했다. 단단히 당부를 한 임철영이 묵조영에게 간단히 예를 표하더니 몸을 돌려 황급히 달려갔다.

"누… 구라고?"

묵하상(墨夏霜)이 물었다.

삼 년 전부터 부친의 뒤를 이어 묵가를 이끌고 있는 묵하상.

초반엔 다소 미흡한 점이 많았지만 연륜이 쌓인 지금은 누가 보아도 한 세가를 이끄는 가주로서의 여유로움과 당당한 모습을 갖추고 있었다.

"묵조영 공자가 왔습니다."

"묵.조.영?"

의자에서 벌떡 일어나는 묵하상의 얼굴에 당황함이 깃들었다.

"예."

"무엇 때문에 왔다더냐?"

"대장로님의 병환 소식을 듣고 찾아오셨다고 합니다."

"흠."

"병환? 웃기고 있네. 가문을 버리고 도망간 주제에 감히 여기가 어디라고!"

온화한 모습의 묵하상과는 달리 비웃음을 흘리는 묵성(墨星)은 함부로 눈도 못 마주칠 정도로 살벌한 인상을 하고 있었다.

"어디에 있느냐?"

"정문에 계십니다. 어찌해야 할지……."

임철영이 묵성의 눈치를 보며 말끝을 흐렸다.

"어찌하긴! 대장로님의 병환을 핑계로 세가로 다시 돌아오려는 놈 따위는 필요없다! 당장 내쫓아!"

묵성이 고래고래 소리를 질렀다. 하지만 묵하상의 생각은 조금 다른 듯했다.

"진정하여라. 그렇게 화를 낼 일만은 아니다."

"형님!"

"명색이 묵가의 장손이 아니더냐? 이유 여하를 막론하고 대장로님의 병환이 걱정되어 들렀다고 하는데 무작정 내칠 수는 없지."

"아무리 그렇다지만……."

"게다가 이건 내가 일방적으로 결정 지을 사안이 아니다."

"하면?"

"아버님께 여쭤야겠지. 그 아이를 집 안에 들이지 말라고 명을 내리신 분이 아버님이시니 그것을 거둘 수 있는 분도 오직 아버님뿐. 아버님을 뵈러 가야겠다. 따라오너라."

묵성이 뭐라 대답을 하기도 전 그는 벌써 방을 나서고 있었다.

"죄송합니다."

임철영은 모든 것이 자신의 잘못이라도 되는 양 안타까워했다.

"아니요. 아저씨가 미안해할 것은 없어요. 다 내 잘못이지요. 그래도 다행이네요. 이렇게라도 방문을 허락하셔서."

묵조영이 씁쓸히 웃으며 고개를 흔들었다. 그리곤 잠시 정문을 응시하더니 걸음을 옮겼다.

묵조영의 문제로 방문을 한 묵하상에게 묵연작은 세 가지 조건을 전제로 과거 자신이 내렸던 명령을 철회했다.

첫째, 허락은 하되 절대로 정문을 통과해서는 안 될 것이고,

둘째, 대장로님을 제외한 세가 내에서 어떤 사람과의 만남도 불허하며,

셋째, 대장로님과의 만남이 끝나면 곧바로 세가를 떠나라는 것이었다.

임철영으로부터 조부의 명령을 전해 들은 묵조영은 두말없이 고개를 끄덕였다. 어차피 목적은 병석에 누운 대장로님을 만나는 것이 아니던가. 그 외에 따로 바라는 것은 없었기 때문이다. 그러나 입맛이 쓴 것은 어쩔 수 없었다.

"이쪽입니다."

임철영이 재빨리 따라붙으며 안내를 했다.

"그럴 필요 없어요. 어차피 아는 길이니까."

어릴 적부터 쪽문을 이용해 세가를 들락거렸던 묵조영은 대장로의 거처인 일심각(一心閣)과 가장 가까운 문을 알고 있었다.

전갈이 갔는지 쪽문은 열려 있었다.

쪽문을 통해 일심각에 도착한 묵조영은 대장로가 병마와 싸우고 있는 방문을 향해 걸어가더니 떨리는 손을 뻗었다.

문이 열리면서 방 안의 온기가 바깥으로 쏟아져 나왔다.

온기 속에는 진한 약향과 함께 뭔가 기분 나쁜 냄새가 뒤섞여 있었다. 악취라고 말할 것까지는 아니었으나 얼굴을 찌푸리게 할 정도로 거북한 냄새였다.

묵조영의 눈이 침상으로 향했다.

그곳에 부모님을 잃은 후 세가에서 거의 유일하게 자신을 이해하고 사랑해 준 대장로가 누워 있었다.

죽은 듯이 누워 있는 대장로의 모습.

인자했던, 언제나 포근한 웃음이 담겨 있던 얼굴은 사라지고 없었다. 새하얀 머리카락은 거의 빠져 듬성듬성했고, 살이라고는 조금도 남아 있지 않아 목내이(木乃伊:미이라)와 다르지 않았다. 이불 밖으로 삐져 나온 손은 나무껍질마냥 쩍쩍 갈라져 마르고 앙상하다는 표현으로도 도저히 설명할 수 없을 지경이었다.

'아!'

묵조영은 차마 발을 들여놓지 못하고 멍하니 서 있었다.

생사의 기로에서 병마와 싸운다는 소문은 들었지만 이 정도일 줄은 상상조차 하지 못했다.

단박에 눈물이 고였다.

"대… 장로님……."

묵조영은 자신도 모르게 눈물을 흘리며 대장로를 불렀다.

곁으로 다가온 임철영이 한숨을 내쉬며 말했다.

"주무시고 계실 겁니다. 하루에 깨어 계시는 시간이 반 시진도 안 되는 것으로 알고……."

하지만 그는 곧바로 말문을 닫아야만 했다. 죽은 듯이 감겨 있던 대장로의 눈이 어느샌가 떠져 있고, 딱딱하게 굳어져 있어 움직이지 않을 것만 같은 얼굴 근육이 움직이고 있었기 때문이다. 게다가 덜덜 떨리는 입술.

"조… 영이냐?"

명확하지는 않았지만 못 알아들을 정도는 아니었다.

재빨리 눈물을 훔친 묵조영이 침상으로 달려갔다. 그리곤 무릎을 꿇고 대장로의 손을 잡았다.

"예. 접니다, 대장로님."

"고… 얀 녀석, 죽… 을 때가 되어… 서야 보게 되는… 구나."

"죄송… 합니다."

묵조영이 고개를 떨궜다.

"간밤에 네 아… 비가 보이더니만 네가 오는 것을 알… 려 주려고 그… 랬나 보다. 그래, 잘… 지냈느냐?"

대장로가 힘겹게 말을 이었다. 거칠고 탁한 음성이었지만 묵조영은 그 안에 담긴 무한한 애정을 몸으로 느낄 수 있었다.

"그럼요. 잘 지냈지요."

"잘 지내긴. 집 나가… 면 고생이라고 했다. 그 어… 린 나이에 집을 나간 녀석이… 잘 지냈다고 하면 내… 믿을 것 같… 으냐?"

"정말입니다. 힘든 건 전혀 없었어요."

"고얀… 녀석."

대장로는 대답과 함께 몸을 일으키려 했다.

깜짝 놀란 묵조영이 말리려고 했으나 고집을 부린 대장로는 임철영의 도움을 받아 기어코 상체를 일으켰다.

"많이… 컸구나. 어른이 다 됐는걸."

"그럼요. 벌써 강산이 변했는데요."

묵조영이 애써 밝은 목소리로 대답했다.

"어디… 에서 지내고 있느냐?"

"무창에서요."

"무창?"

"등왕표국에서 일하고 있어요."

"등왕표국? 그럼 표사라는 말이냐?"

말투가 점점 또렷해졌다. 움푹 파인 눈에서도 생기가 돌았다.

"아니요. 표사는 아니고 신객 일을 하고 있습니다."

"신… 객? 아, 신객."

눈빛이 살짝 흐려진다. 다소 실망한 표정이었다. 하나 곧 고개를 끄덕였다.

"어쩌면 네게 어울리는 일인 것 같구나."

"예, 피곤하기는 하여도 즐겁게 일하고 있지요."

"즐겁다라……. 좋은 일이지. 쿨럭쿨럭!"

대장로가 갑자기 기침을 하기 시작했다.

임철영이 재빨리 물을 대령했다.

한번 시작된 기침은 한참이 지나도 멈추지 않았다.

"후~ 도산검림(刀山劍林)을 두려워하지 않았던 내가 고작 기침 따위에 이리 힘겨워할 줄이야. 갈 때가 된 게야."

가슴을 부여잡고 보기가 안쓰러울 정도로 기침을 하던 대장로가 간신히 기침을 멈추고는 쓴웃음을 지었다.

"무슨 말씀을요. 충분히 이겨내실 수 있어요."

"사람은 갈 때가 되면 가야 하는 게다. 그게 자연의 이치가 아니겠느냐? 그걸 거스를 수는 없는 노릇이지."

대장로가 손을 뻗었다.

나무껍질보다 더 딱딱하고 거친 손이 볼에 닿았다.

묵조영은 대장로의 손길이 천하의 그 어떤 비단보다 부드럽고 포근하다고 느꼈다.

"가여운 녀석, 순리대로라면 의당 묵가의 주인이 되어야 하거늘……."

천천히 볼을 쓰다듬는 대장로. 그는 묵조영이 세가를 떠난 이유를 어렴풋이나마 짐작하는 듯했다.

"괜찮습니다. 지금의 생활에 충분히 만족하니까요. 어차피 무공엔 관심도 없었고요."

바로 그 순간, 대장로의 깊은 눈 속에서 기광이 피어올랐다.

"이 녀석, 거짓말하지 말거라."

"예?"

"무공에 관심이 없다? 그렇다면 네 몸에서 뿜어져 나오는 기운은 어찌 된 것이냐?"

"그, 그게……."

묵조영은 일순 할 말을 찾지 못했다.

"스승을 섬겼느냐?"

"아니요."

"하면 누구에게 배웠느냐?"

단도직입적으로 묻는지라 더 이상 거짓말을 하기도 힘들었다. 그렇다고 을파소와의 일을 곧이곧대로 말할 수는 없었다.

"그냥 인연이 있어서……."

"인연자라……. 좋군. 대다수의 영웅은 그렇게 만들어지지. 하늘의 안배로 인해 고난을 겪고 예기치 못한 인연을 만들고……. 어린 나이에 집을 떠나 걱정을 많이 했건만 그것이 하늘의 안배였구나."

'무슨 말씀을 하시는 거지?'

임철영은 둘의 대화를 이해하지 못하고 있었다.

그가 보기에 묵조영은 평범했다. 물론 어릴 적 세가의 무공을 익혔으니 어느 정도 실력은 갖췄을 것이라 생각은 했지만 분명 한계가 있을 터이다. 체계적으로 지도를 받으며 무공을 익히는 것과 홀로 익히는 것은 당장은 몰라도 세월이 지나면 천지 차이. 묵조영도 틀림없이 그랬을 것이다. 게다가 따로 인연이 있었다고는 해도 사제의 인연을 맺지 않은 것을 보면 그다지 큰 의미를 둘 것은 아닌 것 같았다. 무엇보다 묵조영이 은연중 뿜어낸다는 기운이 자신에겐 조금도 느껴지지 않았다.

'기세를 안으로 갈무리할 수 있다면…….'

고수라는 소리였다. 그러나 묵조영은 아니었다. 아무리 신경 써서 살펴도 그에게선 어떤 기운도 느껴지지 않았다. 또 그만한 실력을 지녔으면 애당초 표사도 아닌 신객 따위를 하고 있지는 않을 터. 결론은 하나였다.

'후~ 병색이 짙어지시니 판단력까지 흐려지시는군.'

한때는 세가 내에서도 가장 강한 무공을 지닌 사람이 바로 대장로가 아니던가. 오랜 병마로 인해 횡설수설하는 대장로의 모습에 임철영은 절로 눈시울이 붉어졌다.

그런 임철영의 반응에도 불구하고 묵조영의 손을 잡은 대장로의 음성엔 점점 힘이 실렸다.

"아무튼 인연이 있었다니 참으로 다행이다. 그래, 앞으로는 어찌할 생각이냐? 계속해서 지금의 일을 할 생각이더냐?"

"아마도 그러지 않을까 싶습니다."

대장로의 낯빛이 살짝 굳어졌다. 약간은 실망을 한 듯싶었다.

그것도 잠시였다.

곧바로 안색을 회복한 대장로가 엄숙한 음성으로 입을 열었다.

"내가 무슨 할 말이 있겠느냐? 이만큼 잘 성장해 준 것만으로도 고맙지. 그러나 집안의 어른으로서 네게 몇 가지 당부하고 싶은 말이 있구나. 들어보겠느냐?"

"예."

자세를 바로잡은 묵조영은 공손한 태도로 대장로의 다음 말을 기다렸다.

"그동안 많은 것을 보고 익히고 배워왔겠지만 장부(丈夫)란 말이다… 무엇보다 과감해야 하는 법이다. 기회에 망설여서는 크게 되지 못해. 기회란 자주 오는 것이 아닌 터, 기회다 싶으면 투지와 근성으로 끝까지 도전해야 하느니라."

"예."

"장부는 커야 한다. 큰 그릇에 많은 것을 담을 수 있는 법. 넓고 멀리 봐야 할 것이다. 또 깊어야 한다. 짧은 생각이 실수를 만들고 얇은 사고가 편견을 낳는 것이니 사물의 본질과 이치를 깨닫는 깊은 사고를 가져야 할 것이야."

오랜 세월의 연륜에서 우러나오는 대장로의 말은 버려야 할 것이 하나도 없었다. 묵조영은 물론이고 옆에 있던 임철영까지 경건한 자세로 경청하고 있었다.

"장부라면 넓어야 한다. 속이 좁을수록 식견이 좁아지고 사소한 일에 신경을 쓰게 되는 법. 넓은 마음으로 포용하고 아량을 베풀 때 비로소 사람들에게 존경을 받을 것이다. 장부라면 고민을 해야 한다. 살아 있는 한 끊임없이 고민하고 또 고민해라. 고민 속에서 발전할 수 있을 것이고, 진정한 네 자신을 찾을 수 있을 것이다."

주먹을 불끈 쥐고 범접하기 힘든 눈빛을 쏘아내며 훈계를 하는 대장로. 장강의 물처럼 도도히 이어지는 음성 앞에서 그를 보고 누가 감히 그에게 생사의 기로에 선 병자라고 할 것인가!

하지만 마지막 불꽃을 태우기 위해 혼신의 힘을 다하는 촛불처럼 정점을 향해 달리던 대장로의 음성도 어느샌가 점점 작아지고 있었다.

"장부라면, 책임질 줄 알아야 한다. 남들과의 약속, 자기 자신과의 약속을 지킬 줄 아는 사람만이 큰일을 할 수가 있는 법이다. 장부… 라면, 사랑할 줄 알아야 한다. 사… 랑이 없는 자, 사랑을 해보지 못한 자, 무… 엇을 이룰 수 있겠느냐? 그리고……."

대장로는 잠시 말을 끊었다. 숨이 가쁜지 거칠게 호흡을 했다. 걱정스럽게 지켜보기는 했어도 묵조영은 묵묵히 기다렸다.

대장로의 말은 분명 끝나지 않았고, 자신에게 남길 말이 분명히 더 있을 터. 그것을 들어주는 것이 지금의 대장로를 위하는 길이라 생각한 것이다.

"마지막으로… 장부라면, 힘이 있어야 한다. 남을 괴롭히는 힘을… 말함이 아니다. 나를 지키고… 약자를 지키고, 사랑하는 사람을 지키고… 나의 신념을, 그들이 이루고자 하는 꿈을… 지켜보기 위해선 힘이… 있어야 한다. 장부… 라면 말이다……."

그 말을 끝으로 대장로의 상체가 무너지듯 앞으로 쓰러졌다. 그의 몸을 재빨리 안아 편안히 눕힌 묵조영이 피가 나도록 입술을 깨물며 고개를 숙였다.

"명심, 또 명심하겠습니다."

"하아! 하아!"

두 눈을 감은 대장로는 연신 가쁜 숨을 몰아쉬었다.

"어, 언제 다… 시 떠나느냐?"

"바로 가야 할 것 같습니다."

"인… 정머리없… 는 인간들… 같으니. 네가… 무슨 잘못… 을 했다고."

"괜찮습니다. 제 걱정은 마시고 어서 쾌차하셔야지요."

"쾌차… 는 무슨, 갈… 때가 되었다니까."

"그런 말씀 마세요."

잠시 감았던 눈을 뜬 대장로가 묵조영을 불렀다.

"조영아."

"예."

"언젠가는… 돌아… 와야 한다."

"……."

"너와… 네… 아비가 태어난 가… 문이다. 아무리 밉더라도… 세… 가를 버려선 안 돼."

"……."

"약… 속을 하여라. 꼭 돌아… 온다고."

"예."

묵조영은 대장로의 손을 굳게 잡았다.

"그래… 고맙구나."

"그만 말씀하시고 쉬세요."

"아니다. 내 언제 너… 를 다… 시 보고 이런… 말을… 할 수 있… 겠느냐."

"종종 찾아뵈면 되지 않겠습니까?"

대장로는 고개를 흔들었다.

"되… 었다. 어차피 오래 살… 지도 못할 몸, 신경 쓸 것 없다. 다만 언젠가… 다시 돌아올… 때는 당당하게, 누구도 네게 함부로 대할 수 없… 을 정도로 큰… 사람이 돼… 서 돌아오너라."

"예."

"조영… 아."

"예."

"부디… 큰… 사람… 이 돼… 야 한다……."

"알겠습니다, 대장로님."

"더 얘… 기를 나누고 싶으나… 피곤… 하구나. 좀… 쉬어야겠어."

"예, 걱정하지 말고 주무세요."

"녀석……."

입가에 미소를 지은 대장로는 조용히 눈을 감았다. 깜짝 놀란 임철영이 묵조영의 곁으로 달려왔다.

"서, 설마?"

"걱정하지 마세요. 잠드신 것뿐입니다."

"후~"

임철영은 자기도 모르게 안도의 한숨을 내쉬었다.

수틀리면 가주에게도 호통을 치던 대장로. 묵조영은 죽은 듯 잠든 대장로를 보며 세월의 무상함을 뼈저리게 느꼈다. 그리곤 한참 동안이나 침상을 지키다 조용히 방문을 빠져나왔다.

'정말 많이 약해지셨구나. 그토록 강하시던 분이……..'

일심각을 빠져나와 걸음을 옮기는 묵조영은 너무나도 우울한 기분이었다. 마치 가슴 한 켠을 커다란 바위로 짓누르는 것과 같이 답답한 기분.

그의 마음을 알았는지 임철영이 위로의 말을 건넸다.

"너무 걱정하지 마십시오. 강한 분이시니 반드시 건강을 회복하실 겁니다."

"부디 그러서야지요."

"아참, 성수의가의 심건 어르신을 기억하십니까?"

"심건 어르신요?"

"예."

"물론이지요."

비록 오랜 세월이 지났으나 생명의 은인을 잊을 리가 없었다.

"한데 왜요?"

"세가를 떠나시던 날 그 어르신이 제게 신신당부하기를, 공자님께 언젠가 꼭 성수의가에 다녀가라고 전해달라 하셨습니다. 부모님에 관해 긴히 드릴 말씀이 있다고."

"부모님에 관해서요?"

"예."

괴이한 일이었다. 그가 알기로 부모님과 심건은 아무런 인연도 없었기 때문이다.

"알겠습니다. 안 그래도 인사도 드릴 겸 기회가 되면 성수의가에 들러볼 생각이었습니다."

"그러셨군요. 그런데… 바로 떠나실 겁니까?"

임철영이 잠시 망설이며 물었다.

"아니요. 기왕 여기까지 왔으니까 부모님께 인사는 드리고 떠날 생각입니다."

그의 얼굴이 환해졌다.

"그럼요. 당연히 그래야지요. 자, 가시지요. 제가 앞장서겠습니다."

그때였다.

바로 뒤에서 둘의 대화를 비웃는 음성이 터져 나왔다.

"누구 마음대로!"

임철영과 묵조영의 몸이 동시에 돌아가고, 그들은 여섯 명의 사내와 두 명의 여인을 볼 수 있었다.

묵조영은 그들이 누군지 대충 짐작할 수 있었다.

과거 그와 함께 선발되어 연공을 했던 묵가의 기재들.

그는 알지 못했지만 그들은 이미 황산팔룡(黃山八龍)이라는 이름으로 명성을 얻고 있는 중이었다.

"오랜만이다."

황산팔룡을 이끌고 있는 묵화성(墨火晟)이 인사를 했다.

온화한 성격으로 세가 내에서도 많은 신망을 받고 있는 그는 입가에 넉넉한 미소를 짓고 있었다.

그들과 만나는 것이 썩 내키지는 않았어도 만난 이상 인사를 하지 않을 수 없었다.

묵조영이 공손히 고개를 숙였다.

"예, 형님. 오랜만입니다. 다들 잘 지냈지요?"

"그럭저럭. 그나저나 참 많이 변했구나. 그때는 수줍음 많은 꼬마 아이였는데……. 한 십 년 되었나?"

"예."

"대장로님은 뵈었느냐?"

"막 다녀오는 길입니다."

"그랬구나. 후~ 세월이라는 것이 무섭긴 무서운 모양이다. 그토록 정정하시던 분이……."

묵화성은 더 이상 말을 잇지 못했다.

그의 말이 끝나기만을 애써 기다리던 묵언도(墨言道)가 비웃음을 흘렸다.

"대장로님을 뵈었으면 된 것이지 어디를 간다고?"

고개를 살짝 뒤로 빼고 팔짱을 낀 자세가 거만하기 그지없었다.

살짝 이마를 찡그린 묵조영은 그가 누구인지 금방 떠올리지 못했다.

과거, 함께 연공을 하던 당시의 나이가 열한 살. 그보다 다섯 살이 위인 묵화성은 그다지 변한 것이 없어 금방 알아보았으나 그 외에는 어렴풋이 기억할 뿐이었다.

"어디를 가느냐고 묻잖아! 홍! 말귀를 못 알아듣는 것은 예나 지금이나 전혀 변하지 않았군!"

비로소 생각이 났다.

'아, 바로 그 녀석이었군. 그놈의 빈정대는 말투도 여전하고.'

유난히도 사이가 좋지 않았던 동갑내기 사촌이 떠올랐다. 평소엔 얌전하던 묵조영도 그와는 이상하게 날을 세우고 으르렁거렸다. 어쩌면 동갑이라는 이유 때문에 더 그랬는지도

장부(丈夫)의 길 93

몰랐다.

"누군가 했더니 묵언도 바로 너로구나."

자신을 알아보지 못했다는 것이 기분 나빴는지 묵언도의 인상이 험악해졌다.

"기억력도 나빠졌냐?"

"아니, 나빠진 것은 아니고 그냥… 쓸데없는 것들은 기억하지 않는 성미라서."

"쓰, 쓸데없는 것들?"

묵언도의 인상이 있는 대로 구겨졌다.

"말 다 했냐?"

"……."

"너!"

순간 묵조영은 대꾸조차 하기 싫다는 표정으로 고개를 돌렸다. 그리곤 묵언도가 소리를 지르든 말든 신경 쓰지 않고 나머지 사람들을 천천히 살폈다.

어렴풋이 떠오르는 기억들이 하나둘씩 모여들더니 과거의 모습이 지금의 모습과 겹치기 시작했다.

'다들 하나도 안 변했군. 어릴 적 모습 그대로야.'

묵조영이 과거를 회상하고 있을 때 씩씩거리는 묵언도를 뒤로하고 앞으로 나선 사내가 있었다.

덩치는 모인 이들 중 가장 컸고, 각진 턱, 턱까지 기른 구레나룻은 사내가 보기에도 멋들어졌다.

"내가 누군지 알겠느냐?"

"물론입니다, 도광(刀光) 형님."

"용케도 기억하고 있구나."

"그럼요. 다들 기억이 납니다. 창(蒼)이도 보이고……."

묵조영의 시선이 묵언도보다 반 발자국 뒤에 떨어져 서 있는 청년에게 향했다.

"임가의 하룡 형님, 엽가의 산 형님……."

지명을 당한 임하룡(林河龍)과 엽산(葉山)이 손을 들어 아는 체를 했다.

"아리따운 분들은 주작매가의 설류 누님과 그리고……."

만면에 웃음을 띠고 인사를 하던 묵조영이 매설류(梅雪柳)의 뒤에서 있는 듯 없는 듯 모습을 감추고 있는 여인을 보며 잠시 멈칫거렸다. 약간은 당황한, 아니, 민망해하는 표정이었다. 하지만 언제 그랬냐는 듯 재빨리 분위기를 바꾸더니 말을 이었다.

"현무추가의 예쁜이 막내 화연이군요."

매설류는 별다른 반응이 없었고, 추화연(秋花蓮)은 살짝 고개를 끄덕였다. 핏기없는 얼굴과는 달리 고개를 숙이는 그녀의 목덜미가 붉게 물들었다.

찰나지간에 불과한 순간에 그것을 본 묵언도의 눈에서 불똥이 튀었다.

"어따 대고 함부로 이름을 불러! 화연이 네 친구냐?"

묵조영의 고개가 묵언도에게 향했다.

"그럼 뭐라고 부를까? 화연 소저라고 부를까? 오랜만에 만났다지만 동생을 보고?"

"동생? 누가 네놈 동생이냐? 네가 세가를 떠난 이후 우리는 남남이다! 이곳과 인연이 끊어졌단 말이다!"

"……."

인연이 끊어졌다는 데 할 말이 없었다.

묵조영은 잠시 묵언도를 노려보다가 모두에게 시선을 던지며 말했다.

"무례했다면 용서하시지요. 전 그저 옛날 생각이 나서 그랬던 것뿐."

"아니다. 언도의 말이 다소 과했다. 신경 쓰지 말거라."

묵화성이 달래고 나섰다.

"형님!"

묵언도가 발끈하고 소리쳤지만 묵화성은 듣지 않았다.

"등왕표국에서 일하고 있다고?"

"예. 신객으로 일하고 있습니다."

"신객? 아! 이런저런 소식을 전해준다는……."

"맞습니다."

"고생이 많겠구나."

"웬걸요. 나름대로 적성에도 맞고 좋은 분들도 많이 계셔서 잘 지내고 있습니다."

"다행이구나."

묵화성은 진정 어린 표정으로 고개를 끄덕였다. 하나 다른 사람들은 예외였다. 애당초 앙숙이었던 묵언도는 노골적으로 비웃음을 흘렸고, 나머지도 하나같이 실망스러움과 한심함이 어우러진 표정들이었다. 오직 추화연만이 안타까운 한숨을 살짝 내뱉었다.

씁쓸함이 밀려왔다. 그러나 묵조영은 내색하지 않았다. 그저 그 자리에서 빨리 벗어났으면 하는 마음뿐이었다.

"좀 더 얘기를 나누고 싶지만 이만 가봐야겠습니다. 다들 아시겠지만 할아버님의 엄명이 계셔서……."

"당연히 가야지. 그런데 어디를?"

묵언도가 이죽거리며 물었다.

"몰라서 묻는 거냐?"

"아니, 알고는 있지만 다시 확인하고 싶어서."

"부모님을 뵈러 간다."

"누구 마음대로? 이곳에서 네가 갈 곳은 아무 데도 없어. 당장 뒤돌아서 세가를 나가는 것만이 허락될 뿐이야."

묵조영의 얼굴이 확 표가 날 정도로 찌푸려졌다.

"내가 내 부모님을 뵈러 가는데 왜 네 허락이 필요하지?"

"본 가는 아.무.나. 들어와서 막 돌아다닐 수 있도록 허술한 곳이 아니거든."

'아무나'라는 말이 비수가 되어 가슴에 박혔다.

목까지 치미는 뭔가가 있었지만 애써 눌러 참은 묵조영은 고개를 살짝 숙이며 걸음을 옮겼다.
"안 된다면 안 되는 줄 알아!"
묵언도가 그의 길을 가로막으며 소리쳤다.
"비켜!"
"싫다면?"
"비키라고 했다!"
"싫다고 했을 텐데?"
팔짱을 끼고 지그시 내려보는 묵언도의 눈빛은 묵조영이 반발하기만을 기다리는 것 같았다.
또다시 치미는 화를 간신히 억누른 묵조영이 고개를 돌려 묵화성을 쳐다봤다.
해결을 바라는 눈빛.
묵화성은 묵묵히 고개를 흔들 뿐이었다.
실망스런 표정으로 몸을 돌린 묵조영이 묵언도의 어깨를 스치며 걸음을 옮겼다.
바로 그 순간, 묵언도의 입꼬리가 올라가며 번개같이 손이 움직였다.
워낙 가까운 거리인 데다가 그런 식으로 공격할 줄은 전혀 상상하지 못했기에 묵조영으로서도 속수무책으로 당할 수밖에 없었다.
"윽!"

삽시간에 어깨를 강타당한 묵조영이 나직한 신음성을 흘리며 뒷걸음질쳤다.

"언도! 무슨 짓이냐?! 당장 멈추지 못해!"

애써 외면하고 있던 묵화성이 버럭 화를 내며 호통 쳤다.

"형님도 보셨잖습니까, 저놈이 할아버님의 명을 어기고 마음대로 행동하려는 것을!"

"그렇다고 함부로 무력을 쓰다니!"

묵언도는 조금도 아랑곳하지 않았다.

"경고를 무시하니까 그렇지요."

그는 고통에 찬 표정으로 어깨를 어루만지는 묵조영을 보며 비릿한 조소를 보냈다.

이를 악문 묵조영이 서늘한 눈빛으로 묵언도를 노려보았다.

망설임은 잠깐도 되지 않았다.

애당초 오지 않았으면 모를까, 온 이상 부모님의 유해를 모신 사당을 코앞에 두고 찾지 않는다는 것은 있을 수 없는 일이었다. 그것이 비록 할아버지를 비롯한 세가 사람들이 원하지 않는 일이라 해도 그로선 어쩔 수 없었다.

마음의 결정을 내린 묵조영이 묵언도를 향해 천천히 걸음을 옮겼다. 의도하지 않았음에도 그의 몸에서 은근한 기세가 뿜어져 나왔다. 그 기운을 감지한 묵언도가 낯빛을 굳히며 자세를 가다듬었다.

장부(丈夫)의 길

"그만 하라니까!"

더 이상의 다툼을 원하지 않았던 묵화성이 충돌을 막기 위해 둘 사이에 끼어들려고 하였다. 하나 미처 한 걸음을 내딛기도 전에 날아든 전음으로 인해 그는 움직일 수 없었다. 그저 안타까운 눈빛으로 묵조영을 바라볼 뿐이었다.

"해보자는 것이겠지?!"

묵언도가 점점 거리를 좁히며 다가오는 묵조영을 바라보며 소리쳤다.

묵묵부답(默默不答).

묵조영은 아무런 대꾸도 하지 않았다.

지금 그의 신경은 정면을 막고 선 묵언도에게 가 있지 않았다. 모습은 보이지 않아도 그는 지척에서 누군가가 자신을 지켜보고 있다는 것을 느끼고 있었다. 그리고 그것이 누구라는 것은 묵화성의 움직임을 단번에 제지한 것으로 어느 정도는 짐작하고 있었다. 또한 그 이유까지도.

'내 실력을 보고 싶은 것인가?'

묵조영의 얼굴이 참담하게 일그러졌다.

역겨움에 속이 울렁거릴 정도였다.

두 다리에 힘이 쫙 빠졌다.

자신이 무엇 때문에 세가에 왔는지 회의감마저 들었다.

조금 전, 입술을 깨물던 의지는 온데간데없이 사라지고 말았다. 그의 몸에서 잠깐 동안 일었던 기운 역시 안개처럼 흩어졌다. 하지만 그의 반응과는 상관없이 묵언도는 이미 움직이고 있었다.

단지 발을 쭉 뻗는 것으로 묵조영의 코앞까지 도착한 묵언도의 주먹이 아랫배를 향해 다가왔다.

묵조영이 본능적으로 몸을 움츠리며 몸을 틀었으나 주먹은 옆구리를 스치며 지나갔다.

"큭!"

평생 동안 무공을 익힌 자의 주먹은 단지 스친 것만으로도 목숨을 걱정해야 할 정도로 위협적이었다.

묵조영은 뼛속까지 울리는 고통에 신음성을 흘리며 황급히 뒤로 물러났다.

추호의 여유도 주지 않고 공격이 계속됐다.

"타핫!"

낭랑한 기합성과 함께 몸을 띄운 묵언도가 발길질을 해댔다.

다급해진 묵조영이 손을 휘두르며 발의 방향을 바꿨다.

그것이 끝이 아니었다.

파파파팡!

묵언도는 허공에 몸을 띄운 채 연속적으로 여섯 번의 발길질을 더 해댔다. 이름하여 비각칠(飛脚七)이라는 무공이었다.

허벅지를 노리고, 아랫배를 노리고, 가슴을 노리며 짓쳐들어오는 발길질.

묵언도의 현란한 공격에도 묵조영은 양팔을 정신없이 휘두르며 나름대로 잘 버텨냈다. 비록 계속해서 뒤로 밀리긴 했어도 제대로 된 공격은 단 하나도 허용하지 않았다.

"흥!"

자신의 공격이 그렇게 간단히 막혔다는 것이 뜻밖이어서 그런 것인지, 아니면 여러 사람이 있는 곳에서 망신을 당했다고 생각해서 그런 것인지 콧방귀를 뀐 묵언도의 손속이 점점 거칠어지기 시작했다.

교묘하게 교차하며 움직이는 발걸음은 신묘하기 그지없었고, 현란함 속에 진중함을 감추고 있는 손놀림은 묵조영의 요혈을 집요하게 노렸다. 노골적으로 드러내진 않았어도 은연중 살기까지 뿜어내고 있었다.

'보자 보자 하니까!'

묵조영의 눈빛이 차가워졌다.

그 짧은 공격에 머리카락은 먼지투성이로 변해 버렸고, 양 소매가 너덜너덜해졌으나 지금까지는 비교적 힘들지 않게 막아낼 수 있었다. 그러나 언제까지 그럴 수 있다고 장담할 수는 없었다. 게다가 손속에서 전해오는 살기를 접하자 화도 치밀었다.

잠시 잠깐 세가의 누군가가 자신을 지켜보고 있다는 것을 잊은 묵조영이 기를 끌어올렸다. 그리곤 묵언도의 움직임을 차분히 살폈다.

 묵언도가 제아무리 황산팔룡이라 하여 이름을 날리고 있어도 천마 조사의 진전을 이어받고, 게다가 무이산을 떠나 신객이 된 이후 지금껏 단 하루도 연공을 게을리 하지 않은 묵조영의 상대가 될 수는 없었다. 마교에서도 장로급 정도는 되어야 이른다는 구성의 천마호심공을 넘어선 지 오래고, 십성을 넘어 십일성에 도달한 지금 애당초 수준이 다른 것이다.

 빠르게 접근하는 묵언도를 향해 한 걸음 내딛는 묵조영.

 칠성의 내공을 운용하는 듯 눈빛은 어느새 혈광을 띠고 있었고, 지그시 쥔 주먹에서 알 수 없는 기운이 솟구쳤다. 물론 그것을 눈치 챈 사람은 아무도 없었다. 그저 공격을 하고 있던 묵언도만이 붉게 변한 눈동자를 보며 다소간 꺼림칙하게 여길 뿐이었다.

 묵언도의 주먹이 묵조영의 가슴을 강타할 찰나였다. 아니, 그보다는 묵언도의 주먹이 거의 도착할 즈음 비로소 뻗기 시작했으나 틀림없이 먼저 도착해 그의 공격을 무위로 돌리게 만들었을 묵조영의 주먹이 막 움직이기 시작할 때쯤이었다.

 "멈춰랏!"

 주변 건물의 기왓장을 울리게 만들 정도로 우렁찬 외침과 함께 한 중년인이 모습을 드러냈다.

 묵조영은 그의 목소리가 들려오기도 전에 기운을 느끼고 공격을 멈췄다. 하지만 묵언도는 그러지 않았다. 분명 공격을 멈출 여유가 있었음에도 그는 멈추지 않았다. 그저 살짝 방향을 바꾸는 것이 전부였다.

주먹은 묵조영의 어깨를 강타했다.

"크윽!"

고통에 찬 비명성과 함께 묵조영의 신형이 나가떨어졌다. 재빨리 일어나긴 하였어도 맨 처음 가격당한 곳을 또다시 얻어맞은지라 고통이 꽤나 심했는지 얼굴이 일그러졌다.

"쯧쯧, 그만 하라지 않았느냐."

모습을 드러낸 중년인인 묵언도를 향해 혀를 찼다.

단지 그뿐이었다.

그의 음성에선 묵언도의 행동에 대한 어떠한 질책의 기운도 느껴지지 않았다. 오히려 잘했다는 듯 칭찬을 하는 것처럼 보이기까지 했다.

"괜찮으냐?"

묵언도를 나름대로 꾸짖은(?) 묵성이 돌아보며 말했다.

"예. 그간 안녕하셨습니까, 숙부님?"

"안녕이고 뭐고 괜찮다니까 됐다. 그러기에 누가 쓸데없이 분란을 일으키라고 하였느냐?"

말투 하나하나에 못마땅한 기색이 역력했다.

"죄송… 합니다."

묵조영은 고개를 숙였다.

"대장로님을 뵈러 왔다고?"

"예, 지금 뵙고 오는 길입니다."

"한데 어째서 지금껏 이곳에 있는 것이냐?"

"예?"

"대장로님을 뵈면 그 즉시 떠나라는 명을 듣지 못한 것이더냐?"

매섭게 추궁하는 묵성의 얼굴에서 냉기가 풀풀 풍겼다. 그러자 묵화성이 재빨리 두둔하며 나섰다.

"부모님께 인사를 드리고 간다 합니다."

"흥!"

묵성은 듣기도 싫다는 듯 콧방귀를 뀌었다.

"세가를 버리고 떠난 주제에 무슨 인사! 너와 우리의 인연은 끝났다!"

"숙부님……."

묵성마저 그런 식으로 나올 줄은 꿈에도 몰랐기에 당황하여 그를 부르는 묵조영의 얼굴은 참담함 그 자체였다.

"그런 눈으로 봐도 소용없다. 네 녀석을 들이지 말라는 아버님의 명이시다. 또한 현 가주께서도 그리 생각하시고. 괜한 고집 피우지 말고 당장 떠나거라. 어서!"

"오래 머물지 않겠습니다. 인사만, 인사만 드리고 떠날 수 있게 해주십시오. 여기까지 와서 부모님께 인사도 못 드리고 갈 수는 없지 않습니까?"

묵조영은 간절히 부탁했다. 하나 지그시 바라보는 묵성의 시선은 냉담하기만 했다.

"안 되는 것은 안 되는 것이다. 위에서 내린 결정, 내가 함부로 할 것도 아니고, 나 또한 더 이상 너를 보고 싶지 않다. 애당초 너를 들이는 것 자체가 마음에 들지 않았어. 좋은 말로 할 때 그냥 가거라."

그 어떤 말도 듣지 않겠다는 듯 몸을 돌려 버린 묵성은 한숨을 내쉬는 묵화성에게 호통을 쳤다.

"그렇게 물러 터지니까 어르신들이 걱정을 하는 것이다! 외인이 함부로 세가를 돌아다니지 못하게 하라는 명을 받았으면 처음부터 언도처럼 확실하게 했어야지!"

순간, 고개를 숙인 묵조영이 입술을 깨물었다.

'외인이라……'

그 이상 잔인한 말이 없었다.

"지금이라도 할 일을 제대로 해야 할 것이야!"

할 일이라는 것이 묵조영을 세가에서 내쫓는 것임을 알기에 묵화성은 쉽게 대답하지 못했다.

묵성이 또다시 역정을 냈다.

"쯧쯧, 그리 마음이 약해서야!"

"제가……."

묵조영이 말을 자르고 나왔다.

모든 이의 시선이 그에게 향하고, 그는 애써 차분한 표정으로 입을 열었다.

"가겠습니다. 비록 부모님을……."

더 이상 입을 열었다간 감정이 격해져 자신이 어떤 짓을 할지 모른다고 판단한 묵조영은 길게 한숨을 내쉬며 입을 다물었다. 그리곤 묵성을 향해 고개를 숙였다.

"소란을 피워서 죄송합니다."

"알면 됐다."

묵조영은 자신도 모르게 두 주먹을 꼭 쥐었다.

"건강하십시오, 다들."

짧게 인사말을 뱉은 묵조영은 조금의 미련도 없이 몸을 돌렸다. 지금껏 어쩔 줄을 몰라 하며 발만 구르고 있던 임철영이 그를 따라 움직였다.

묵조영의 모습이 사라지자 묵성이 묵창에게 조용히 일렀다.

"따라가 보거라."

"예."

묵창이 묵조영이 사라진 곳으로 달려가고 그의 모습마저 보이지 않게 되자 묵성이 묵언도에게 물었다.

"어떠냐, 녀석의 무공은?"

"별것 아니었습니다."

"별것도 아닌데 그리 오래 손속을 나누었더냐?"

묵언도가 피식 웃었다.

"숙부님도 참. 그저 실력을 알아보고자 그랬을 뿐입니다.

마음만 먹으면 한 방에 끝낼 수도 있었지요."

"하긴 그랬겠지. 내가 봐도 그렇게 보였다."

서로를 마주 보며 웃음을 흘린 묵성과 묵언도. 다른 몇몇 이들도 따라 웃음을 흘렸다. 하지만 여전히 굳은 얼굴의 묵화성과 추화연만은 웃지 않았다. 특히 묵조영이 사라진 방향을 물끄러미 바라보던 추화연의 얼굴이 어딘가 이상했다. 조금 전, 마지막 충돌에서 묵조영이 묵언도를 향해 내디딘 곳에 남은 발자국이 영 마음에 걸렸기 때문이다.

'이상해. 틀림없이 뭔가가 있어.'

오직 단 하나뿐이었으나 묵언도가 남긴 발자국보다 최소한 두 배 이상 깊게 새겨진 발자국을 보는 그녀의 뇌리 속엔 깊은 의혹이 자리 잡았다.

제13장

미륵하생(彌勒下生) 성녀재림(聖女再臨)

사흘간 지독히도 퍼붓던 폭우가 세우비로 변하기 시작한 저녁, 일단의 사람들이 술잔을 기울이고 있었다.

황금으로 만든 이십여 개의 유등이 주변을 환히 밝히고 바닥은 파사국(婆娑國)에서 들여온 양탄자가 깔려 있었다.

방의 중앙은 거대한 원탁이 차지했는데 황제나 고관대작들이 쓴다는 자단목(紫檀木)으로 만들어진 것이었다. 겉으로 드러나는 자색에 더해 보면 볼수록 은은한 빛깔이 마음을 사로잡고 신비로운 느낌까지 주는 것으로 보아 자단목 중에서도 그 값어치를 따질 수 없다는 몽환목(夢幻木)이 틀림없었다. 게다가 그들이 사용하고 있는 술병과 술잔 또한 온갖 진기한 보석으로 치장되어 있어 호화롭기 그지없었으니 아방궁(阿房宮)이 부럽지 않을 정도로 화려한 방이었다.

그런 방의 중앙. 원탁에서도 나름대로 상석이라 할 수 있는 자리에 백호 가죽으로 치장한 태사의가 놓여 있었는데 한 사내가 턱을 괸 자세로 앉아 있었다.

전대 교주이자 사부인 을파소를 몰아내고 최근엔 교주의 자리까지 꿰찬 철포혼(鐵捕魂)이었다.

나이는 오십을 갓 넘겼을까? 그다지 큰 덩치도 아니었고, 오히려 다른 이들과 비교해 왜소해 보일 정도였다. 학자풍의 선한 얼굴에선 사내다움이나 강한 패기가 전혀 느껴지지 않았다. 하지만 전신에서 은연중 풍겨 나오는 기운이 뭐라 표현하기 힘들 정도로 애매하여 '이 사람은 어떤 사람이다'라고 딱히 정의 내리기가 힘든 묘한 인물이었다.

그를 중심으로 원탁에는 일곱 명의 사내와 한 명의 여인이 앉아 있었다.

백발이 성성한 노인부터 사, 오십대의 중년으로 보이는 사내들과 눈이 번쩍 뜨일 만큼 빼어난 미모를 자랑하는 이십대의 여인. 다름 아닌 바로 마도의 하늘이자 천하제일의 세력을 자랑하는 마교의 핵심 수뇌들이었다.

"그러니까 결국 이 년 동안의 노력이 물거품으로 변했단 말이지? 아니군. 애당초 가짜를 가지고 헛힘을 쓴 것이니 물거품이란 표현 자체가 이상한 것이겠어."

턱을 괸, 약간은 삐딱한 자세로 자수정(紫水晶)이 박혀 있는 술잔을 빙글빙글 돌리던 철포혼이 입을 열었다.

"최종적으로 그리 밝혀졌습니다. 그래도 미리 준비를 했으니 그나마 다행 아닙니까?"

그의 바로 좌측에 앉아 있는 사내가 말을 받았다.

철포혼의 사제이자 그에게 절대적인 추종을 보내는 석류(錫瀏)였다.

"다행? 흠, 뭐, 그럴 수도 있겠지. 아예 모르는 것보다는 나을 테니까. 환몽(幻夢)!"

"예, 교주님."

그의 부름이 끝나는 것과 동시에 어디선가 대답이 들려왔다. 그 음성이 마치 꿈결 속에서 듣는 것처럼 요상하기 짝이 없었다.

'저자가 밀은단의 단주 환몽이로군.'

석류의 눈이 번뜩였다.

철포혼을 도와 마교를 장악하는 과정에서 지금까지도 유일하게 제대로 파악하지 못한 존재가 바로 그였다.

"상황이 어떠냐?"

"제갈세가를 중심으로 완벽한 감시망을 구축했습니다."

"완벽? 이 년 전에도 그런 소리를 했을 텐데?"

"죄송합니다."

한데 조금도 죄송해하는 목소리가 아니었다.

철포혼의 눈썹이 꿈틀거렸다.

"좋아. 밀은단은 유일하게 교주만이 움직일 수 있는 친위대. 그때는 내가 교주가 아니었으니까 용서하지."

"감사합니다."

"하지만 이번엔 안 돼. 기필코 검지(劍池)의 향방을 밝혀내야 한다. 우선 네 말대로 제갈세가가 그 비밀을 알고 있는지가 중요해."

"당시 검지의 비밀을 밝힐 수 있는 단서가 제갈세가로 흘러들어 갔음은 확실합니다. 또한 최근에 그 비밀에 거의 접근한 것 같습니다."

"그랬으니까 밀은단을 움직인 것인데… 정말 확실한 것이냐?"

재차 확인하는 철포혼의 얼굴에선 여전히 선한 인상이 떠나지 않았다. 그러나 그 안에 내포된 살기를 느끼지 못하는 사람은 아무도 없었다.

"예."

"목을 걸어라."

"걸겠습니다."

환몽의 확고한 대답에 잠시 잠깐 섬뜩한 눈빛을 뿜어내던 철포혼은 만족스런 미소를 지었다.

"좋아. 그런 결심이라면 믿겠다."

그의 말이 끝나기를 기다린 석류가 입을 열었다.

"현 상황을 자세히 말해보게."

대답은 들려오지 않았다.

"묻지 않나? 설명을 해보라니까!"

"……."

"이……!!"

많은 사람들 앞에서 망신을 당했다고 생각한 석류가 발끈하여 소리치려 하자 철포혼이 그를 말렸다.

"사제는 화를 풀게나. 밀은단주에게 질문을 할 수 있고, 또 대답을 들을 수 있는 사람은 오직 교주와 삼태상뿐이 아니던가. 환몽, 석류는 곧 나의 분신과 같다. 이후부터는 나를 대하듯 하여라."

"존명."

철포혼이 웃으며 눈짓을 하자 그제야 분을 가라앉힌 석류가 다소 무게가 실린 음성으로 재차 질문을 하였다.

"설명을 해보게."

그제야 대답이 흘러나왔다.

"교주님께는 이미 보고를 드렸지만 제갈세가가 최근 검지의 비밀에 근접했다는 것을 알게 된 것은 그곳에 입을 했던 몇몇 학사들을 통해서였습니다."

그가 학사들을 언급하는 순간 좌중의 사람들은 그 학사들이 어떤 상황에 처했을지 상상이 갔다. 몇몇은 얼굴을 찌푸리기도 하였다.

"또한 몇몇 인원을 제외한 제갈세가의 식솔들이 하나둘 세가를 빠져나가는 것 또한 그런 의심을 확신케 하는 것이었습니다."

"미리 빼돌린 것이로군. 비밀이 풀렸을 때 닥치게 될 위험을 피하기 위해서 말이야."

"그렇습니다. 이후 강서, 안휘, 강소, 절강 등 제갈세가에 인접한 곳의 밀은단 지부를 총동원하였습니다."

"강서? 이 년 전 일로 그쪽 인원이 꽤 부족한 것으로 아는데?"

"어쩔 수 없었습니다. 다른 쪽에서 인원을 뺄 수가 없었으니까요. 아무튼 제갈세가 인근에 포진한 인원만 백삼십에 육박합니다."

"백삼십? 그 정도로 될 것 같은가?"

"충분합니다. 어차피 싸우는 것이 아니니까요."

자신감이 넘치는 대답에 석류는 더 이상 토를 달지 않았다.

"그들로 하여금 제갈세가를 출입하는 모든 사람들에 대해 철저하게 조사를 하고 있습니다. 아이에서부터 노인까지 단 한 사람도 놓치지 않을 것입니다."

"하늘은?"

하늘이란 곧 전서구를 말하는 것. 철포혼의 물음에 환몽은 자신만만한 말투로 대답했다.

"전서구는 뜨는 족족 우리가 날린 흑응(黑鷹)들의 밥이 되고 있습니다. 저들도 그것을 아는지 몇 번 시도를 하고는 포기한 상태지요."

"흠, 의천맹이나 여타 문파들의 움직임은?"

"대규모의 인원을 급파했다고 하는 것을 보면 그쪽으로도 제갈세가가 비밀에 근접했다는 것이 전해진 모양입니다. 하지만 우리 쪽이 빠릅니다."

"막내는 어디까지 갔다던가?"

철포혼이 석류에게 물었다.

"옥산(玉山)까지 움직였다고 연락이 왔습니다만……."

석류는 말을 줄였다. 이후 연락이 오지 않아서 정확히 어디까지 움직였는지 알지 못하는 것이다.

대답은 오히려 환몽에게서 나왔다.

"옥산을 지나 상산(常山)까지 진출했습니다. 빠르면 이틀 후, 늦어도 사흘이면 제갈세가에 도착합니다."

"의천맹에서 파견한 놈들은?"

"아무리 빨라야 나흘입니다."

"혹여 검지의 비밀이 이미 전해졌다거나……."

"그런 일은 절대 없습니다. 밀은단이 제갈세가에서 나오는 모든 정보를 차단하기 시작했을 당시엔 아직 비밀이 풀리지 않았습니다."

대답은 단호했다.

"너무 자신하지 마라. 다른 곳도 아니고 제갈세가다. 분명 무슨 수단을 강구할 것이다. 어쩌면 우리가 모르는 사이에 이미 움직이고 있는지도 모르고."

"……."

환몽은 대답하지 않았다.

"어쨌든 막내가 도착할 때까지만 버티라고 해. 어떠한 일이 있어도 검지의 비밀이 의천맹을 비롯하여 정파 놈들에게 흘러들어 가서는 안 될 것이다. 이후의 일은 막내가 알아서 처리할 것이야."

"존명."

마지막 대답과 함께 끝까지 모습을 보이지 않던 환몽의 음성은 더 이상 들려오지 않았다. 기척도 느껴지지 않았다.

방 안에 모인 이들은 환몽의 은밀한 움직임에 놀라워하기도 하면서 은근히 두려워하는 표정이었다.

환몽이 단주로 있는 밀은단의 주 업무가 정보 수집 및 첩보에 있었지만 마교도의 감찰도 하고 있다는 것을 알기 때문이었다.

"이보시게, 교주."

환몽의 설명이 계속되는 동안에도 별다른 관심 없이 묵묵히 술잔을 기울이던 백발의 노인이 입을 열었다.

마교의 최고 원로라 할 수 있는 삼태상의 한 사람이자 철포혼에게 마도십병 중 서열 이위를 차지하고 있는 화룡성검(火龍聖劍), 그리고 화룡천강무(火龍天罡舞)를 전수해 주고, 철포혼과 그의 사제들이 을파소를 제거하는 데 가장 큰 영향력을 끼친 곽홍(郭虹)이었다.

"예, 사부님."

철포혼은 그를 사부의 예로써 극진히 대했다.

"마침내 시작일세그려."

"예."

"자신있는가?"

"물론입니다."

철포혼과 곽홍이 잠시 눈빛을 교환했다.

잠시 동안 철포혼을 응시하던 곽홍이 고개를 끄덕였다.

"교주가 그리 자신한다면 그런 것이겠지. 내 누누이 얘기했지만 시작을 한다면 철저하게, 그리고 잔인하게, 또한 최대한 빠르게 쳐야 할 것이네."

"명심하겠습니다."

"그리고 하나 더."

곽홍의 안색이 살짝 굳어졌다.

을파소를 치라고 부추길 때도 그런 모습을 보이지 않았던 그이기에 철포혼도 살짝 긴장했다.

"반드시 염두에 둬야 할 인물이 있네."

"그게 누굽니까?"

"공야치(公冶治)."

순간 이곳저곳에서 묵직한 신음성이 터져 나왔다.

공야치.

의천맹의 맹주이자 공야세가의 현 가주.

사십 년 전 의천맹의 맹주로 등극하기 전부터 사실상 천하제일인이란 명성을 날리며 추앙받는 사람으로서 정파 쪽에선 그의 말 한마디 한마디가 황제를 능가하는 권위가 있었다. 심지어 그를 적대시하는 마도에서조차 두려움을 뛰어넘어 경외심을 갖게 만든 인물이 바로 무신(武神) 공야치였다.

"그가 대단한 인물인 것은 알고 있으나 오랜 은거 생활을 하는 통에 살아 있는지도 불분명하고 지금은 오히려 그를 추종하는 이들이 분란을……."

"천만에!"

곽홍이 철포산의 말을 끊었다.

"그는 거인일세. 그저 대단한 인물 정도가 아니라 적이지만 인정하지 않을 수 없는 진정한 거인. 비록 오랫동안 칩거하면서 존재를 드러내지 않은 것도 사실이고, 아랫사람들이 권력 투쟁을 하는 것도 사실이네. 하나 제삼차 마정대전이 벌어진다면 그때도 가만히 있을까? 무수히 많은 이들이 동원되는 싸움에 개인의 힘이 얼마나 영향력을 끼칠까마는 공야치라는 거인은 그 존재하는 것 자체만으로도 전세를 뒤집을 수 있는 인물이야. 권력 투쟁을 한다고 했는가? 만약 그가 칩거를 깬다면 누가 감히 분란을 일으킬 수 있겠는가? 숨도 제대로 쉬지 못할 걸세. 또한 그에겐 모든 정파를 아우를 수 있는 힘이 있지. 무엇보다도 그가 지닌 실력. '무신'이라는 칭호는 그냥 얻어지는 것이 절대 아니야."

"제가 너무 경솔하게 생각한 것 같군요. 알겠습니다. 그의 움직임을 반드시 염두에 두겠습니다."

철포혼이 슬쩍 고개를 숙이며 그의 의견을 존중했다. 그러나 속마음은 달랐다.

'어차피 이빨 빠진 호랑이. 젊어서는 맹수였는지 몰라도 늙으면 발톱 세운 고양이만도 못한 법이오, 사부.'

자신의 충고가 받아들여졌다고 여긴 것인가? 흡족한 표정을 지은 곽홍이 그를 격려했다.

"아무튼 나나 여기 있는 늙은이들은 교주가 무슨 일을 벌이든 간에 절대적인 지지를 보낼 것이니 마음껏 웅지를 펼쳐 보게나."

"감사합니다."

"감사는 무슨, 당연한 것을. 참, 그건 그렇고, 그 일은 어찌 되었는가?"

"어… 떤……?"

"성녀를 추대하는 일 말일세. 지금도 충분하겠지만 마정대전에 앞서서 교주가 마교도들의 절대적인 지지를 받으려면 성녀의 존재는 꼭 필요하다네."

"이미 준비 중에 있습니다. 조만간 새로운 성녀를 볼 수 있을 겁니다. 그렇지 않으냐, 련아?"

철포혼의 부름에 지금껏 다소곳이 앉아 침묵을 지키고 있던 여인이 고개를 들었다.

그녀의 이름은 설련(雪蓮).

철포혼의 바로 아래 사제였던 부친 설장청(雪樟淸)이 불의의 주화입마로 목숨을 잃자 부친의 뒤를 이어 봉공(奉公)의 자리에 오른 여장부였다.

이제 겨우 이십이 된 그녀의 별호는 패력도후(覇力刀后)로 가녀린 몸매나 새하얗고 여린 피부엔 전혀 어울리지 않았으나 부친의 무기이자 마도십병 중 서열 삼위인 무적뇌도(無敵雷刀)를 들고 구뢰패극참혼결(九雷覇極斬魂訣)을 펼치는 모습을 본 철포혼이 그 위력에 감탄을 거듭하며 붙여준 별호였다. 때로는 마교 최고의 미녀라 하여 마중화(魔中花)로 불리기도 하였는데 그녀는 그다지 좋아하지 않았다.

"사전 작업은 끝났고… 다들 성녀의 재림만을 기다리고 있어요. 언제쯤 그녀의 존재를 드러낼 생각인가요, 철 백부?"

얼굴만큼이나 아름다운 목소리였다.

"곧 때가 올 게다. 얼마 남지 않았으니 그사이에도 계속 성녀의 존재를 각인시키도록 하여라."

"예."

설련은 간단히 대답을 마치고 다시 입을 닫았다. 순간 철포혼의 눈가에 아쉬움이 스쳐 지나갔다. 조카와 백부라는 표면적인 사이를 떠나 순순한 남자의 입장에서 그녀의 아름다운 음성을 계속 듣고 싶은 마음이 있었던 것이다.

"아, 성녀 얘기가 나와서 하는 얘깁니다만……."

방을 쩌렁쩌렁 울리는 음성이었다.

방금 전 설련의 옥음과는 정반대되는 목소리에 사람들이 얼굴을 찡그리며 고개를 돌렸다.

철포혼의 네 번째 사제 탁불승(卓不勝)이었다.

나란히 앉아 있어도 옆 사람에 비해 얼굴 하나는 더 큰 키, 키에 어울리는 장대한 몸집, 호랑이를 연상시킬 수 있을 정도로 부리부리한 눈, 구레나룻을 멋지게 기른 탁불승이 자신에게 쏟아지는 못마땅한 눈길에 어색한 웃음을 흘리며 헛기침을 했다. 그리곤 나름대로 목소리를 낮추며 입을 열었다. 물론 그 목소리 역시 소음 그 자체였지만.

"몇몇 늙은이들이 요상한 움직임을 보이고 있습니다."

"요상한 움직임이라니?"

철포혼이 안색을 확 바꾸며 물었다.

"성녀가 곧 재림한다는 소식을 들었는지 쓸데없이 신도들을 끌어 모으고 있습니다."

"신도들? 그럼 좋은 것 아닌가? 큰 싸움을 앞두고 세가 늘어나는 것이 잘못된 것은 아닐 텐데?"

"하나같이 쓸모없는 인간들이니까 그렇지요. 이건 내일 모레 굶어 죽을 거지에 다 늙은 쭈그렁탱이 늙은이가 있질 않나, 애새끼들을 주렁주렁 매달고 있는 계집까지도 마구잡이로 포섭하고 있습니다. 미륵하생(彌勒下生) 성녀재림(聖女再臨)이라나 뭐라나. 그런 구호를 외치며 마을을 싹쓸이하고 있습니다."

"허!"

어이가 없는지 이곳저곳에서 헛바람이 터져 나왔다.

"미륵이… 뭐?"

철포혼이 고개를 갸웃거리자 설련이 입을 열었다.

"미륵하생이라고, 마교의 모태라고 할 수 있는 광명미륵교(光明彌勒敎)에서……."

"아니, 내 말은 그게 아니라… 우리가 언제부터 미륵하생을 외쳤냔 말이야. 그따위 것이 없어진 지가 언젠데."

"지금은 마교라 부를지 모르지만 그래도 뿌리는 광명미륵교에서 이어져 내려오는 것이니까요."

"아니, 이것은 확실하게 할 필요가 있어. 과거엔 어땠는지 몰라도 지금의 우리는 미륵 따위를 운운하는 종교 단체가 아니야. 성녀가 죽으면서 사실상 종교로서의 마교는 사라졌다."

설련의 얼굴이 딱딱하게 굳었다.

"그렇다면 지금까지 무엇 때문에 성녀를……."

"그거야 나름대로 필요가 있을 테니까."

철포혼이 한쪽 눈을 찡긋거렸다. 골치가 아프다는 표현이겠지만 설련은 왠지 두려운 느낌을 받았다.

"새롭게 만들어질 성녀의 존재 가치는 상징적인 의미. 딱 그것이면 된다. 그 이상은 안 돼. 방금 사제가 말한 것처럼 여전히 미륵이 어쩌니 하며 쓸데없는 생각을 하는 인간들이 생겨선 안 된단 말이다. 그런 의미에서 이번 일은 약간의 조치가 필요하겠군."

철포혼의 왼쪽 입술이 살짝 치켜 올라갔다.

"이보게, 사제."

"예."

"이참에 정리를 좀 해야겠어. 계속 지켜보다가 그들의 세가 조금 더 커진다 싶으면 모두 쓸어버리게."

"백부!"

설련이 깜짝 놀라 소리쳤다.

철포혼이 환한 미소를 지은 그대로 고개를 돌렸다.

"내 명령이 마음에 들지 않는 게냐?"

"아무리 그렇다고 해도 어찌 동도를……."

설련은 차마 말을 잇지 못했다.

"그건 련아의 말이 맞는 것 같군. 나도 종교 따위엔 관심이 없네. 하나 아직도 많은 마교도가 광명미륵을 잊지 않고 있어. 성녀가 재림한다는 소식에 저리 흥분하는 것을 보면 마냥 무시할 일은 아니란 말일세. 만약 교주가 그들을 제거했다는 것을 알게 되면 좋지 않아. 조만간 큰 싸움도 있고 하니 이번 일은 재고하는 것이 어떻겠는가?"

그렇게 강압적인 방법을 쓸 줄은 미처 몰랐던 곽홍이 우려 섞인 얼굴로 완곡히 부탁했다. 그래도 철포혼은 표정 하나 변하지 않았다. 오히려 의미심장한 미소를 흘렸다.

"저는 그런 식으로 세가 불어나는 것을 바라지 않습니다. 마교는 어디까지나 강자존(强者存). 약한 인간은 도태돼야 합니다. 뭐, 그렇다고 너무 걱정하지는 마십시오. 사부께서 무엇을 염려하는지 충분히 알고 있고, 저 또한 아직까지는 성녀의 존재가 큰 응집력을 발휘할 수도 있다는 것을 아니까요."

"그럼 재고를 하겠는가?"

"그렇게 하고는 싶은데… 영 마음에 들지 않아서요."

철포혼은 여전히 시큰둥한 반응이었다.

"어찌합니까?"

대화를 듣고 있던 탁불승이 물었다.

"흠, 어찌해야 한다……"

짧은 숨을 내뱉은 철포혼이 얼굴을 살짝 찡그리며 손가락으로 관자놀이를 지그시 누르며 비볐다.

그것이 무슨 일에 대한 결단을 내리기 직전의 행동. 그리고 그렇게 나온 결정은 결코 번복되는 일이 없다는 것을 알고 있기에 모두들 조바심 속에서 침묵을 지켰다.

잠깐 동안 생각에 잠겼던 철포혼이 고개를 천천히 흔들었다.

"아무리 생각해도 마음에 안 들어. 사제."

"예."

"그냥 쓸어버리는 것이 좋겠네."

"알겠습니다."

탁불승이 파천혈궁(破天血弓)을 움켜쥐며 대답했다.

"단, 사제가 했다는 것은 감추도록 하고."

"예? 그게 무슨 말씀이신지……."

"자네도 태상께서 하신 말씀을 듣지 않았나? 그냥 적당히 꾸미란 말일세. 아니지. 그럴 게 아니라 아예 정파 놈들이 한 짓으로 몰고 가면 되겠군."

철포흔의 입가에 사악한 미소가 지어졌다.

"설마하니 믿겠습니까?"

"안 믿으면? 걱정하지 말게나. 믿게 만들 방법은 얼마든지 있으니까. 대신 깨끗하게 청소를 해야 하네. 백 명이든 천 명이든 아예 깡그리 날려 버리란 말일세."

"모, 모조리 죽이란 말씀입니까? 대다수가 무공도 모르는……."

"날리라면 날려. 생존자가 있으면 귀찮아지거든. 수하도 믿을 만한 놈들만 데려가고."

탁불승은 더 이상 토를 달지 못했다.

"알겠… 습니다."

"자자, 대충 중요한 얘기는 끝난 것 같으니 머리 아픈 얘기는 이제 잠시 접고 술이나 마시지요. 소흥에서 가지고 온 것인데 제법 맛이 좋더군요."

바로 직전 수많은 사람들의 목숨을 끊으라고 명을 내린 사람치고는 너무나도 평온한 얼굴이었다. 하지만 탁불승에게 명을 내릴 때 지그시 쏘아보던 그의 눈길에서 몸서리칠 만큼 끔찍한 살기를 본 이들의 마음은 무겁기만 했다.

* * *

금화산(金貨山).

절강성 금화부(金貨府)를 병풍처럼 둘러싼 산.

해가 중천에 뜬 정오 무렵, 묵조영은 금화산의 동쪽 끝 자락 분지에 위치한 제갈세가를 향해 좁은 산길을 걷고 있었다.

부모님께 인사도 드리지 못하고 왔다는 죄스러움과 그토록 자신을 홀대하는 세가 식구들에게 서운함과 큰 분노, 그리고 참을 수 없는 모욕감에 사로잡혀 황산의 본가를 떠나온 지 정확히 팔 일 만이었다.

처음 며칠간은 밥도 제대로 먹지 못할 만큼 힘들어했으나 다행히도 지금은 그런 마음을 많이 떨쳐 낸 듯 비교적 편안한 모습이었다.

"저곳이군."

저 멀리 전각의 윤곽이 보였다.

우거진 나무와 수풀 사이로 보이는 것이라 어떤 건물이 있고 또 그 규모가 얼마나 되는지 정확히 알 순 없었지만 그곳이 최종 목표인 제갈세가라는 것은 의심의 여지가 없었다.

"후~ 조금 피곤한걸."

목적지에 도착했다는 생각에 긴장이 풀렸는지 약간의 피로감이 밀려들었다. 북경까지의 대장정을 마치고 제대로 휴식도 취하지 못한 채 길을 떠났으니 사실 그럴 만도 했다.

"어차피 시간도 충분하고 하니……."

잠깐 휴식을 취해야겠다고 생각한 묵조영이 길옆 나무 그늘에 털썩 주저앉았다. 그리곤 나뭇등걸에 몸을 누이고 최대한 편안히 자세를 잡은 후 살며시 눈을 감았다.

나뭇잎을 뚫고 간간이 햇살이 얼굴에 내리쬐지만 휴식을 방해할 정도는 아니었다.

한데 바로 그때, 그다지 멀리 떨어지지 않은 나무 위에서 그를 바라보는 시선이 있었다.

우거진 나뭇가지와 나뭇잎을 이용하여 은신하고 있는 두 사내.

제갈세가에 천라지망(天羅地網)과도 같은 감시망을 펼치고 있는 밀은단의 대원들이었다.

제갈세가로 통하는 길은 정문에서 금화의 중심으로 뻗은 관도를 비롯하여 통상적으로 사람들이 이용하는 길만 넷이었고, 산에 난 소로(小路)까지 따지면 열 개를 훌쩍 넘었다.

단주 환몽을 대신하여 밀은단을 진두지휘하는 부단주 화소호(華小虎)는 훤히 드러난 길보다는 금화산 쪽에 보다 많은 인원을 겹겹이 배치하였는데, 지금 묵조영을 살피는 두 사람이 바로 금화산의 동쪽 능선 두 번째 길을 감시하는 임무를 지닌 이들이었다.

"어때? 보여?"

왼쪽에 있는 사내가 물었다.

"글쎄, 일단 겉으로는 큰 이상은 없는 것 같은데. 들고 있는 무기도 없고."

"저 길쭉한 보자기가 마음에 걸리는걸. 꼭 검이나 도를 숨긴 것 같잖아?"

"병장기를 숨긴 것치고는 너무 가는데?"

"그럴까?"

"모르지. 무기가 꼭 도검만 있는 것이 아니니까. 게다가 요즘 하나둘 모여드는 놈들이 무공을 지닌 놈들만 있는 것이 아니라서. 어제만 해도 비… 어쩌고 하는 표국에서 신객 놈들이 지나갔잖아."

"말은 정확히 하자. 지나간 것이 아니라 지나가려 하다가 뒈진 거지."

"흐흐, 그런가? 아무튼 시험해 보면 알겠지."

말이 끝나기가 무섭게 사내가 짙은 살기를 뿜어냈다. 일반인이라면 몰라도 어느 정도 무공을 익혔다면 금방 알아챌 정도의 살기였다.

묵조영에게선 아무런 반응도 나타나지 않았다.

"아닌가?"

"아무래도 그런 것 같은데. 보통이라면 무슨 반응이라도 있을 텐데 말이야."

"휴, 이 짓만 계속하다 보니 개나 소나 다 의심하는 버릇이 생겼다니까."

"어쩔 수 없잖아? 만약 한 놈이라도 놓쳤다간 그놈 대신 우리가 경을 치니까."

"그건 그렇지만……."

사내들은 근 한 달여가 넘도록 제대로 쉬지도 못하는 자신들의 신세를 한탄하며 묵조영에게 두었던 감시의 눈길을 잠시 거두었다.

하지만 그들이 모르는 것이 하나 있었다.

막 휴식을 청하던 시점에서 묵조영은 이미 그들의 존재를 알고 있었고, 그들이 쏘아 보낸 살기 또한 너무나 또렷하게 느꼈다는 것. 다만 제갈세가에 도착하기도 전부터 쓸데없는 일에 휘말리는 것이 싫어 모른 척했을 뿐이다.

'생각보다 심각한 모양인데…….'

제갈세가도 아니고 단지 그곳으로 통하는 길, 그것도 인적이 별로 없는 산길까지 감시의 눈이 있다는 것은 의미하는 바가 컸다.

'여기서 이럴 것이 아니라 제갈세가로 들어가기 전에 대충이라도 주변을 살펴보는 것이 좋겠군.'

스스로 자처한 길이기는 하나 최소한 주변이 어찌 돌아가고 있는지는 파악해야 한다고 생각한 묵조영이 사내들을 향해 정신을 집중했다.

희미하기는 했어도 의미를 파악하는 데 전혀 힘들지 않을 정도의 말소리가 들렸다.

조금 전의 시험으로 어느 정도 의심을 거둔 듯 사내들은 교대 시간이 됐느니 배가 고프다느니 술이 생각난다느니 하며 이런저런 잡담을 하고 있었다.

그들이 자신에게 더 이상 신경 쓰지 않고 있다고 판단한 묵조영이 슬그머니 일어났다. 그리곤 새벽녘에 소리없이 대지를 적시는 이슬처럼 조용히 움직여 순식간에 모습을 감췄다.

"헛!"

"뭐, 뭐냐?!"

묵조영이 모습을 감춘 직후 비명과도 같은 신음성과 함께 사내들이 모습을 드러냈다. 하얗게 질린 얼굴 하며 이리저리 고개를 돌리며 두리번거리는 것이 당황한 기색이 역력했다.

그들은 주변을 미친 듯이 뛰어다니며 묵조영의 흔적을 찾았다. 하지만 그가 잠시 쉬었던 곳의 흩어진 수풀만이 그들이 겪은 일이 허상이 아니라는 것을 알려줄 뿐 그 어떤 흔적도 찾을 수가 없었다.

"미치겠네."

"이게 알려지면 죽은 목숨인데."

그들은 지옥의 야차와도 같은 살벌한 눈빛을 지닌 화소호를 떠올리며 몸서리를 쳤다. 그러나 이미 엎질러진 물이요, 타버린 심지였다.

"어쩌지?"

"후~ 글쎄."

둘은 서로의 얼굴을 마주 보며 한숨만 푹푹 내쉬었다. 아무리 생각해도 뾰족한 방법이 떠오르지 않는 것이었다.

제14장

잔잔한 호수에 비친 가을 달

승룡각(乘龍閣).

제갈세가의 가장 깊숙한 곳에 위치한 가주의 처소.

음습한 어둠이 찾아오기 시작할 무렵 세가의 노가주와 두 아들이 머리를 맞대고 있었다.

"시간이 얼마나 남았느냐?"

제갈세가의 노가주 제갈현(諸葛賢)의 물음에 제갈선(諸葛仙)이 차분한 어조로 대답했다.

"길면 나흘, 짧으면 사흘 정도입니다."

"사흘이라……. 계획을 빨리 진행해야 할 것 같구나."

"예, 그렇지 않아도 시작하려 합니다."

"지금까지 몇 명이나 도착하였지?"

"사십 명 남짓 됩니다."

"모레가 약속한 날짜이니 올 사람은 다 왔다고 보면 되느냐?"

"아닙니다. 아직 도착하지 않은 사람이 꽤 됩니다. 하나 오지 않는 것이 아니라 올 수 없으니 문제지요."

스스로 생각해도 대답이 이상했는지 제갈선이 씁쓸한 미소를 지으며 부연 설명을 했다.

"놈들이 꽤나 지독하게 나오고 있습니다. 정보를 차단하는 것은 물론이고 세가로 오는 모든 길을 막고 있습니다. 또한 우리가 신객들을 요청한 사실을 알고 닥치는 대로 살상을 하고 있습니다. 사람들의 이목이 많은 관도를 이용한 이들은 그나마 놈들의 살수를 피할 수 있었으나 산길을 통해 오던 이들은 대부분이 목숨을 잃었습니다."

"얼마나?"

"오늘까지 확인된 인원만 무려 삼십입니다."

"금수만도 못한 놈들."

제갈현의 노안에 분노의 불길이 피어올랐다.

"무인들도 아니고 신객이다. 놈들도 많은 부담이 있었을 텐데?"

"그만큼 필사적으로 막고 있다고 보시면 됩니다."

"하긴, 놈들도 목을 맬 만하지."

제갈현이 무겁게 고개를 끄덕이자 그의 왼편에 앉아 있는 중년인, 제갈세가의 차기 가주로 내정되어 있는 제갈륜(諸葛倫)이 다소 초조한 어조로 입을 열었다.

"이럴 줄 알았으면 차라리 주변 문파들에게 도움을 청하는 것인데 그랬습니다."

"그건 이미 끝난 얘기가 아니더냐?"

"그래도……."

제갈륜이 다소 안타까운 표정을 짓자 제갈선이 조용히 입을 열었다.

"이 년 전인가요, 삼 년 전인가요? 용형파(龍形派)가 검지가 있는 장소의 실마리를 잡았다는 것이 알려진 후 어찌 되었는지를 생각해 보십시오."

"멸문당하고 말았지."

"예. 그것이 훗날 마교의 소행으로 밝혀지기는 했으나 사실 놈들보다 먼저 공격한 이들은 소위 말해 명문정파인 의천맹에 속한 문파들이었습니다."

"그나마 검각에서 엄청난 피해를 감수하면서까지 나섰기에 망정이지 그렇지 않았다면 자중지란을 벌이는 사이 검지의 비밀은 우리가 아닌 마교의 손에 떨어졌을 것이야."

문도의 반을 잃는 피해 속에서도 검지의 비밀을 풀 수 있는 실마리를 제갈세가에 인도하고 그대로 돌아선 검각의 각주를 떠올리며 제갈현은 자신도 모르는 사이에 숙연한 표정을 짓고 있었다.

"후~ 저라고 왜 모르겠습니까? 하도 답답해서 그랬습니다."

한발 물러선 제갈륜이 끝내 한숨을 내쉬고 말았다.

"잘되겠지. 참, 네가 기다리는 자는 어찌 됐느냐?"

제갈현의 물음에 제갈선이 얼굴을 활짝 펴며 대답했다.

"조금 전 도착했다고 연락이 왔습니다."

"왔다고?"

"예."

"다행이구나. 행여 도착하지 못할까 걱정했거늘."

"아우가 하는 일이니 틀림없기는 하겠으나 조금 걱정이 되는군."

"무엇이 말입니까?"

"그 묵조영인가 뭔가 하는 친구 말일세. 자네 말대로 뛰어난 신객이기는 하나 아무리 그래 봤자 신객일세. 무림의 운명이 걸린 중대한 일을 맡겨도 될 정도로 대단하다고는……."

제갈선이 빙그레 웃으며 말했다.

"형님이 무엇을 걱정하시는지 알고 있습니다. 그러나 충분히 믿을 만한 사람입니다."

"행여나 놈들에게 잡혀서 비밀을 토설한다면……."

"그럴 일은 없을 겁니다. 지금껏 그는 신행에서 단 한 번의 실패도 한 적이 없으니까요."

"그거야 제대로 된 상대를 만나지 못해서 그런 것이지. 마교 놈들처럼 지독한 놈들에게 걸린 다음에도 그 친구가 버틸 수가 있을까? 그 무자비한 고문을 어찌 견딜는지……."

"반드시 견딜 겁니다."

"어찌 그리 장담하느냐?"

제갈현도 조금은 걱정이 되는지 조용히 물었다.

"마교 놈들… 예, 지독한 놈들이지요. 비밀을 알기 위해서라도 가히 상상도 할 수 없을 만큼 그를 몰아붙일 겁니다. 하지만 아무리 지독한 고문이라 할지라도 당가의 독보다 지독하다고는 생각하지 않습니다."

"당가의 독?"

뜬금없는 소리에 제갈현과 제갈륜이 동시에 물었다.

"그 친구가 명성을 얻게 된 계기를 아실 겁니다."

"네게 듣지 않았느냐? 제남 장군부에 잡혀서 보름간이나 고문을 버텨냈다지? 그러나 그들이 아무리 독해도 마교 놈들과 비교를 하는 것은……."

"물론 비교할 수 없을 겁니다. 단, 그때 고문을 담당했던 사람이 당가 출신이라면 어떻습니까?"

"당… 가?"

"예. 그것도 무림에서는 꽤나 명성이 알려진 고수라면 더욱 그렇겠지요."

"그런 소문은 듣지 못했는데……. 당가라니, 도대체 누가… 아니, 그보다 어째서 당가의 고수가 군벌에 있다는 말인가?"

제갈륜이 물었다.

"어째서 당가의 고수가 군벌에 있었는지까지는 알 수 없었으나 당시 그를 고문했던 사람이 천독수(千毒手) 당록(唐麓)이라는 것은 확인했습니다."

"천독수?"

"처, 천독수라면?!"

제갈현과 제갈륜이 동시에 경악성을 터뜨렸다. 그리곤 제갈선이 말하는 천독수가 자신들이 알고 있는 사람이 맞는지 확인을 요구하는 강렬한 눈길을 보냈다.

"그 천독수가 맞습니다. 사천무림을 독공 하나로 농락했던 바로 그였습니다."

"세상에! 어찌하여 한낱 신객이 천독수의 손에서 버텨냈단 말이더냐? 그것도 보름간이나!"

제갈현은 도저히 믿기지 않는다는 듯 고개를 절레절레 내저었다.

"그 점이 제가 그를 주시하게 된 이유였습니다. 분명 뭔가 있을 것입니다. 최소한 단순한 신객이 아니라는 것은 확실하지요."

제갈현과 제갈륜의 고개가 동시에 끄덕여졌다.

천독수 당록은 무공 하나만 따진다면 최절정고수는 아닐

지라도 독으로서는 당가에서도 열 손가락 안에 꼽히는 실력자였다. 당가에서 열 손가락이라면 곧 무림에서도 그 정도의 위치라는 것. 그런 당록을 농락했다면 제갈선의 말대로 분명 겉으로 드러나 보이는 그 이상의 뭔가가 있을 것이 틀림없었기 때문이다.

"그런데 이상한 것이 하나 있구나."

제갈선의 눈이 제갈현에게 향했다.

"우리가 등왕표국에 요구한 특급신객의 숫자는 다섯이었다. 그러나 그들이 보내온 신객은 달랑 그 친구 한 명뿐. 등왕표국 정도라면 대충 상황이 어찌 돌아가는 것인지 감을 잡았을 것이니 어쩌면 당연한 것이겠지. 한데도 너는 다른 누구도 아닌 그 친구가 당연히 올 줄 알았다는 표정이구나."

"그렇습니다."

"어째서?"

제갈현의 물음에 제갈선이 의미심장한 미소를 흘렸다.

"다른 사람은 몰라도 그에겐 이곳에 반드시 와야 할 이유가 있습니다."

"이유?"

"예, 남자로서 충분히 목숨을 걸 만한 일이지요."

제갈선은 사랑하는 여인을 찾기 위해 목숨을 걸고 있는 한 사내를 떠올리며 지그시 눈을 감았다.

이른 아침의 와운각(臥雲閣).

며칠의 시차를 두고 제갈세가에 도착한 신객들이 모두 모였다.

수는 약 사십여 명 정도였는데, 서로 안면이 있는 사람들끼리 인사를 하며 담소를 나누는 사람들도 있었고, 묵조영처럼 홀로 떨어져 앞으로의 일에 대해 조용히 숙고하는 사람들도 있었다. 하지만 꽤 많은 인원이 모였음에도 그다지 소란스럽지 않을뿐더러 오히려 팽팽한 긴장감이 감도는 것이 그들 모두는 앞으로 해야 할 자신들의 신행이 결코 만만치 않다는 것을 알고 있는 듯했다.

사실 등왕표국이나 몇몇 대형 표국을 제외하고 중, 소규모의 표국에 소속된 신객들은 제갈세가를 둘러싸고 일어나는 일련의 상황들에 대해서 자세하게 알지 못했다. 대다수가 일상적인 신행을 생각하며 제갈세가에 온 사람들이었다. 하나 그들 역시 대형 표국의 신객들이 하나둘 도착하고 그들의 말을 통해서, 그리고 제갈세가 주변을 휘감고 있는 묘한 기운을 느끼면서 일이 심상치 않음을 깨달을 수 있었다. 그렇다고 몰래 도망을 치거나 신행을 포기하는 사람은 단 한 사람도 없었다. 표국의 대소를 떠나 모인 이들 모두가 신용에 목숨을 거는 신객들이었기 때문이다.

끼이익!

적당한 소음과 함께 문이 열렸다.

와운각에 갑작스레 침묵이 찾아왔다.

신객들의 눈이 입구에서부터 천천히 걸어오는 제갈현과 그의 두 아들을 비롯하여 몇몇 제갈세가의 식솔들을 향해 집중되었다.

"노부가 제갈현이외다."

제갈현이 포권을 하며 정중하게 인사를 했다. 저마다 예를 차리며 마주 인사했다.

"이른 아침부터 이렇게 갑작스레 모이시라 해서 죄송하오."

간단명료한 대꾸가 터져 나왔다.

"그런 것은 상관없습니다. 그 이유가 중요할 뿐."

제갈현이 눈짓을 하자 곁에 있던 제갈선이 한 걸음 앞으로 나섰다.

"제갈선이라 합니다. 지금부터 어째서 여러분을 모셨는지, 그리고 무엇을 하셔야 하는지 말씀드리겠습니다."

잠시 술렁거렸던 와운각이 조용해졌다.

"간단히 말해서 여러분은 제삼차 정마대전의 도화선이라 할 수 있는 일에 휘말렸습니다."

"정마대전?!"

"서, 설마 마교?"

저마다 표정이 일그러졌다.

비록 신객이라 하나 그들 역시 무림에 몸담고 있다 해도 과

언이 아닌, 즉 정마대전이란 말이 얼마나 큰 무게를 지니고 있는지 모르지 않았다. 또한 정마대전에서 '魔'라고 일컫는 곳이 어떤 단체를 지칭하는 것이며 얼마나 위험하고 공포스런 집단인지를 너무나 잘 알고 있었다.

어느 정도 위험한 일이라 짐작을 하고 있었지만 그야말로 호랑이의 아가리에 머리를 집어넣은 격. 신객들의 동요는 엄청난 것이었다.

"본 세가에서 여러분께 부탁드릴 것은 지금부터 나누어 드릴 봉투 안의 내용을 그곳에 적힌 곳에 전달해 달라는 것입니다."

제갈선의 말에 맞추어 그를 따라온 식솔들이 신객들에게 비단 봉투 하나씩을 건넸다.

"봉투 안에는 마교가 노리는 정보가 적혀 있습니다. 그것이 얼마나 중요한 것인지는 일부러 말을 하지 않아도 아시리라 믿습니다."

당연했다. 중요하지 않으면 마교 정도 되는 단체가 노릴 리가 없고, 그것으로 인해 정마대전이 다시 벌어질 까닭이 없었으니까.

"지금 즉시 봉투 안에 든 내용을 살펴보십시오. 그리고 내용을 암기하신 후 봉투를 반납하십시오. 외부로 가지고 가는 것은 불허하겠습니다."

그때, 누군가가 물었다.

"모두 똑같은 내용이오?"

제갈선이 다소 차가운 시선으로 그를 바라봤다.

"신객은 원래 그런 질문은 하지 않는 것으로 압니다만……."

"미안하오. 나의 실수였소. 질문은 없던 것으로 하겠소."

고개를 숙이는 사내의 얼굴이 붉게 물들었다.

둘의 모습을 살피는 묵조영의 안색이 굳어졌다.

'제갈세가에서 전하고자 하는 정보는 분명 하나뿐일 것이다. 진짜 정보를 전하는 사람은 선택받은 누군가가 될 것이고, 나머지 사람들은 적의 이목을 속이는 미끼 역할을 하게 될 터. 그것이 누구인지는 모르는 것이 좋겠지. 자신이 미끼라는 것을 알고서도 좋아할 사람은 아무도 없으니까.'

그사이 제갈선의 말이 이어졌다.

"위험한 일입니다. 다만 말씀드릴 수 있는 것은 여러분에게 무림의 운명이 걸렸다는 것입니다."

"……."

다들 말이 없었다.

제갈선의 말이 이어질수록 엄청난 위기감이 천근만근이 되어 어깨를 짓누르는 느낌에 힘들어할 뿐이었다.

"정확히 반 각 후 봉투를 걷겠습니다."

제갈선의 말에 서로에게 몸을 돌린 신객들이 봉투를 열고 밀지를 꺼냈다.

살짝 침을 삼킨 묵조영도 비단 봉투 안에 몸을 숨긴 밀지를 조심스레 꺼내 들었다.

슬쩍 곁눈질해 보니 짧은 내용이 적힌 것도 있었고 긴 내용이 적힌 것도 있는 듯했다.

'내 것은 과연 무슨 내용일까?'

밀지에 적힌 내용은 너무나 간단했다.

시황제(始皇帝) 평호추월(平湖秋月).
소주(蘇州) 의천맹 지부.

'뭔 소리야?'

참으로 밑도 끝도 없는 소리였다.

평호추월. 해석하자면 '잔잔한 호수에 비친 가을 달' 정도가 될 것이다. 그저 어디 시구에서나 나올 법한 단어. 그다지 중요한 내용 같지 않았다.

'나는 미끼 역할인가 보군. 그래도 잘됐어. 소주 쪽은 아직 살펴보지 않았으니까. 게다가 의천맹 지부라……. 어쩌면 그쪽에서 선고의 행방을 알 수도 있겠어.'

그에게 있어 밀지가 진짜인지 가짜인지는 중요하지 않았다. 단지 목적지가 의천맹의 지부라는 것, 그리고 그곳에서 많은 무인들을 만날 기회가 생겼다는 것에 만족할 뿐이었다.

바로 그 순간이었다.

[자네 것이 진짜네.]

귓전을 울리는 한마디에 묵조영의 신형이 그대로 굳어졌다.

[긴장하지 말고 편안히 듣게.]

굳었던 얼굴 표정이 풀리는 사이 전음은 계속 이어졌다.

[봉투를 잘 살펴보면 밀지 말고도 열쇠 하나가 더 숨겨져 있을 걸세.]

묵조영의 손이 슬그머니 봉투의 밑동을 더듬었다. 손가락보다 조금 더 길게 여겨지는 뭔가가 느껴졌다.

[찾았나?]

묵조영이 조심스레 고개를 끄덕였다.

[취하게.]

묵조영이 은밀히 열쇠를 꺼내 품에 갈무리하는 것을 지켜보며 제갈선의 전음이 계속 이어졌다.

[그것이야말로 이번 일에 있어 가장 중요한 물건일세. 밀지의 내용과 더불어 그 열쇠를 의천맹 소주지부장인 범률(凡率)이라는 사람에게 전하게. 오직 그 사람뿐이네. 다른 누구에게도 전해선 안 되네. 설사 그 사람이 정도의 명망있는 인물이거나 의천맹에서 요직을 맡고 있는 사람이라도 비밀은 지켜져야 하네.]

[다른 사람은 정말 없는 겁니까?]

갑작스런 전음성에 그를 지그시 살펴보던 제갈선은 흠칫

하는 표정을 지었다.

그 표정은 찰나지간 웃음으로 변했다.

전음입밀(傳音入密), 육합전성(六合傳聲)과 같은 전음술은 시전자가 입술을 달싹여야 하는 것으로 자칫하면 그 위치를 들킬 수 있다는 약점이 있었다. 하나 혜광심어(慧光心語)나 첨성밀밀(添聲密密)처럼 고차원적인 전음술은 입술조차 움직이지 않으면서도 뜻하는 바를 원하는 이에게 정확하게 전달할 수 있었다. 다만 그 정도 수준이 되려면 고수라 인정받을 수 있는, 최소한 일파의 장로 이상은 되어야만 가능한 것이었다.

묵조영에게 시선을 고정시키고 있던 제갈선은 묵조영의 입술이 움직이는 것을 본 적이 없었다. 그것은 곧 부채로 입을 가리고 전음을 보내고 있는 그보다 더 높은 무공을 지니고 있다는 것을 의미하는 것이나 다름없었다.

'생각보다 고수로군. 역시 내 생각이 맞았어.'

[음, 만일의 경우를 대비해 말해두지. 범률 지부장을 제외하고 자네의 입을 열게 할 수 있는 사람이 두 사람 더 있네.]

[누굽니까?]

[의천맹의 맹주와 문상 제갈솔(諸葛率).]

[더는 없습니까?]

[없네.]

제갈선의 어조는 단호했다.

[알겠습니다.]

[자신있는가?]

[해봐야지요.]

[꽤나 힘든 여정이 될 것이네.]

[각오했던 일입니다. 그보다 개인적인 질문을 하나 해도 됩니까?]

[해보게.]

[우리가 떠난 이후 제갈세가는 어찌 되는 겁니까?]

[…….]

[괜한 질문을 한 것 같습니다.]

[아니네. 걱정해 줘서 고맙군. 생각한 바가 있으니 너무 염려하지 말게나. 우리 걱정은 말고 부디 무사히 성공하길 빌겠네.]

그 말을 끝으로 더 이상 전음은 들려오지 않았다.

묵조영과의 대화를 끝낸 제갈선은 시간이 되었음을 알리는 신호를 보내고 신객들에게 나눠주었던 봉투를 회수했다.

"모두에게 행운이 있기를 빌겠습니다. 아울러 여러분을 위험에 빠뜨린 본 세가를 용서해 주시기 바랍니다."

제갈선을 응시하는 신객들의 얼굴은 비장미가 어릴 정도로 긴장되어 있었다.

그들은 말이 없었다.

의뢰를 받고 자신들이 해야 할 일을 알게 된 이후부터 최소한으로 말을 아끼는 것은 신객의 전통이었다. 하지만 그보다는 이제 곧 죽음과도 같은 여정이 기다리고 있다는 두려움 때문이라는 것이 보다 정확한 표현일 것이다. 그래도 제갈세가를 원망하는 사람은 없었다. 어차피 그런 위험은 신객으로서 감수해야 할 일이었기 때문이다.

"일제히 출발을 했다?"
막 아침 식사를 끝낸 화소호가 차를 들이키며 물었다.
"그렇습니다."
"몇이나?"
"정확히 마흔하나입니다."
밀은단 강서지부장 남양(南量)이 조심스레 대답했다.
"마흔하나? 어제저녁만 해도 마흔 아니었나?"
그러자 남양의 곁에 서 있던 사내가 덧붙였다.
"지난밤에 한 명이 더 도착해서 마흔하나입니다."
"어떤 놈인데?"
"신객으로 보입니다만 자세한 것은 파악되지 않았습니다."
"않은 거냐, 못한 거냐?"
서늘한 눈빛에 남양을 대신하여 대답했던 안휘성지부장 예도보(芮導保)의 어깨가 움찔했다. 하나 꾸미거나 둘러대는 것을 죽도록 싫어하는 화소호에게 솔직하게 대답하는 것만이 최선임을 아는 그는 있는 그대로를 털어놨다.

"못했습니다."

파삭!

화소호의 손에 들린 찻잔이 그대로 박살이 났다.

"죄송합니다."

그러자 차가운 눈빛으로 예도보를 잠시 쏘아보던 화소호가 노기를 풀며 다시 물었다.

"자랑이다. 전혀 모르는 거냐?"

"수하들을 다그친 결과 일단 그자가 산길을 넘어왔다는 것은 확인할 수 있었습니다."

묵조영을 놓친 것을 은폐하려 했다가 반병신이 된 이들을 떠올리는 예도보의 안색은 가히 좋지 않았다.

"산길을 넘어와? 무사히?"

"예. 그자를 놓쳤던 놈들의 말에 따르면 수상한 기미가 조금도 보이지 않았다고 합니다. 그래서 잠시 시선을 떼고 있는 사이에……."

"사라졌다는 말이겠군."

"그렇습니다. 이후 아무리 주변을 훑어봐도 놈의 흔적을 찾지 못했다고 합니다."

"쯧쯧, 어련할까? 그놈들, 어디 소속이야?"

"안휘… 지부 소속입니다."

예도보는 고개를 들지 못했다.

"어쨌든 제갈세가가 움직였단 말이지? 그것도 일제히? 좋아. 어떤 꿍꿍인지 몰라도 응대해 주지. 남양."

"예."

"놈들이 어느 쪽으로 움직였나?"

"일단 관도로 해서 금화부의 번화가로 움직였습니다. 이후 개별 행동을 할 것으로 보입니다."

"누가 따라붙었지?"

"강소, 절강지부장이 수하들을 이끌고 움직이고 있습니다."

"인원이 마흔하나라고 했던가?"

"그렇습니다."

"일단 한 사람에 두 놈씩 붙이라고 해. 그리고… 좀 특별하게 분류된 놈들이 몇이더라?"

"일곱입니다."

"그래 봤자 별건 아니다만 그래도 혹시 모르니까 그놈들에겐 한 명 더 붙이라고 하고."

"알겠습니다. 그런데 감시만 하라고 합니까?"

순간, 화소호가 황당한 표정으로 남양을 노려보았다.

"장난하나?"

"예? 그, 그게 아니라……."

"지금껏 감시만 한 게 지겹지도 않아? 모조리 잡아들이라고 해. 반항하면 작살을 내도 좋다고. 단, 절대 죽여선 안 돼. 어떤 놈이 비밀을 틀어쥐고 있을지 모르니까 말이다. 나머지는 여전히 제갈세가를 살핀다. 이건 도대체가 하도 꿍꿍이가 많은 인간들이라 안심을 할 수가 있어야지. 여기는 남양 네가 직접 맡아라."

"아, 알겠습니다."

일사불란하게 명을 내린 화소호가 천천히 몸을 일으켰다.

"예도보 너는 나와 간다. 그 맨 마지막에 도착했다는 놈이 영 마음에 걸려. 왠지 심상치 않단 말이야?"

"알겠습니다."

"재밌겠군. 아주 재밌겠어."

화소호의 웃음은 바로 곁에 있던 예도보가 흠칫 놀라 한 걸음 물러설 만큼 섬뜩한 것이었다.

"에휴, 곡운이 놈이 또 내 욕을 하는 모양이군."

천천히 관도를 벗어나던 묵조영이 익살스런 웃음을 흘리며 귓구멍을 후볐다. 하나, 웃고 있는 얼굴과는 달리 짐승의 것보다 더욱 날카롭고 정확한 그의 감각은 아까부터 삼십여 장의 거리를 두고 따라붙는 사내들을 살피고 있었다.

'당장에라도 덤벼들 것 같군.'

그들에게서 뿜어져 나오는 살기는 단순히 감시자의 것이 아니었다. 언제라도 공격하리라 마음먹은 짐승의 것과 같은 기운.

 상부로부터 제갈세가를 벗어난 이들을 제압하라는 명을 받은 그들은 묵조영이 관도를 벗어나 인적이 드문 곳으로 접어들기만을 기다리고 있는 중이었다.

 '피하면 되는 거지 뭐.'

 굳이 싸우고 싶지 않았던 묵조영이 힐끗 고개를 돌려 그들을 살폈다. 나름대로 인근의 평범한 농부처럼 가장하긴 했으나 그의 날카로운 눈길을 벗어날 수 있을 정도는 아니었다.

 '흠.'

 묵조영의 눈빛이 번뜩였다.

 관도를 벗어나기가 무섭게 그들이 순식간에 거리를 좁혀 오기 시작한 것이다.

 "바쁘게 됐군."

 망설일 틈이 없다고 여긴 묵조영이 숨을 깊이 들이마셨다. 그리곤 손을 흔들었다.

 "고생들 하시구려."

 그들과 엮이기 싫었던 그는 그 한마디를 남기고 냅다 뛰기 시작했다.

 "머, 멈춰라!"

 "이놈!"

 깜짝 놀란 사내들이 소리를 지르며 그를 쫓기 시작할 땐 이미 엄청난 차이가 벌어지고 있었다.

촌각이 지나기도 전에 묵조영의 모습은 사내들의 시야에서 완전하게 사라졌다.

고신척영, 때론 섬전풍이라는 이름으로 불리기도 하는 마도 사상 최고의 경공술은 가히 바람과 같았다.

"멍청한 놈들!"

짜짝!

경쾌한 격타음과 함께 사내들의 몸이 허공을 날았다.

묵조영을 뒤쫓다 아무것도 하지 못한 이들이었다.

"눈앞에서 놓친 것도 부족해서 어디로 갔는지도 몰라? 에라이!"

연신 사내들을 두들겨 패는 화소호의 손속은 조금의 인정도 없었다. 하지만 만신창이가 되도록 두들겨 맞는 사내들의 입에선 단 한 마디의 비명성도 터지지 않았다. 조그만 비명이라도 흘러나올 시 어떤 결과가 올지 너무도 잘 알고 있기에 필사적으로 참는 것이었다.

얼마를 그렇게 두들겨 팼을까?

때리다 지친 화소호가 이마의 번들거리는 땀을 닦으며 물었다.

"예상되는 진로는?"

그사이 열심히 머리를 굴리고 있던 예도보가 즉시 대답했다.

"정확히 말씀드릴 수는 없습니다만 북동진하는 것으로 보아 아마도 부춘강(富春江)을 넘으려는 것 같습니다."

"부춘강? 그 다음은?"

"솔직히 모르겠습니다. 서쪽으로 길을 잡아 황산으로 갈 수도 있고, 동쪽으로 길을 잡아서 소흥, 동북쪽이면 항주로 갈 수도 있습니다. 천목산(天目山)을 넘으면……."

"그야말로 끝장. 어디로 갈지는 아무도 모르지."

"그렇습니다. 어쩌면 부춘강이 아닐 수도 있습니다. 그저 그놈이 일단 그 방향으로 사라졌고, 제갈세가에서 나와 사방으로 흩어진 놈들과 그다지 겹치지 않는 방향이기에……."

"흔적은?"

"그다지……."

"망할 놈!"

화소호가 노기를 참지 못하고 버럭 소리를 질렀다.

"일단은 부춘강으로 간다. 놈이 신이 아닌 이상 언젠가는 흔적을 남기겠지."

"알겠습니다. 일단 제갈세가를 감시하는 쪽에서 일곱만 더 차출하겠습니다."

"……."

'쓸데없는 짓 하지 마라!' 라고 외치려던 화소호는 억지로 입을 다물었다. 자존심이 상하기는 해도 그 편이 더 빠르고 확실할 것 같았기 때문이다.

'잡히기만 해라, 이놈. 아예 뼈를 발라주마.'

화소호가 한참 전에 묵조영이 사라진 방향을 향해 이를 바득바득 갈며 달려가자 예도보는 쓰러져 일어나지 못하는 수하들에게 달려가 그들을 다독였다. 그리곤 제갈세가를 감시하고 있는 남양에게 연락을 취하여 지원병을 보내라고 이르더니 황급히 걸음을 옮겨 화소호의 뒤를 쫓았다.

제15장

약속은 어기라고 있는 것이다

"보고해 봐."

짧고 간단한 물음에 연신 식은땀을 흘리고 있던 남양이 황급히 입을 열었다.

"제, 제갈세가를 빠져나온 인물은 모두 마흔하나입니다. 그중 현재까지 스물일곱 명을 생포했습니다."

"스물일곱?"

마음에 차지 않는지 되던지는 질문에 가시가 돋아 있었다. 그의 심기를 거스르면 어찌 된다는 것을 너무나 잘 알고 있는 남양이 재빨리 무릎을 꿇으며 용서를 빌었다.

"죄, 죄송합니다. 최선을 다하고는 있으나 놈들이 워낙 필사적으로 도주를 하는 중이라……."

용서를 비는 남양은 감히 고개를 들지 못했다.

"변명은 필요없고, 어쨌든 계속해 봐라."

서늘한 눈빛으로 남양을 응시하는 사내.

나이는 사십대 중반으로 족제비처럼 쭉 찢어진 눈에선 묘한 광기가 흐르고, 떡 벌어진 어깨, 구릿빛 피부에선 사내다운 강건함이 뿜어져 나왔다. 특히 말을 할 때마다 상하좌우로 꿈틀대며 기괴한 모습을 보여주는 입가의 상처는 보는 이로 하여금 왠지 모를 섬뜩함을 느끼게 해주었다.

한 번 움직이면 반드시 피를 보고 만다는, 탁불승이 이끄는 광명단(光明團)과 더불어 마교의 이대무력단체라 할 수 있는 호교단(護敎團)의 단주 범우(梵優)가 바로 그였다.

"저, 전력을 다해 쫓고 있으니 나머지 인원도 곧 생포할 수 있을 것입니다."

"잡아들인 놈들 중에 입을 연 자는?"

"열둘이 자백을 했습니다만 나머지는 굳게 입을 다물고 있습니다."

그것이 마치 자신의 잘못이라도 되는 양 남양이 어쩔 줄을 몰라 하자 범우의 바로 곁에서 부친을 호위하고 있던 범상(梵相)이 한심하다는 듯 혀를 찼다.

"쯧쯧, 명색이 밀은단이라는 사람들이……."

뒤의 말을 흐렸으나 고작 자백 하나도 제대로 받아내지 못하나는 비아냥이었다.

그런데 정작 범우는 남양의 말에 신경을 쓰지 않는 듯한 태도였다.

"건질 만한 내용은?"

"자, 자백한 내용에 공통점이 없어서 딱히 뭐라 말씀드리기가……. 하나 곧 알아낼 수 있을 것입니다."

"흥, 아주 잘들 하고 있군 그래. 그나저나 부단주는 어디 처박혀 있는 거냐?"

"신객을 쫓고 있습니다."

"신객을 쫓아? 화소호가?"

다소 놀라는 눈치였다.

"예. 아무래도 마음에 걸린다고 하시면서……."

명색이 밀은단의 부단주가 수하들을 제쳐 두고 직접 나설 정도면 분명 뭔가가 있는 것이 아니겠는가?

"그래… 그랬단 말이지? 좋아. 더 이상 자백을 받아내려 애쓸 필요 없다. 순순히 입을 열지 않는 놈들은 그냥 베어버려."

고개를 끄덕인 범우가 차가운 한광을 뿜어내며 여전히 엎드린 자세의 남양에게 명을 내렸다.

"예?"

순간, 이해를 하지 못한 남양이 고개를 치켜들며 묻자 범우는 귀찮다는 표정으로 입을 열었다.

약속은 어기라고 있는 것이다 165

"제갈세가 놈들이 어떤 놈들인데 변변찮은 신객 놈들에게 검지의 비밀을 맡겼을까. 다 눈속임이지."

"하, 하지만 다른 방법이……. 만에 하나라도 비밀을 알고 있는 놈이 죽는다면……."

"뭐, 네 말대로 그래도 한두 놈 특출난 놈에게 맡겼을 수도 있겠지. 그렇다고 해도 그게 어떤 놈인지 알 수도 없고, 제갈세가에서 믿고 맡길 정도면 입도 무거울 것. 비밀이 무엇인지 밝혀내기가 쉽지 않아."

"하, 하오면?"

남양의 물음에 범우는 대답을 하지 않았다. 대신 범상에게 질문을 던졌다.

"그냥 밀어버리면 어떨 것 같으냐?"

"상관없습니다. 어쩌면 그게 좋을 것 같군요. 어차피 눈엣가시 같은 놈들입니다."

범상이 호전적인 눈빛을 뿜어내며 대답했다.

"나도 그렇게 생각한다."

"합니까?"

"그래. 먼 길을 오느라 다들 힘들었을 테니까 오늘 밤은 이대로 쉬게 하고 날이 밝는 대로 쓸어버려라. 아, 그래도 몇 놈은 살려놔야 검지의 비밀을 들을 수 있을 것이니 주의하고."

"알겠습니다."

둘 사이에 오고 가는 대화를 듣는 남양은 기겁하지 않을 수 없었다.

"그, 그건 안 됩니다."

그로선 참으로 용기를 내서 한 말이었으나 누군가에게 있어선 용납되지 않는 말이었다.

"……."

침묵으로서 남양을 노려보는 범우의 눈이 살기로 번들거렸다. 머뭇거렸다간 그대로 황천길이란 생각에 재빨리 입을 연 남양이 부연 설명을 하기 시작했다.

"지금 제갈세가엔 관부와 관계된 인물이 있습니다."

"관부?"

범우가 미간을 찌푸리며 되물었다.

제아무리 거칠 것 없는 그이지만 관부와 엮여서 그다지 득 될 게 없었기 때문이다.

"누군데?"

"금화부주의 아들이 와 있습니다."

"금화부주의 아들이? 그런 소리는 들은 적이 없는 것 같은데?"

"신객들이 일제히 제갈세가를 벗어나는 것과 거의 동시에 세가로 들어왔습니다."

"뭣 때문에 왔다더냐?"

"명목상이야 글공부를 한다는 것이지만……."

터무니없는 소리였다.

"제갈세가 놈들이 잔꾀를 부린 것 같습니다! 부주의 아들이 있으면 우리가 공격하지 못할 것이라 여긴 것이겠지요!"

범상이 이를 갈며 소리쳤다.

"흠, 공격을 하지 못한다라······."

잠시 생각에 잠겼던 범우가 남양을 불렀다.

"남양."

"예, 단주님."

"절강성의 성주가 누구지?"

"하연득(何衍得)이라는 자입니다."

"어떤 자냐?"

남양은 질문의 의도를 금방 눈치 챘다.

"연줄도 많고 인맥도 상당합니다. 중앙에서도 꽤나 힘을 쓰는 자였으나 비리 사건에 연루되어 절강성으로 잠시 물러난 상태로 알고 있습니다."

"욕심이 많은 모양이군."

"그렇습니다. 제 버릇 개 못 준다고, 비리 사건 때문에 물러났음에도 뇌물이라면 여전히 사족을 못쓴다고 들었습니다."

"우리에겐 다행스런 일이지. 남양."

"예."

"내일 제갈세가를 칠 것이다. 뒷수습은 네가 책임져라. 관부에서 아무리 지랄을 해도 절강성주를 구슬리면 문제될 것이 없을 터. 돈은 얼마가 들어도 좋다. 무슨 말인지 알겠느냐?"

"알겠습니다."

남양은 조금의 머뭇거림도 없이 대답했다. 하지만 고개를 숙이는 그의 표정으로 보아 범우의 명이 그다지 탐탁지 않은 모양이었다. 다만 거스를 수 없어 내색하지 못할 뿐이었다.

*   *   *

덜컹!

거친 문소리와 함께 창백한 낯빛의 제갈선이 안으로 들어섰다.

"아버님!"

"왜 그러느냐?"

제갈선이 그처럼 당황하는 모습을 좀처럼 볼 수 없었던 제갈현이 깜짝 놀라 되물었다.

"피하셔야겠습니다."

"피, 피해? 그게 무슨 말이냐?"

"방어선이 뚫렸습니다."

제갈선의 얼굴은 참담했다.

"뚫리다니? 놈들이 공격한 시간이 언제인데 벌써?"

믿을 수 없는 일이었다. 그가 알기로 제갈세가를 보호하고 있는 기관매복과 절진이면 아무런 움직임 없이도 최소한 보름은 버틸 수 있을 정도로 막강했다.

"원 학사가… 그가 배신을 했습니다."

"뭣이?!"

"그, 그게 무슨 소린가? 원 학사라면… 원규운(元奎雲) 그를 말하는 것인가?"

제갈륜이 당혹한 표정으로 물었다.

"예."

"그, 그가 배반을……."

제갈륜은 차마 말을 잇지 못했다.

원규운은 금화부가 낳은 천재 학사 중의 한 명으로 검지의 비밀을 푸는 데 도움을 받기 위해 제갈륜이 몸소 청해 제갈세가로 들어온 사람이었다. 그리고 제갈세가가 위험에 직면했다는 것을 알면서도 연구를 멈추지 않던 충직한 사람이었다.

"그를… 너무 믿은 것 같습니다."

누구보다 그를 믿었던 제갈선. 그랬기에 배반감은 더욱 컸다.

"와아!"

거센 함성 소리가 바로 목전까지 들려왔다.

"시간이 없습니다! 피하셔야 합니다!"

"세가를 버리고 어디로 간단 말이냐? 그리고 방어선이 무너졌다면 갈 곳도 없을 것 같구나."

바로 그때였다.

"정확하게 봤다."

차가운 음성과 함께 문이 열렸다.

긴 수염을 기른 한 사내가 모습을 보였다. 그 뒤로 몇 명인지 알 수 없을 정도로 많은 인간들이 보였다.

"투항한다면 목숨을 보장하겠다."

사내의 말에 제갈현은 조용히 눈을 감았다.

지금껏 단 한 번도 적의 침입을 허락하지 않았던 제갈세가가 아니던가!

자신의 대에 와서 이런 치욕을 당한다고 생각하니 조상을 뵐 면목이 없었다. 그것도 모자라 포로가 되는 굴욕까지 당할 수는 없었다.

"윽!"

나직한 신음성이 터져 나오고, 제갈현의 입에서 핏물이 주르르 흘러내렸다.

"아버님!"

제갈륜과 제갈선이 기겁하며 그를 부축했으나 그의 혼은 이미 육신을 떠나 있었다.

"아, 아버님!"

제갈륜과 제갈선은 부친의 시신을 붙잡고 한참 동안이나

눈물을 흘리며 울부짖었다.

둘의 모습을 가소롭다는 듯 바라보던 사내는 어느 정도 시간이 흐르자 입을 열었다.

"그쯤 했으면 됐다. 기다리기 지루하니 이제 그만 해라."

아무런 대꾸가 없자 그가 수하들에게 신호를 보냈다.

뒤에서 대기하고 있던 사내 몇이 방 안으로 들어오고, 그제야 고개를 든 제갈륜이 제갈선을 불렀다.

"이보게, 아우."

"예."

"염치없지만 뒷일을 부탁하네. 난 놈들에게 버틸 자신이 없다네."

"혀, 형님!"

머리를 스치는 불안한 생각에 제갈선이 그를 잡으려 하였으나 그에게 슬픈 미소를 지어 보인 제갈륜은 갑자기 자신의 몸을 날려 벽에 머리를 들이박았다.

머리가 깨지며 붉은 선혈이 벽과 바닥을 적셨다.

"형님!"

"보, 복수는… 막내가 해… 주겠지……."

그 한마디를 남기고 제갈륜은 절명하고 말았다.

"혀……."

제갈륜에게 다가가던 제갈선의 몸이 뻣뻣하게 굳었다. 행여나 그마저 목숨을 끊을까 걱정한 사내가 손을 쓴 것이었다.

"그렇게 노려볼 필요 없다. 다른 사람은 몰라도 당신만큼은 사로잡아야 한다고 명을 받았거든."

절망감으로 물든 제갈선의 눈을 보며 사내는 잔인한 살소를 내비쳤다.

"네, 네놈들이 감히 내가 누군지 알고!"

땅바닥에 마치 복날 개처럼 끌려 나온 안항(安沆)은 겁에 질려 덜덜 떨면서도 위엄을 잃지 않으려 했다.

이제 겨우 약관에 이른 유약한 청년의 외침은 한낱 조소거리밖에 될 수 없었다.

"호~ 네가 누군데?"

범상이 낄낄대며 물었다.

"내, 내 부친이 바로 금화부의 부주시다."

"헛! 그, 금화부주의 아들?"

"그렇다!"

부친의 위세가 자신을 지켜준다고 믿는지 잔뜩 움츠러들었던 안항의 어깨가 조금은 펴졌다.

"오! 그래서? 그런데 어쩌라고?"

전혀 예상치 못한 답변이었다.

"그, 그러니까……."

부친이 누군지 알면 그래도 조금은 멈칫거릴 줄 알았던 안항은 얼굴이 새파래졌다.

"내, 내게 조금이라도 위해를 가하면 백만대군이 네놈들을 가만두지 않을 것이다!"

"배, 배, 백만대군? 지랄!"

안항의 목소리를 흉내 내던 범상이 누런 침을 뱉었다.

"천 명이나 있는지 모르겠다. 그리고 백만이든 천만이든 우리가 그따위 허수아비를 두려워할 줄 아느냐?"

"으으으."

그제야 눈앞의 인물이 눈 하나 깜짝하지 않고 제갈세가의 식솔들을 도륙한 인간 백정이라는 것을 새삼 인식한 안항의 몸이 사시나무 떨 듯 떨렸다.

"사, 살려주십시오!"

"어라? 조금 전의 기세는 어디 가고 그러실까?"

"자, 잘못했습니다! 부, 부디 사, 살려주십시오!"

안항은 범상의 바짓가랑이를 붙잡으며 비굴하게 매달렸다.

"흐음, 어쩐다……?"

범상이 곤란하다는 듯 난처한 표정을 지으며 고개를 갸웃거렸다. 그런 모습에 어쩌면 조금은 희망이 있다고 여겼는지 안항은 더욱 애절하게 매달렸다.

"제, 제발 살려주십시오! 그리만 해주신다면 부친께서 큰 상을 내리실 겁니다!"

"큰 상?"

범상이 주변을 에워싸고 있는 수하들에게 놀랍다는 듯 소리쳤다.

"큰 상이란다!"

그 한마디에 수하들이 배를 잡고 웃음을 터뜨렸다.

가히 반응이 좋지 않음을 느낀 것일까? 안항의 얼굴이 절망으로 물들었다.

"할 말 다 했으면 쥐새끼처럼 눈깔 돌리지 말고 그냥 뒈져라!"

범상은 어쩔 줄 몰라 하는 안항에게 한껏 비웃음을 담은 한마디를 쏘아붙이고는 몸을 돌렸다.

"제, 제바……."

땅바닥을 기며 그를 쫓는 안항. 하나 미처 말이 끝나기도 전에 그는 후미에서 날아온 날카로운 칼에 비명도 지르지 못하고 목이 잘려 숨이 끊어지고 말았다.

"쌍! 조심해야 할 것 아냐!"

안항의 몸에서 뿜어져 나온 피가 옷에 묻자 범상이 칼을 휘두른 수하에게 버럭 신경질을 냈다.

"죄, 죄송합니다."

낄낄대며 웃던 사내는 황급히 머리를 조아리며 용서를 구했다.

"됐고, 주변이나 잘 살펴봐. 머리 처박고 숨어 있는 놈이 있을 수 있으니까!"

"존명!"

 허리를 꺾어 명을 받은 수하들이 사방으로 흩어지자 범상은 천천히 몸을 돌렸다. 그리곤 본진을 이끌고 정면을 공략하고 있을 부친에게 향했다.

"끝냈느냐?"

 팔짱을 끼고 활활 타오르는 불길을 보던 범우가 물었다.

"예."

"도주한 놈들은?"

"계속 수색하고는 있으나 아직까지는 없습니다. 애당초 몇 놈 남아 있지 않아서요."

"수고했다."

"하지만 문제가 조금 있었습니다."

"문제?"

 되묻는 범우의 눈매가 사뭇 날카로웠다.

"공격하는 도중에 피해가 제법 있었습니다."

"얼마나?"

"사 할 정도입니다."

"음."

 범우의 입매가 일자로 굳게 다물어졌다.

 범상을 책망하려는 것은 아닌 듯했으나 예상보다 많은 피해에 조금 당황하는 모습이었다.

"어쩌다 당한 것이냐?"

"기관과 절진에 당했습니다. 별 듣도 보도 못한 해괴한 장치가 어찌나 많던지 손도 써보지 못하고 당했습니다."

공격과 동시에 함정에 걸려 속수무책으로 쓰러지는 수하들의 모습이 다시 떠오르는지 범상의 얼굴이 일그러졌다.

"어쩔 수 없겠지. 누가 뭐라 해도 제갈세가일 테니까."

그러면서 그의 사나운 눈초리가 한 걸음 물러나 시립하고 있는 사내에게 향했다.

"죄, 죄송합니다. 그쪽까지 신경을 쓸 여유가 없어서……."

범우의 말 한마디에 자신은 물론이고 가족들의 목숨까지 어찌 될지 몰랐기에 황급히 변명하는 사내의 얼굴에서 식은 땀이 흘렀다.

"신경을 쓸 여유가 없었다라……."

사내의 말을 따라 하는 범우의 몸에서 살기가 일었다. 그러자 그의 곁에서 수하들의 보고를 받던 범우의 의제이자 호교단의 부단주 사마천(司馬天)이 사내를 두둔하고 나섰다.

"그래도 공이 있으니 용서해 주시지요. 그나마 저 친구가 아니었으면 얼마나 더 큰 피해를 당했을지 알 수 없는 일입니다."

"흠, 그도 그런가?"

"예, 아량을 베풀어주시지요."

"좋아, 아우가 그리 말을 하니 용서를 해주지."

"가, 감사합니다!"

목숨을 구한 사내는 코가 땅에 닿도록 인사를 했다.

"이보게, 원 학사."

나지막한 음성에 원규운이 슬며시 고개를 돌렸다.

그의 눈에 무릎을 단정히 하고 앉아 있는 제갈선의 모습이 들어왔다. 비록 수많은 적에게 제압당하여 포로가 된 신세였으나 당당하기 그지없는 자세였다.

"목숨을 구하니 좋은가?"

"……."

원규운은 차마 입을 열지 못하고 고개를 떨구었다.

"백만대군이 몰려와도 능히 한 달은 버틸 수 있다고 자신했던 제갈세가였건만… 허허, 자네로 인하여 이 지경이 되고 말았군."

마교의 위협에도 제갈세가가 나름대로 자신하고 있었던 것은 세가 주변에 펼쳐진 절진과 기관매복을 믿었기 때문이다.

무림에 적을 두고도 무공보다는 지략으로 명성을 높였던 제갈세가가 지금껏 단 한 번도 적의 침공에 굴복하지 않았던 것과 미처 시간이 없어 제거하지 못했던 가장 취약했던 곳의 기관매복으로 인해 범상이 이끌고 간 수하의 사 할이 목숨을 잃은 것만 보더라도 그 위력을 능히 짐작할 수 있었다. 한데 문제는 마교의 공격이 시작되었음에도 기관매복이 제대로 움직이지 않았다는 데 있었다. 세가 주변을 겹겹이 포위하며 펼

처져 있는 절진 역시 발동하지 않았다.

"하긴, 자네도 어쩔 수 없었겠지. 분명 저들에게 모진 핍박을 받았을 테니. 하나 꼭 그렇게 해야만 했나?"

담담한 음성 속엔 믿는 사람에게 배신을 당했다는 슬픔과 분노, 허탈감이 하나 가득 내재되어 있었다.

"변명은 하지 않겠소이다. 용서를 구하지도 않겠소이다. 그저 어쩔 수 없었다는 것만 이해해 주시구려."

원규운은 자신의 부모와 처, 그리고 자식들이 마교에 볼모로 잡혀 있다는 것을 굳이 말하지 않았다. 그 어떤 말과 이유로도 변명은 되지 않기 때문이었다.

"아아, 시끄럽고, 내 묻는 말에나 대답해라."

범우가 둘의 대화를 끊고 한 발 앞으로 나섰다.

"검지는 어디에 있느냐?"

제갈선이 고개를 들어 하늘을 바라봤다.

어쩌면 검지의 비밀을 푸는 순간, 주변에서 심상치 않은 기운을 감지한 직후부터 오늘의 일은 예견되었는지도 몰랐다.

'너무 자만했구나. 보다 철저하게 준비를 했어야 했는데. 최소한 식솔들의 대피만이라도 보다 서둘러야 했거늘.'

미리미리 대비를 했으나 미처 피신하지 못한 식솔이 오십에 육박했다. 그들 대부분은 변변한 저항도 하지 못하고 포로가 되거나 목숨을 잃고 말았다.

'모두가 내 잘못이다. 내 잘못이야.'

제갈세가의 수비벽을 너무 과신했던 자신의 실수가 뼛속까지 사무쳐 왔다. 하지만 이미 엎질러진 물, 되돌리기엔 너무 늦고 말았으니.

"귀가 처먹었느냐? 내 묻지 않았더냐? 검지는 어디에 있느냐?"

범우가 살기를 뿜어내며 다시 물었다.

"어째서 나만 살려두었는지 의아해했는데 그 이유 때문이었군. 하긴, 저기 원 학사가 검지의 비밀은 오직 나만이 알고 있다는 것을 말해주었을 테니."

제갈선의 말에 원규운은 입술을 지그시 깨물었다.

"말을 해라. 그러면 네놈의 목숨은 보장하지 못하나 포로로 잡힌 어린 놈들과 계집들은 살려주마. 지금껏 숨어 있는 놈들도 건드리지 않겠다. 뭐, 얼마나 살았는지는 알 수 없으나 말이다."

그 말에 제갈선의 고개가 창칼로 위협당하고 있는 이십이 채 되지 않는 세가의 식솔들에게 향했다.

'불쌍한…….'

어느 정도는 자신들의 죽음을 감지했는지 그들은 하나같이 체념한 눈빛으로 두려움에 떨고 있었다.

"어쩔 테냐? 저들의 목숨이 네 말 한마디에 달려 있다. 만약 끝까지 입을 다문다면!"

잔인한 미소가 입가에 걸리고 곳곳에서 비명이 터져 나왔다.

"으아악!"

"꺅!"

비명과 함께 몸에서 분리된 누군가의 머리가 제갈선의 앞까지 굴러왔다.

두려움에 젖어 있는 두 눈은 아직도 자신의 죽음을 믿지 못하겠다는 듯 부릅떠져 있고 비명을 지르려고 했는지 입이 반쯤 벌어진 어린아이의 머리.

'록아.'

조카 제갈록(諸葛錄)의 수급을 바라보는 제갈선의 눈에 눈물이 고였다. 그러나 그가 할 수 있는 일은 아무것도 없었다.

'이 숙부를 용서해라.'

조카의 모습을 계속 볼 수 없었던 제갈선은 눈을 감고 말았다.

"지금은 시작에 불과하다. 말을 해라. 검지는 어디에 있느냐?"

범우가 다시 물었다.

굳게 닫힌 제갈선의 입은 열리지 않았다. 곧바로 비명이 터지고 또 한 명의 목숨이 사라졌다.

한 명, 두 명, 세 명.

삽시간에 다섯 명의 아까운 목숨이 허망하게 사라졌다.

"지독한 놈! 좋다! 네놈이 이기나 내가 이기나 보자!"

식솔들의 죽음에도 조금도 자세가 흐트러지지 않는 제갈선의 모습에 기가 질렸는지 얼굴마저 벌겋게 변한 범우가 발악하듯 소리쳤다.

"쉽게 죽이지 마라! 팔다리를 잘라 고통 속에서 발버둥 치다가 뒈지게 만들어!"

바로 그때, 사마천이 범우에게 전음을 보냈다.

[잠시만 기다려 주십시오.]

[왜 그러나?]

[이런 식으론 원하는 것을 얻지 못할 것 같습니다.]

[매에는 장사가 없는 법이야.]

[때로는 무모한 것이 소위 말해 배운 자들입니다. 특히 제갈세가라면 더욱 그렇습니다.]

[하면 방법이 있나?]

사마천은 대답하지 않았다. 대신 제갈선에게 조용히 다가갔다.

"호교단의 부단주 사마천이라 하오."

"……."

"저들을 다 죽인다 해도 당신의 입은 열리지 않을 것 같소만."

"……."

"한 가지 제안을 하겠소."

굳게 닫혔던 제갈선의 눈이 살며시 떠졌다.

사마천은 무표정한 제갈선의 얼굴을 응시하며 은근한 어조로 말을 이었다.

"누구요, 검지의 비밀을 가지고 떠난 자가?"

제갈선의 눈썹이 파르르 떨렸다.

그것을 놓치지 않은 사마천이 재빨리 말을 이었다.

"그자가 누구인지 말해주면 저들의 목숨은 보장해 주겠소."

"……"

"이제 그만 합시다. 세상 누구도 검지의 비밀을 지키려 하는 당신과 제갈세가의 노력을 비웃지 못할 것이오. 하나 금화부주의 아들까지도 없애가며 공격을 한 우리요. 관부와의 충돌까지 불사하며 공격을 했단 말이오. 아무런 소득 없이 물러나기는 힘든 일이외다. 최소한의 성과는 얻어야 할 것 아니오. 자, 말을 해보시오. 검지의 비밀을 직접 말해달라는 것도 아니고 단지 그 비밀을 움켜쥐고 있는 자가 누구인지 알려달라는 것이니 그대와 우리에게 모두 기회가 있는 것 아니겠소. 어떻소, 나의 제안이?"

제갈선은 여전히 대꾸가 없었다.

가만히 상황을 지켜보던 범우가 참지 못하고 소리를 질렀다. "흥! 그러게 소용없다지 않나! 저자는 좀 더 쓴맛을 봐야

해! 뭣들 하느냐, 당장 손을 쓰지 않고?! 옳거니! 이번엔 조놈이 좋겠군."

범우가 가리킨 사람은 이제 갓 걸음마나 배웠을까 하는 어린아이였다.

"아, 안 돼요!"

자신의 아들이 지목당하자 아이의 어미가 울음을 터뜨리며 아이를 안았다. 하나 여린 여자의 힘으로 우악스런 사내들을 감당할 순 없는 노릇. 처절한 반항에도 불구하고 아이는 땅바닥에 내팽개쳐졌다. 바로 제갈선의 코앞에.

제갈선의 이마에 핏줄이 섰다.

얼마나 세게 깨물었는지 피가 철철 흐르는 입술은 남아나질 않았다.

그런 제갈선의 모습을 즐기기라도 하듯 비릿한 조소를 보낸 범우가 우악스런 발로 아이의 등을 밟아 눌렀다.

아이는 고통과 두려움에 세가가 떠나가라 비명을 질러댔다.

'아아!'

귀를 막고 싶었다.

눈을 감고 싶었다.

할 수만 있다면 혀를 뽑아 영원히 입을 열 수 없고, 사지를 잘라 글도 쓰지 못했으면 좋으리라 생각했다.

가슴을 후벼 파는 아이의 비명에 제갈선은 자신의 의지가 더 이상 오래가지 못할 것임을 직감적으로 느꼈다.

울다 지친 아이가 까무러칠 때쯤 마침내 굳건하던 제갈선의 의지는 꺾이고 말았다.

"그만."

말이 끝나기가 무섭게 범우의 발이 아이에게서 떨어졌다.

"이제야 겨우 입을 열 생각이 든 모양이군."

제갈선은 폐부를 쥐어짜는 듯한 고통스런 음성으로 물었다.

"조금 전의 제안은 여전히 유효하오?"

"제안? 아, 물론이다!"

범우가 반색을 하며 고개를 끄덕였다.

"비밀을 가지고 떠난 놈이 누군지만 알려주면 더 이상 손을 대지는 않겠다. 물론 네 목숨은 보장하지 못하지만."

"그건 상관없소. 식솔들의 안전만 보장하면."

"약속한다! 네놈이 어찌 생각할지는 모르나 나 범우, 지금껏 단 한 번도 약속을 어긴 적은 없다!"

범우가 가슴을 탕탕 치며 소리쳤다. 그러나 왠지 믿음이 가지 않는지 제갈선은 사마천을 향해 다시 물었다.

"약속을 할 수 있소?"

사마천은 대답 대신 고개를 끄덕였다.

"후~"

제갈선은 길게 한숨을 내쉬었다. 그리곤 바닥에 쓰러진 채

경련을 하는 어린아이와 식솔들을 번갈아 바라보았다.

잠깐의 침묵이 흘렀다.

성질 급한 범우도 그 정도의 시간은 이해를 해주는 아량을 보였다.

"비밀은… 묵…조…영… 그가 가지고 갔소."

범우의 고개가 엄청난 속도로 원규운에게 돌아갔다.

"묵조영이 누구냐?"

"아, 아마도 지난밤 가장 늦게 온 신객을 말하는 것 같습니다만……."

확신을 하지 못하는 것인지 음성에 자신이 없었다.

"맞느냐?"

제갈선은 대답하지 않았다.

그는 그저 멍한 눈으로 맑디맑은 하늘만 쳐다볼 뿐이었다.

'아버님… 형님……'

포로가 되는 치욕을 당하느니 죽음을 택하겠다며 스스로 목숨을 끊은 그들의 모습이 떠오르자 한줄기 눈물이 볼을 타고 흘러내렸다.

"맞느냐고 물었다!"

범우가 신경질적으로 물었으나 돌아오는 소리는 전혀 엉뚱한 말이었다.

"약속은 지키리라 믿는다."

차디찬 한마디를 남긴 제갈선이 오른손을 들더니 누가 말릴 사이도 없이 자신의 천령개를 내려쳤다.

"망할! 아직 대답을 듣지 못했는데."

힘없이 쓰러진 제갈선을 보며 범우가 인상을 찌푸렸다. 그러더니 차디찬 음성으로 조소를 보냈다.

"네놈이 그리 죽어버리면 내가 약속을 이행할 것 같으냐?"

"형님!"

사마천이 깜짝 놀라 소리쳤다.

"그렇잖은가? 아직 묻고 싶은 게 많은데 저리 죽어버리면 계약 위반이라고! 그리고 약속이라는 건 깨라고 있는 것이지, 아마?"

"아무리 그래도 약속은……."

사마천이 난처한 표정으로 대꾸를 하려던 찰나 서릿발 같은 범우의 명이 떨어졌다.

"모조리 죽여!"

"안 됩니다, 형님!"

사마천이 황급히 말리고 나섰으나 범우는 묵묵부답. 제갈세가의 식솔들을 둘러싸고 있던 호교단의 무인들은 힘찬 대답과 함께 즉각적으로 명령을 이행했다.

살기 어린 칼이 춤을 추었다.

피가 튀었다.

끔찍한 비명이 제갈세가를 뒤덮었다. 하나, 잠시 잠깐 터져 나온 비명은 삽시간에 사라져 버렸다.

열댓 명이나 되는 목숨이 사라지는 데 걸린 시간은 채 한 호흡도 되지 않았다.

"끝났습니다."

누군가가 피가 뚝뚝 떨어지는 검을 늘어뜨리며 보고했다.

"수고했다."

만족한 미소를 지은 범우가 질린 표정으로 시신들을 바라보는 남양에게 향했다.

"남양, 너도 모르느냐?"

"화, 확실하지는 않으나 화, 화소호 부단주가 쪼, 쫓아간 신객인 것 같습니다."

남양은 자신도 모르게 말을 더듬고 있었다.

"화소호가? 아, 그랬지?"

어젯밤 화소호가 수상한 신객을 쫓아갔다는 보고를 받았음을 상기한 범우가 무릎을 쳤다.

"역시 밀은단의 부단주는 뭐가 달라도 다르다는 건가? 범상아."

"예, 아버님."

"지금 즉시 광룡대(狂龍隊)를 이끌고 놈을 쫓아라. 참, 어디로 갔다고?"

"부춘… 강 쪽이라 했습니다."

자신의 대답이 맞기를 간절히 바라면서 대답하는 남양의 표정은 안쓰럽기 그지없었다.

"부춘강 쪽이라는구나."

"알겠습니다. 야령(耶嶺)!"

범상의 부름에 광룡대의 대주 야령이 달려왔다.

"즉시 떠날 준비를 해라. 쉴 틈 없이 죽어라 달려야 할 것 같으니까 말도 몇 마리 준비하고."

"알겠습니다."

명을 받은 야령이 즉시 몸을 돌려 달려갔다.

"아우, 자네도 따라가게."

"제가… 말입니까?"

생기가 사라진 제갈선의 원망 어린 눈이 자꾸만 자신을 질책하는 것 같아 마음이 찜찜하던 사마천이 한숨을 내쉬며 되물었다.

"혹시 몰라서 그러는 것일세. 실력은 그런대로 쓸 만하나 아직 어려서 말이야."

범우가 다소간 불만 섞인 얼굴을 하고 있는 범상의 어깨를 두드리며 말했다.

"그리하지요."

사마천은 별다른 토를 달지 않고 명을 받았다.

그리고 정확히 일각 후, 사마천과 범상을 필두로 약 오십에 이르는 무인이 말을 타고 북쪽으로 달리기 시작했다.

제16장

오중제일산(吳中第一山)?
이것도 산이냐!

"휴~ 돌아가시겠군. 무슨 놈의 날씨가 이리도 더워!"
 한 사내가 열심히 부채질을 하며 길을 걷고 있었다.
 상의는 거의 풀어헤쳐져 벗은 것이나 진배없었고, 그나마 땀과 먼지에 찌들어 걸치고 있는 것이 민망할 정도였다.
 "상유천당(上有天堂) 하유소항(下有蘇杭)? 젠장, 어느 놈이 그랬는지 몰라도 분명 이곳에 와보지도 않은 놈이 틀림없어! 더워 돼지겠는데 천당은 무슨 천당! 이런 곳이 천당에 버금갈 정도면 천당 아닌 곳이 없겠다! 망할!"
 사내는 더 이상 참기 힘들다는 듯 길거리에 털썩 주저앉았다.

오중제일산(吳中第一山)? 이것도 산이냐! 193

사부의 명에 따라 무이산을 떠나 소주에 도착한 곡운은 찌는 듯한 더위에 만사가 귀찮고 짜증이 나 죽을 지경이었다. 더구나 소주를 코앞에 두고도 길을 잘못 들어 며칠 동안이나 헤매고 다닌 덕분에 지금은 누군가 슬쩍 건드리기만 해도 폭발할 정도로 예민한 상태였다.

땅바닥에 주저앉기가 무섭게 물 주머니를 머리 위에 쏟아부은 곡운은 머리와 얼굴을 적신 물줄기가 목을 지나 가슴을 타고 흘러내리고서야 비로소 더위가 조금 가시는지 찌푸린 인상을 폈다.

소주를 찾아 무이산을 떠난 지 벌써 이십여 일.

심정적으로 되돌아가고 싶은 적이 열 번도 넘었다. 특히 열 번 중 아홉 번은 바로 지난 이틀간 길을 헤매며 무더위와 싸울 때 했던 생각이었다. 하지만 그럴 수가 없었다. 모든 내공을 자신에게 전수해 준 사부의 모습이 눈앞에서 아른거렸기 때문이다. 그것이 비록 선대 때부터 내려온 전통이었고, 사부가 아무런 가책도 가지지 말라고 거듭 당부를 했지만 늘 당당했던 사부의 어깨가 다 늙은 노인네처럼 축 처지고 태산이라도 떠받칠 것같이 꼿꼿했던 허리가 굽어진 것을 떠올리면 도저히 그럴 수가 없었다.

"좋아, 좋아. 어차피 오고 말았으니까 지키지 뭐. 그저 한 번 만나보는 것뿐이니까. 흠, 그나저나 뭐였더라……?"

손가락으로 관자놀이를 지그시 누른 채 사부가 일러준 약속 장소를 떠올리던 곡운이 눈을 반짝였다.

"진… 선다루? 맞아, 진선다루(眞善茶樓)라고 했지?"

벌떡 몸을 일으킨 곡운. 하나 소주에서 그가 아는 곳이라곤 단 한 곳도 없었다. 결국 지나가는 행인에게 길을 물을 수밖에 없었다.

"이보쇼."

평생을 도관에서 보낸 사람의 말투라고 하기엔 무척이나 불량스럽고 행색 또한 심상치 않은 터라 엉겁결에 걸음을 멈춘 행인은 잔뜩 겁을 집어먹은 눈치였다.

"무… 슨?"

엉거주춤한 자세의 행인을 보며 곡운이 피식 웃음을 터뜨렸다.

"아아, 별일 아니니까 그렇게 겁먹을 건 없소. 그냥 말 좀 몇 마디 물으려고 하는 것이니까."

그래도 행인은 경계심을 풀지 않았다.

"여기에 진선다루라고 있소?"

"진… 선다루 말씀이오?"

"그렇소. 진.선.다.루. 소주에서 꽤나 유명하다고 하던데……"

그제야 곡운이 자신에게 해를 끼칠 것 같지 않다고 판단했는지 행인의 안색이 밝아졌다.

"물론이오. 소주에서 으뜸가는 다루가 바로 진선다루요.

소주뿐만 아니라 수많은 여행객이 찾는 통에 늘 북적이는 곳이외다."

"어디에 붙어 있소?"

"호구(虎丘)에 있소."

"호구? 거기가 뭐 하는 데요?"

순간, 행인의 얼굴이 어처구니없다는 표정으로 변했다.

"세상에! 소주의 호구를 모른단 말이오?"

"모르오. 꼭 알아야 할 필요도 없고."

시큰둥한 대답에 행인의 얼굴이 더욱 일그러졌다.

"오중제일산(吳中第一山)! 호구는 그 옛날 오나라의 왕 부차(夫差)가 그의 아버지 합려(闔閭)를 이곳에 묻자 삼 일 후에 집채만 한 백호가 나타나 그 위에 꿇어앉았다고 하여 생긴 이름이라오."

"부차인지 뭐 차인지 그건 내 알 바 아니고, 옛날 얘기도 별로 듣고 싶지 않소. 아무튼 오중제일산이라니 제법 유명하긴 한 모양이구려."

"유명한 정도가 아니오. 합려가 명검을 시험해 보기 위해 잘라보았다는 시검석(試劍石)이 바로 이곳에 있고, 무엇보다 그의 유체와 함께 묻혔다는 수천 자루의 검, 전설의 검지(劍池)가 바로 이곳이외다."

입에 침을 튀겨가며 설명을 하는 행인에게선 조금 전 겁을 잔뜩 집어먹었던 모습은 찾아볼 수가 없었다.

"호오~ 검지라……."

곡운의 눈이 이채를 띠었다.

검지의 전설에 대해선 그도 들은 적이 있었다. 무엇보다 검을 사용하는 무인으로서 검지의 전설은 꽤나 유혹적인 것이었다.

"호구에 검지가 있다는 말이오?"

행인이 약간은 자신없는 목소리로 대답했다.

"과거엔 틀림없이 존재했지만 지금까지 남아 있는지는 확실하지 않소."

곡운의 얼굴이 삽시간에 실망으로 일그러졌다.

"확실하지 않다? 어째서 그렇소?"

"검지라 추정되는 곳이 연못으로 변해 버렸다오."

"연못?"

"그 옛날 천하를 일통한 시황제가 검지를 발견하고 발굴하려 하는데 갑자기 땅에서 호랑이가 뛰쳐나왔다고 하오. 시황제는 그것이 하늘의 뜻이라고 판단하여 발굴을 중지하였고, 이후에 물이 차 연못을 형성했소. 그것이 바로 오늘날의 검지요."

"재밌는 전설이로군."

호랑이가 뛰쳐나왔다는 대목에서 그러면 그렇지 하는 표정으로 피식 웃음을 터뜨린 곡운은 더 이상 흥미를 가지지 않았다.

"그래, 호구는 어디로 가면 되는 거요?"

"그다지 어렵지는 않소. 이 길을 따라 쭉 가다가 보면 꽤나 아름다운 정원 하나가 있고, 그 정원을 끼고 오른쪽으로 다시 돌면 사람들이 보통 호구로(虎丘路)라 부르는 큰길이 나오오. 호구로로 접어들면 북쪽으로 큰 탑이 하나 보이는데 그것이 바로 오중제일산 호구에 우뚝 솟은 운암사탑(雲岩寺塔), 보통 호구탑이라 불리는 탑이오. 진선다루는 바로 그 아래에 있소."

사내의 설명을 들으며 그가 가리키는 방향으로 고개를 빼고 있던 곡운이 고개를 끄덕이며 인사를 했다.

"고맙소."

"하하, 별말씀을. 그럼 구경 잘하시오."

원하지도 않았던 시간을 한참 동안이나 빼앗겼음에도 행인은 불만을 터뜨리지 않았다. 오히려 좋은 여행길이 되라고 덕담까지 해주는 여유를 보여주었다. 그런 행인의 모습에서 제법 괜찮은 인상을 받았는지 처음엔 그저 짜증스럽기만 했던 소주의 인상이 조금은 바뀌고 있었다.

"제법 멋진걸."

호구로에 접어들어 호구탑을 바라보는 곡운의 입에서 절로 탄성이 터져 나왔다.

"어쨌든 다 왔군."

목적지가 눈앞에 있어서 그런지 총총히 내딛는 걸음에 힘이 있었다.

바로 그때, 호구탑을 향해 천천히 언덕을 오르던 곡운의 눈에 묘한 바위 하나가 들어왔다.

"이게 시검석이라는 건가?"

합려가 명검을 시험하기 위해 잘랐다는 바위.

곡운은 조금 전 사내에게서 들었던 전설을 떠올리며 시검석을 향해 손을 뻗었다.

수많은 사람이 매만져서 그런지 바위의 단면은 몹시 매끈했다.

"호오~ 대단한걸."

그는 바위 중앙에 일직선으로 난 흠집을 보며 절로 탄성을 내뱉었다.

단순히 검의 힘만으로 커다란 바위를 자른다는 것은 사실상 불가능한 일이었고, 심지어 무공을 익힌 자라도 바위에 난 흔적처럼 곧고 일정한 자국을 만드는 것은 결코 쉬운 일이 아니었다. 그것만 보더라도 당시 합려가 시험한 검이 얼마나 날카롭고 단단한 천하의 명검이었는지 짐작이 갔다.

"과연 명성이 있을 만하군."

하나 그러한 감탄은 얼마가지 못했다.

"……"

시검석을 뒤로하고 몸을 돌려 호구에 도착한 곡운은 눈앞에 펼쳐진 광경에 차마 입을 열 수가 없었다. 못 볼 것을 보았다는 듯 굳어버린 몸.

시선은 호구와 그 위에 자리하고 있는 호구탑에 고정되어 있었다.

곡운의 말문이 열린 것은 무려 반 각이란 시간이 흐른 다음이었다.

"오중… 제일산이라고?"

조금 전 만났던 행인이 침이 마르도록 칭찬한 호구.

"이것도… 산이냐?!"

버럭 소리를 내지르는 곡운의 눈에 오중제일산이란 거창한 이름을 가지고 있는 호구는 산이 아니었다.

백번천번을 양보하고 아무리 인정해 주려고 해도 눈앞의 것은 언덕에 불과할 뿐 도저히 산은 될 수가 없었다.

산이란 최소한 주변을 굽어볼 수 있는 웅장함을 지니고 있어야 했다. 아니, 그것이 안 된다면 최소한 주변보다는 높다는 느낌을 주어야 한다.

호구는 절대로 그렇지 않았다.

차마 언덕이라고 부르기에도 민망한, 폴짝 뛰면 정상에 도착할 정도의 높이가 고작이었다. 그나마 칠층으로 이루어진 호구탑이 그럴듯하기는 했으나 그 탑의 높이까지 감안하더라도 산으로 봐주기엔 분명 무리가 있었다.

"망할!"

잠깐이나마 기대를 했다는 것에 짜증이 절로 솟구쳤다.

그런데 그를 더욱 환장하게 하는 일이 있었다.

눈앞에 펼쳐진 광경에 극도로 짜증나 있는 그에게 한 사내가 다가오기 시작한 것이다.

건들거리는 걸음걸이에 뭔가를 질겅질겅 씹는 모양이 영 불량스러웠다.

"어이~ 자네! 이곳 사람이 아닌 모양이군?"

사내가 곡운의 어깨를 툭 치며 말을 건넸다.

어깨를 치는 것에 울컥했으나 신경 쓰기도 싫었는지 곡운은 단지 고개만 끄덕였다.

"어때? 웅장하지? 이곳에 오르면 소주가 한눈에 다 들어오지. 내 소주에 산다고 해서 하는 말이 아니라 주변 어디를 봐도 이만한 곳이 없으니 가히 오중제일산이라는 명성이 무색하지 않은 곳이야."

연신 침을 뱉어대며 입을 놀리는 사내의 얼굴엔 한껏 자부심이 녹아 있었다.

'웅장? 웅장이 다 죽었다.'

곡운은 가소롭지도 않다는 표정으로 그를 살피다 퉁명스레 되물었다.

"이게 산으로 보이쇼?"

"뭐? 산이 아니면 뭔데? 이곳이 바로 오중제일……"

더 듣고 있다간 복장이 터질 것 같아 곡운은 재빨리 말을 자르고 나섰다.

"아무리 봐도 산으로 뵈지 않으니 그런 거요. 이런 걸 산이라고 부르면 똥파리를 새라고 우겨도 하나도 이상하지 않을 것 같소."

순간 사내의 얼굴이 처참하게 일그러졌다.

"또, 똥파리……?"

"내가 살던 무이산은 이곳보다 천 배는 더 높고 만 배는 더 넓소. 최소한 산이라면 어느 정도 구색은 갖춰야 하는 것 아니오? 이건 원, 바람만 불어도 날아갈 것 같고, 빗자루로 쓸면 흔적도 없이 쓸릴 것 같은 데다가 오줌이라도 갈기면 그대로 무너질 것 같으니."

곡운이 혀를 차며 고개를 흔들었다.

"비, 빗자루……? 오줌? 너, 지금 말 다 했냐?!"

사내가 버럭 소리를 지르며 물었다.

얼굴을 보아하니 심심하던 차에 잘 걸렸다는 표정이었다.

"뭘 말이오?"

"우리 소주 사람들에게 호구는 그야말로 생명과도 같은 것! 어디서 감히 말 같지도 않은 말을 씨부려! 당장 취소하지 못해!"

"후아!"

같잖은 말을 들으려니 목덜미가 뻐근해지기 시작했다.

"사실이 그런 걸 어쩌라고! 그러게 누가 가만히 있는 사람한테 자랑을 하래? 내가 물어봤냐고?"

목과 어깨를 어루만지는 곡운의 말투도 자연스레 험악해졌다.

"이 새끼가!"

사내의 눈에서 차가운 빛이 뿜어져 나왔다.

자세를 잡는 모양새를 보니 어디서 배운 가락이 있는 모양이었다.

"나 원."

나름대로 한다고 하는 모양이었으나 하품조차 하기 아까울 정도의 수준이 아닌가? 그런 상대와 싸워봤자 자신의 손만 더럽히는 것이라 여긴 곡운이 귀찮다는 듯 손을 흔들었다.

"그냥 가라."

그 모양이 사내의 투쟁심에 불을 붙인 듯했다.

"뒈져!"

거창한 기합성과 함께 사내의 몸이 허공을 갈랐다. 아니, 그렇게 하고자 노력하는 것 같았다. 하지만 허공이라 해봐야 고작 반 장 정도 뛰어오른 것이었고, 이동한 거리 또한 일 장이 채 되지 않았다.

한심스런 표정으로 그 모양을 보던 곡운이 슬쩍 몸을 피하더니 팔을 쭉 펴 천천히 휘둘렀다. 물론 그로선 천천히라고 해도 사내에겐 가히 번갯불과도 같은 빠름이었다.

"컥!"

정확하게 목을 가격당한 사내가 비명을 지르며 나가떨어졌다.

그는 땅바닥을 두 바퀴나 굴러 대 자로 뻗으며 경련을 일으켰다. 목을 맞아 기도가 막힌 듯했다.

천천히 그에게 다가간 곡운이 막힌 그의 기도를 풀어주며 조용히 말했다.

"너, 뭐 하는 놈이냐?"

"으……."

"그냥 가라고 했지? 덤빌 사람이 있고 그렇지 않은 사람을 구별하지 못하니 이 꼴이지. 그리고 니들한테 오중제일산이면 오중제일산이지 다른 사람한테도 오중제일산이냐?! 같잖은 언덕 가지고 제발 다른 사람한테까지 니들 생각을 강요하지 마라. 그렇잖아도 짜증나 죽겠으니까."

손날로 사내의 목덜미를 툭 치는 것으로 마무리를 지은 곡운이 몸을 일으켰다.

"일어나."

엉거주춤 일어난 사내는 두려움에 젖은 눈으로 어찌할 바를 모르고 있었다.

"하나만 묻자."

"예? 예."

고양이 앞의 쥐 꼴이 이럴까? 사내는 감히 눈도 마주치지 못했다.

"어쨌든 이곳이 호구 맞지?"

"예, 이곳이 오중제……."

사내는 도끼눈을 뜨며 부라리는 곡운의 시선에 말을 잇지 못했다.

"한 번만 더 오중… 어쩌고 떠들면 국물도 없을 줄 알아. 알았어?"

"아, 알겠습니다."

"진선다루는 어디에 있냐?"

"지, 진선다루는 저, 저쪽 호구탑 반대쪽으로 조금만 내려가면 있습니다."

대답하는 모양이 겁을 잔뜩 집어먹은 듯했다.

"안내해."

사내는 토를 달 생각도 없이 앞장서서 걷기 시작했다.

그 뒤를 따라 천천히 걸음을 옮기는 곡운이 잠시 고개를 돌려 호구탑을 살폈다.

"지랄!"

보기만 해도 짜증이 났다.

남이야 어찌 부르든 자신과 전혀 상관이 없는데도 왜 그런지 몰랐다. 아마도 산 같지도 않은 것이 오중제일산이니 뭐니 하며 거창한 이름을 가지고 있어서 그런 것 같았다.

한데 그런 그를 유심히 살피는 한 무리의 사람들이 있었으니……

십대 후반에서 이십대 후반으로 보이는 다섯 명의 청년과 중년인 한 명.

곡운은 미처 의식하지 못했으나 그들은 그가 호구로에 접어들 때부터 뒤따르며 그의 일거수일투족을 살피고 있었다.

"대사형, 우리가 기다리는 사람이 저자가 맞습니까?"

무리 중 가장 어려 보이는 청년이 물었다.

중년인의 바로 곁, 곡운의 등에 시선을 고정시킨 사내가 빙그레 웃음을 지으며 고개를 끄덕였다.

"아마도."

"말도 안 됩니다. 어떻게 저런 자가 우리와 사형제가 될 수 있단 말입니까?"

그러자 그의 옆에 있던 또 다른 청년이 맞장구를 쳤다.

"막내 말이 맞는 것 같은데요. 아무래도 우리가 실수한 것 같습니다. 저처럼 경박하고 버릇없는 자를 어째서……."

"시끄러! 대사형이 그렇다면 그런 것이지 말들이 많아!"

일행 중 가장 덩치가 큰, 게다가 인상마저 험악하여 산적 두목이라 하면 딱 어울릴 만한 청년이 버럭 소리를 질렀다.

그 한마디에 이런저런 불평을 늘어놓던 청년들은 꿀 먹은 벙어리마냥 입을 다물 수밖에 없었다.

그러나 사제들의 불만을 단번에 묵살한 그 역시 의구심이 드는지 대사형이라는 청년에게 조심스럽게 물었다.

"사형, 저 친구가 우리와 사형제 간인지 어떤지는 잘 모르겠지만 우리 모두가 그 먼 길을 떠나 이렇게 만나러 와야 할 만큼 중요한지는 잘 모르겠습니다. 우리가 알지 못하는 뭔가가 있는 겁니까?"

묘한 웃음을 짓는 대사형은 여전히 아무런 대답을 하지 않았다. 그저 길을 떠나기 전, 사조이자 현 무당파의 장문인인 천무 진인(天武眞人)과 자신이 나누었던 대화를 가만히 떠올렸다.

"운학(雲鶴)아."
"예, 사조님."
"너는 청성(靑星)이라는 도호를 쓰신 분을 알고 있느냐?"
"모릅니다."
"그럴 테지. 하긴, 그분의 존재에 대해서 알고 있는 사람은 나를 비롯하여 몇몇 나이 든 장로들뿐일 테니까. 하나, 그들조차 모르는, 오직 장문인과 차기 장문인으로 내정된 이들만 알고 있는 비밀이 있다. 들어보겠느냐?"
"제자는 자격이 되지 않습니다."
"아니다. 네가 지금은 비록 자격이 없기는 하나 나는 물론이고 무당파의 그 누구도 네가 나와 네 사부에 이어 무당의 장문인이 되지 못할 것이라 의심하지 않는다."
"제자는 감히 감당할 수 없습니다."
"어허, 그냥 그러려니 하고 잠자코 들어보아라."

"예."

운학은 더 이상 사양하지 못하고 고개를 조아렸다.

"지금으로부터 오백 년 전, 무당의 시조이신 삼봉 진인(三峰眞人)만큼이나 뛰어난, 어쩌면 그분을 능가할 만한 천재가 배출되었으니 그분이 바로 청성이라는 도호를 쓰신 분이었다. 나이 이십에 이미 무당파의 모든 절기를 한눈에 꿰뚫어 보실 정도로 뛰어난 오성을 발휘하신 그분을 보며 무당파에선 사상 최고의 천재가 나타났다며 흥분했지. 그러던 어느 날이었다. 청성 진인께선 난데없이 삼 년간의 폐관 수련을 하신다며 산으로 들어가 버리셨다. 무당의 이름을 전 무림에 떨치리라 의심치 않았던 많은 이들이 실망하였으나 그것은 곧 새로운 희망이나 마찬가지였다. 폐관 수련을 마치고 하산을 하셨을 때 그분께서 보여주실 성취에 대해 기대를 하기 시작한 것이다. 하지만 그런 기대감은 삼 년이 지나고 청성 진인께서 하산을 하시면서 산산이 부서지고 말았다."

"어째서 그랬습니까?"

운학이 참지 못하고 물었다.

"그분께서 왼손에 칼을 드신 것이다."

운학의 눈이 동그래졌다.

"좌수검입니까?"

"그렇다. 좌수검. 지금도 그렇지만 옛날에도 좌수검은 늘 배척을 당했다. 정도가 아니니 그건 어쩌면 당연한 일이라 할 수 있을 것이다. 한데 무당의 기대를 한 몸에 받고 계시던 청성 진인께서 좌수검을 든 것이다. 그 실망감과 배신감은 이루 말할 수 없었을 터. 특히 당시 장문인이셨던 운령 진인(雲嶺眞人)께선 그 분노를 이기지 못하시고 청성 진인을 파문하고 마셨다."

"파, 파문을……."

"그렇다. 몇몇 장로들이 반대하기는 했지만 장문인은 명을 거두시지 않았고, 청성 진인께선 결국 무당에서 얻으신 모든 것을 버리시고 하산하시게 되었다."

무당에서 얻은 것이라 함은 곧 일신에 지닌 무공을 말하는 것. 그것을 버렸다 함은 무공을 폐지했다는 엄청난 의미였다.

그 고통이 어떠했으리라는 것은 미루어 짐작할 수 있기에 운학의 표정이 절로 일그러졌다.

"이후, 무당의 제자들 사이에서 그분에 대해 언급하는 것은 금기시되어 왔다. 그랬기에 지금껏 알려지지 않은 것이었고. 하나, 그것은 단순히 외부로 전해진 이야기일 뿐 진실은 따로 있다."

본격적인 이야기를 시작하려 함인가.

천무 진인(天武眞人)이 길게 숨을 내쉬었다.

"청성 진인께서 무공을 폐하고 파문당하셨다는 말은 했을 것이다."

"예."

"그것이 타의가 아니라 스스로의 죄책감 때문에 한 행동이라면?"

"예?"

운학이 두 눈을 동그랗게 뜨고 되물었다.

"당시 무당은 욱일승천하는 화산, 종남으로 인해 그 세가 많이 꺾인 상태였다. 그럴수록 청성 진인에 대한 기대는 엄청났다. 비록 좌수검이 방문좌도이고 배척을 당한다고는 하나 이미 무당의 무공을 집대성하기 시작한 청성 진인에겐 사실 크게 문제될 것은 아니었다."

"하면 무엇이 문제였습니까?"

"죄책감. 사형과 사숙들을 폐인으로 만들었다는 죄책감이었다."

이해가 가지 않았다.

"그것이 무슨 말씀이십니까?"

"폐관 수련을 깬 청성 진인이 가장 먼저 한 일은 여러 어른들 앞에서 그간의 성취를 선보이는 것이었다. 그 과정에서 당시 두 분의 장로와 차기 장문인으로 내정되었고, 무당파에서도 다섯 손가락에 꼽힐 정도의 고수였던 대사형 청수 진인(靑修眞人)이 치명적인 부상을 당하고 폐인이 되고 말았다. 바로 좌수검으로 펼쳐진 무당파의 무공에 의해서."

"그 정도로 강했습니까?"

"강한 정도가 아니었다. 두 분의 장로가 펼치신 무공이 양의합벽검진(兩儀合壁劍陣)이었고, 청수 진인이 사용했던 무공이 선택받은 극소수의 제자들에게만 전해진다는 태극만상일여검(太極萬象一如劍)이었다. 문제는 청성 진인 또한 태극만상일여검을 알고 있었고, 그것을 좌수검으로 펼쳤다는 것. 게다가 위력이 우수검으로 펼쳤을 때보다 월등했다는 데 있었다."

"뭐, 월등했다는 말입니까? 좌수검으로 펼친 것이?"

"그랬다. 물론 극의에 이르지 못해서 그랬는지는 몰라도 청수 진인은 단 삼 합을 견디지 못했고, 장로들이 펼친 양의합벽검진 또한 이십 합을 넘기지 못하고 파괴되고 말았다. 불행히도 청성 진인에게 패한 청수 진인과 두 장로는 다시는 무공을 쓰지 못할 정도로 심하게 망가지고 말았다. 이에 죄책감을 느낀 청성 진인이 결국 검을 꺾고 만 것이다."

"그랬… 군요."

불과 이십 중반의 나이로 무당파 최고의 절기를 연달아 꺾은 청성 진인의 무위에 감탄하면서도 어쩔 수 없이 검을 꺾어야만 했던 비운의 천재에 대한 비통한 심정이 시공을 뛰어넘어 전달되어서 그런지 운학은 자신도 모르게 몸을 부르르 떨고 말았다.

"그런 일이 있었음에도 불구하고 사부였던 운령 진인을 비롯하여 청성 진인의 재질을 아꼈던 많은 장로들은 그 일을 그냥 덮으려고 했다. 그러나 청성 진인 스스로가 자신을 용서하지 못했으니, 모든 일을 불문에 붙이려는 이들의 만류에도 불구하고 스스로 내공을 폐하고 근맥을 끊었다. 이에 운령 진인도 어쩔 수 없이 그를 보내야만 했다. 대외적으로는 파문이라는 이름으로."

운학은 숨죽인 자세로 다음 말을 기다렸다. 분명 전하고자 하는 이야기는 그 이후의 비화일 것이라는 막연한 추측을 가지고서.

그의 생각은 틀리지 않았다.

"그렇게 무당을 떠났지만 청성 진인과 무당의 한줄기 인연은 계속 이어져 왔다. 지친 몸을 이끌고 수천 리 길을 떠돌던 청성 진인은 무이산에 있는 무이궁에 몸을 의탁하고 나름대로 일가를 이루기 시작했다. 그리고 말년에 이르러 당시 무당파의 장문인에 오른 사제 청진 진인(靑進眞人)에게 은밀히 한 통의 서찰을 보내왔다. 자신을 여전히 무당파의 제자로 인정한다면 자신이 키운 제자 역시 무당파의 제자로 인정해 달라고. 수구초심(首丘初心:고향을 그리워하는 마음을 일컫는 말)이라. 무당이 그리우셨던 게야. 청진 진인께서 과연 어찌했을 것 같으냐?"

"당연히 인정했으리라 봅니다."

"물론이다. 무당의 최고 무공은 청성 진인께서 완성하신 태극만상일여검, 바로 좌수로 펼치는 그것이다. 상리에 벗어나기는 하나 그 또한 무당의 무공. 어찌 버릴 수 있겠느냐? 청진 진인은 청성 진인의 요구를 받아들였고, 이후 청성 진인의 후예는 무당파의 제자로 인정받게 되었다. 이 역시 외부, 아니, 무당파 내에서도 알려지지 않고 장문인만이 알고 있는 사실이지만. 그런 일이 있은 뒤 청성 진인의 후예를 찾는 일이 차기 장문인으로 내정받은 제자가 가장 먼저 하는 일이 되어 버렸다. 내가 그랬고 네 사부가 그랬다. 그리고 이제는 네가 해야 한다. 무슨 말인지 이해가 가느냐?"

"예."

"수일간 소주에 다녀오너라. 가서 청성 진인의 후예를 만나고 오너라."

"예. 예? 그런데 무이산이 아니라 소주입니까?"

운학이 고개를 갸웃거리며 되물었다.

"그래, 소주. 그곳이 바로 청성 진인의 고향이었다."

"아, 그렇군요."

"소주에 가면 진선다루라는 곳이 있다. 그곳에서 청성 진인의 후예가 기다리고 있을 터. 그를 만나고 오너라."

"알겠습니다."

이런저런 궁금한 것이 있었으나 운학은 묻지 않았다. 제자 된 자로서 명을 들었으면 그냥 행하면 되는 것이었다.

"다만 명심할 것이 하나 있다."

"하명하십시오."

"너도 만나보면 알겠지만 어찌 된 일인지 청성 진인의 후

예들은 하나같이 괴이한 성격을 지닌 사람들이 많았다. 그나마 당금의 후예는 성정이 양호한 편이라 다행이었으나 그의 제자가 어떨지는 모르는 일이다."

옛날 일을 잠시 떠올리는지 천무 진인의 입가에 쓴웃음이 깃들었다. 말은 그리해도 표정으로 보니 그 역시 만만치 않은 후예와 인연을 맺은 모양이었다.

"어쨌든 네가 만나게 될 사람이 어떠할지는 모르나 반드시 그의 마음을 얻어야 할 것이다."

"마음입니까?"

"그렇다. 단순하게 뿌리가 같기에 형식적인 무당의 제자가 아닌 스스로의 마음속에서 무당의 제자라는 마음이 생기도록 만들어야 한다. 부끄럽게도 역대 장문인 중 지금껏 그들의 마음을 얻은 사람이 아무도 없었다. 비교적 친분이 두텁기는 했으나 나 역시 예외는 아니어서 그의 마음까지는 얻지 못했다. 어쩌면 그랬기에 그들의 존재가 지금껏 드러나지 않았는지도 모른다. 하나 너라면 할 수 있을 게다. 아니, 꼭 그렇게 해야만 한다. 앞으로 다가올 겁난을 생각한다면 반드시 그래야 한다."

겁난이라 함은 마교의 발호를 말하는 것이 분명했다. 운학의 얼굴에 긴장감이 깃들었다.

"명심하겠습니다."

"너도 짐작하겠지만 장차 큰 싸움이 벌어질 게다. 필연적으로 그렇게 될 수밖에 없어. 절대로 있어선 안 되는 일이나 만에 하나 우리 무당의 힘만으론 감당하지 못할 일이 생길 수도 있다. 그때 그의 힘이 필요하다. 무당과 그의 힘이 합쳐지면 두려울 것이 없다. 너와 그가 합심하여 태극만상일여검을 펼친다고 생각해 보거라. 하나와 하나가 만나 둘이 아닌 셋, 넷의 위력을 발휘하는 여타 합벽검진과 비할 바가 아니다. 좌수와 우수가 만나 완벽한 조화만 이룰 수 있다면 셋, 넷이 아니라 다섯, 여섯… 아니다. 어찌 그 힘을 상상할 수 있겠느냐? 장담컨대 그 힘에 대항할 수 있는 것은 아무것도 없을 것이다. 하니 그리되면 어느 누가 감히 무당을 넘보겠느냐?"

생각만으로도 가슴이 벅차는지 천무 진인의 낯빛이 붉게 상기됐다.

"그의 마음을 얻는 것이 어째서 중요한 것인지 알겠느냐?"

"예."

"그리되고 안 되고는 네게 달렸다. 아, 이참에 네 사제들까지 데려가거라. 그의 존재를 더 이상 비밀에 부칠 필요가 없는 지금 오히려 그가 무당에 마음을 여는 데 도움이 될 수도 있을 게다."

"그리하겠습니다."

천무 진인은 의지를 불태우는 운학에게 따뜻한 눈빛을 보내며 고개를 끄덕였다.

오중제일산(吳中第一山)? 이것도 산이냐! 215

지금껏 운학이 보여준 재질을 놓고 보면 어쩌면 청성 진인에 버금가지 않을까 기대를 할 정도로 천재적이었다. 게다가 성품 또한 어질고 착한 데다가 때로는 그조차 깜짝 놀랄 정도로 과감한 결단력과 추진력도 갖추고 있었다. 장차 무당을 떠받칠 기둥으로서 그렇게 믿음직할 수가 없었다.
"너만 믿겠다."

"사형!"
운학이 별다른 반응을 보이지 않자 질문을 던졌던 운호(雲虎)가 다시금 물었다.
"뭔가가 있냐고 물었던가? 원래는 나만 오는 것이었으나 예정에도 없던 사제들까지 동행하게 되었으니 거기엔 다 그만한 이유가 있지 않을까?"
운학이 싱긋 웃으며 대답하자 궁금증을 해소하기엔 여전히 미흡했는지 운호를 비롯하여 나머지 청년들이 얼굴을 살짝 찡그렸다. 그러나 더 이상 다른 질문을 하진 않았다.
"저리들 궁금해하는데 제대로 말을 해주려무나."
그들의 행동과 대화를 넉넉한 미소로 지켜보던 중년인 명진(明進) 도장이 넌지시 말했다.
"하하, 사숙께서도 저 친구의 정체가 궁금하신 모양이군요?"
운학이 도리어 의미심장한 표정으로 되묻자 명진 도장이

살짝 낯빛을 붉히며 고개를 끄덕였다.

"나라고 어찌 궁금하지 않겠느냐? 아무리 물어봐도 사부와 사형께선 웃음으로 때우시고 말이다."

"사조님과 사부께서 말씀하지 않으셨는데 제가 어찌 말씀을 드릴 수 있겠습니까? 다만 저 친구가 무당의 제자라는 것만은 틀림없다고 말씀드릴 수 있습니다."

"흠."

아무리 나이가 많고 연륜이 깊다 해도 궁금한 것은 인지상정인지라 더 이상 캐묻지 못하는 명진 도장의 얼굴엔 답답함이 가득했다.

"알겠다. 뭐, 시간이 해결해 주겠지. 자, 저 아이가 움직이는구나. 우리도 가보자."

"젠장, 얼굴 닳겠네!"

두어 번 젓가락질을 하다 치운 소면을 대신하여 지그시 눈을 감고 가슴까지 청량하게 해주는 일엽차(一葉茶)의 향기를 음미하던 곡운이 찻잔을 깨지도록 거세게 내려놓으며 버럭 소리를 질렀다.

곡운은 두 눈을 부라리며 출입구 바로 옆, 그와 대각선에 있는 일단의 사내들을 노려보았다.

"차를 마시러 왔으면 차를 마시면 되는 것이고, 음식을 먹고자 하면 그냥 조용히 음식이나 먹으면 되는 것이지 아까부터 뭣 때문에 나를 길거리 개새끼 보듯 힐끗거리는 거요?!"

그렇잖아도 큰 목청에 짜증 섞인 음성으로 소리를 질러대니 진선다루가 떠나갈 듯했다.

다루에 모인 이들의 시선이 일제히 곡운과 그가 가리킨 사내들에게 쏠렸다.

"저, 저……."

지금껏 그런 식으로 주목을 받은 적이 없던 무당파 제자들은 어색함과 민망함에 고개를 떨구고 말았다.

평정심을 유지한 것은 명진 도장과 운학뿐이었다.

"왜 그렇게 쳐다보냐고 묻지 않소?! 그렇게 계집처럼 얼굴이나 붉히지 말고 대답을 해보시오!"

곡운이 재차 소리쳤다.

"계집이라니! 말을 삼가하시오!"

화를 참지 못한 운호가 벌떡 일어나 대꾸했다.

"흥, 그러게 누가 쳐다보래?"

"누가 쳐다봤다고 그러시오?"

"아니면? 이쪽 자리엔 나밖에 없는데 아까부터 힐끗거린 건 뭔데? 그것도 한두 번이 아니라 번갈아가면서."

"그, 그건……."

틀린 말이 아니었기에 쉽게 대답을 할 수가 없었다.

"그만 앉게, 사제."

살짝 손짓을 하며 그를 앉힌 운학이 곡운을 향해 물었다.

"괜찮다면 이리 와서 합석하지 않겠나?"

"별로 괜찮지 않아서 싫소. 상관하지 말고 그냥 각자 하던 일이나 합시다."

운학의 청을 간단히 거절한 곡운이 더 이상 말을 섞기도 싫다는 듯 고개를 흔들며 자리에 앉았다.

"허!"

운학은 그렇게 간단히 거절당할 줄 몰랐다는 듯 멍한 눈으로 쳐다보다가 발끈해 일어나려는 사제들을 진정시키더니 슬며시 자리에서 일어났다. 그리곤 곡운이 있는 자리로 천천히 다가갔다.

"잠시 앉아도 되겠나?"

슬쩍 고개를 쳐든 곡운이 짜증난다는 표정으로 입을 열었다.

"상관하지 말고 그냥 서로 하던 일이나 하자고 말했잖소. 난 만나야 할 일행이 있으니 귀찮게 하지 말고 그냥 가시구려."

운학은 자기 할 말만 내뱉고 냉정하게 시선을 거두는 곡운을 물끄러미 쳐다보며 입맛을 다셨다.

'후~ 사조님의 말씀이 틀린 게 없군. 만만치 않은 성격이야.'

잠시 지켜본 행동과 단 몇 번의 대화로 곡운이 몹시 까탈스런 성격을 지녔다는 것을 알게 된 운학은 자신도 모르게 한숨을 내쉬었다. 그래도 반드시 품에 안아야 할 상대가 아니던

오중제일산(吳中第一山)? 이것도 산이냐! 219

가. 그냥 물러설 수는 없었다.

"귀찮아도 어쩔 수 없네."

운학은 허락도 구하지 않고 자리에 털썩 주저앉았다.

"싫다고 했을 텐데?"

곡운의 인상이 살벌해졌다.

"너무 그러지 말게나. 그저 자네에게 할 말이 있어서 그런 것이니."

"난 들을 말이 없다고……."

벌떡 일어나 화를 폭발시키려던 곡운은 씨익 웃으며 자신의 검을 툭툭 치는 운학의 행동에 자신도 모르게 입을 다물고 말았다. 놀란 눈은 검의 손잡이에 고정되어 있었다.

'武'.

당금 천하에 검에 이런 글을 새겨 넣을 수 있는 곳은 오직 한곳뿐이었다.

"무당… 파요?"

곡운이 다소 조심스런 태도로 묻자 운학이 고개를 끄덕였다.

"그렇네."

"진작 말을 하지 그러셨소."

엉거주춤 자리에 앉는 곡운의 얼굴엔 다소 미안한 감정이 깃들어 있었다.

"내 기억력이 그리 뛰어나지는 않으나 분명 말을 할 기회조차 주지 않았던 것으로 기억이 되는데… 아닌가?"

"그, 그건……."

대답을 못해 머뭇거리던 곡운이 자신을 뚫어져라 쳐다보는 무당파의 제자들을 가리키며 반격을 했다.

"당연한 것 아니오. 지금껏 무당파의 후계자는 혼자 움직였다고 들었소. 이렇게 떼거지… 험험, 여러 명이 몰려다닐 줄은 미처 몰랐소이다."

"뭐, 그렇다고 해두세. 아무튼 이제는 합석을 해도 불만은 없겠지?"

애당초 논쟁을 하고자 했던 것이 아닌 운학이 피식 웃음을 터뜨리며 말했다.

"물론이오. 그러나 이쪽은 비좁으니 내 저리로 가겠소."

명쾌하게 대답한 곡운이 벌떡 일어났다. 그리곤 운학이 미처 고개를 끄덕이기도 전에 성큼성큼 걸음을 옮겼다.

"반갑소. 곡운이라 하외… 곡운입니다."

편안하게 인사를 하려던 곡운이 명진 도장을 보고 정중하게 예를 차렸다.

"반갑군. 난 명진이라 하네."

명진 도장이 반갑게 인사를 받았다.

뒤따라온 운학이 사제들을 소개했다.

"사제들을 소개하지. 왼쪽부터 운호, 운정(雲情), 운선(雲

仙), 운종(雲宗) 사제일세."

곡운은 소개를 받을 때마다 눈인사를 주고받으며 어색함을 풀었다.

"사람들은 대사형을 포함하여 우리 다섯을 무당오수(武當五秀)라고 부르지요."

가장 뒤늦게 호명을 받은 운종이 어깨를 으쓱하며 말했다.

"쓸데없는 소릴!"

운호가 눈을 부라리며 그를 나무라더니 곡운에게 나름대로의 변명을 했다.

"자랑하려는 의미는 아니었소. 자, 앉으시오."

'흥, 자랑하는 것 같구먼.'

목구멍까지 치미는 말을 억지로 삼킨 곡운이 운호가 양보한 자리에 앉았다.

그가 자리에 앉기를 기다린 운선이 차를 따라주었다.

고개를 까딱여 사례를 한 곡운이 살짝 입을 대었다 떼었다.

차라면 벌써 세 잔을 넘게 마신 지금 그가 원하는 것은 바로 운학 앞에 놓인 술이었다.

그것을 눈치 챈 운학이 은근한 미소를 지으며 물었다.

"한잔하려나?"

"고맙소."

곡운은 일말의 망설임도 없이 손을 내밀었다.

운학이 술을 따랐다.

단숨에 술잔을 비운 곡운이 다시 손을 내밀었다.

"술을 마실 줄 아는군."

헛헛한 웃음을 흘린 운학이 연거푸 두 잔의 술을 더 따라주었고, 곡운은 깨끗하게 잔을 비웠다.

"한잔 드리겠습니다."

곡운이 명진 도장에게 술잔을 건네려 하였다. 하나 명진 도장은 고개를 저었다.

"하하, 말은 고마우나 난 되었네. 자네들이나 마시게."

"사숙께선 술을 하시지 않네. 나나 주게."

운학이 명진 도장에게 가는 술잔을 빼앗듯이 잡아 들며 잔을 내밀었다.

곡운은 두말하지 않고 잔에 술을 채웠다.

"고맙군."

만면에 웃음을 지은 운학 역시 삼 배를 하고서야 잔을 내려놓았다.

"차 맛만큼은 아니더라도 그럭저럭 마실 만한 술이야."

"향기는 그럭저럭 괜찮은데 가슴을 싸하게 만드는 뭔가가 부족한 것 같소만."

곡운이 입맛을 다시며 아쉬워했다. 순간, 운학의 눈이 반짝거렸다.

"나하고 같은 생각이군. 하긴, 아무래도 그렇겠지. 진선다루라……. 주종이 술이 아니라 차일 테니. 이럴 게 아니라 차

오중제일산(吳中第一山)? 이것도 산이냐! 223

라리 자리를 옮기는 게 좋겠군. 사숙, 자리 좀 옮겨도 되겠습니까? 오랜만에 술을 마실 줄 아는 인물을 만나니 너무도 반갑습니다. 사제들은 다 좋은데 술을 즐길 줄 몰라서 말입니다."

운학이 하는 행동에 어떠한 제약도 가하지 말라는 사부와 사형의 당부를 들은 터. 명진 도장은 두말하지 않고 고개를 끄덕였다.

"하하하, 좋도록 하려무나."

"사부님께서 가급적 술은 금하라고 하시지 않았습니까?"

운정이 떨떠름한 표정을 지으며 말하자 운학이 콧방귀를 뀌며 고개를 흔들었다.

"사람을 사귐에 있어 술이 빠져서야 되겠느냐?"

"너무 많이 마시니 그렇습니다."

운정이 여전히 삐죽이며 말했다. 그러자 운호의 호통이 터져 나왔다.

"어허, 사형이 하시는 일에 말이 많다! 사숙을 모시고 어서들 일어나. 막내는 따라나서라. 적당한 주루가 있는지 알아보러 가자."

단숨에 장내를 정리한 운호가 주루를 찾기 위해 다루를 빠져나가자 물끄러미 그의 뒤를 바라보던 곡운이 운학의 귀에 대고 조용히 읊조렸다.

"꽤나 좋은 사제를 두었습니다그려."

"나도 그렇게 생각하네. 뭐, 자네에게도 좋은 사형이 될 것이야. 그렇지 않은가?"

운학이 의미심장하게 웃으며 물었다.

"……."

곡운은 대답하지 않았다.

제17장

강을 건너려고 그러시오?

 밀은단의 추격을 따돌린 묵조영이 부춘강에 도착한 것은 제갈세가를 출발한 지 정확히 나흘이 지난 늦은 오후였다.

 부슬부슬 내리는 이슬비를 맞으며 모습을 드러낸 묵조영은 추격을 받는 사람치고는 너무나도 태연스러웠다. 다소 먼지가 내려앉았으나 의복은 단정했고, 천마조를 어깨에 턱 걸치고 경쾌하게 내딛는 발걸음에선 여유마저 느껴졌다.

 초조함이라곤 전혀 보이지 않는, 제갈세가를 떠날 때와 조금도 다르지 않은 모습으로 나루터에 도착한 그는 나루터 한쪽 귀퉁이에서 흔들거리고 있는 조그만 배를 향해 걸어갔다.

 그 흔한 돛도 없고, 물때가 낀 한 쌍의 노가 전부인 배. 뱃

머리가 묶여 있는 것으로 보아 버려진 것은 아닌 것 같았으나 사공은 보이지 않았다.

묵조영이 사공을 찾기 위해 고개를 이리저리 돌리는 순간, 먼발치에서 허겁지겁 뛰어오는 노인이 있었다. 딴 볼일을 보다가 손님이 온 것을 발견하고 행여나 놓칠까 싶어 황급히 다가오는 모양이었다.

"강을 건너려고 그러시오?"

배가 있는 곳까지 힘겹게 달려온 노인이 숨 돌릴 틈도 없이 물었다.

"예."

"뱃삯은 닷 냥이오."

"한데 배는 이것뿐입니까?"

"그렇소이다. 그건 왜 물으시오?"

묵조영은 부춘강에 도착하기 바로 직전 물을 얻어 마시기 위해 잠시 들렀던 허름한 민가에서 만난 꼬마가 부친과 할아버지가 함께 사공 일을 하고 있다고 자랑스럽게 떠들었던 것을 떠올렸다.

"듣기론 사공이 더 있다고 했는데……."

"아, 날씨가 좋지 않다고 하며 일찍 들어갔소이다."

"그렇… 습니까?"

묵조영은 그다지 대수롭지 않은 표정으로 고개를 끄덕였다. 하나 그의 눈은 이미 노인의 면면을 차분히 살피고 있는 중이었다.

"가시려면 빨리 타시구려. 곧 큰비가 쏟아질 것 같은 것이영……. 사실 막 그만 들어가려던 참이었소."

"아, 그러셨군요. 그럼 그렇게 하시지요."

간단히 대꾸한 묵조영이 몸을 돌리려 했다. 그러자 급해진 것은 노인이었다. 얼굴엔 당황한 기색이 역력했다.

"그, 그렇게 하라면… 강을 건너지 않을 생각이오?"

"예. 시간도 많은 데다가 이곳의 경치도 꽤 괜찮은 듯하니 오늘 하루는 그냥 이곳에서 낚시나 하렵니다."

"한바탕 폭우가 쏟아질 거요."

"상관없습니다. 오랜만에 흠뻑 젖어보지요."

"뱃삯이 비싸서 그러시오? 내 두 냥에 태워주겠소."

노인의 목소리엔 다급함마저 느껴졌다. 그러나 묵조영은 요지부동이었다.

"하하, 말씀은 고맙지만 이미 마음이 동했습니다. 오늘은 왠지 느낌이 좋군요. 이렇게 흐린 날에 대물을 만나는 법이지요."

노인이 뭐라 대꾸할 시간도 주지 않고 몸을 돌린 그는 강변을 따라 걷다가 나루터에서 얼마 떨어지지 않은 곳에 자리를 마련했다.

천마조를 드리우고 미끼를 마련하는 것은 순식간이었다.

반 각도 되지 않아 낚시할 준비를 모두 마친 묵조영은 갈대

잎을 입에 물고 느긋하게 앉아 수면 아래 살짝 잠긴 낚싯대 끝을 응시했다.

그런 묵조영의 모습을 물끄러미 바라보는 노인.

눈썹은 파르르 떨리고 누런 이빨이 입술을 지그시 깨물었다. 움켜쥔 주먹은 노인의 것이라고 볼 수 없는 핏줄이 툭툭 튀어 올라 있었다.

"어이쿠야!"

날카로운 챔질 소리와 함께 묵조영의 함성이 터져 나왔다. 그리곤 수면에서 파닥거리는 물고기의 모습이 보였다.

"시작이 좋군. 제법 큰 녀석인걸."

입에서 바늘을 뺀 묵조영은 손에서 필사적으로 꿈틀대는 물고기를 다시 강물로 돌려보냈다.

"다시 한 번 싸워보자꾸나."

강물로 손을 씻으며 미소 짓는 그를 보며 노인이 한 소리를 했다.

"놔줄 것을 뭐 하러 잡는단 말이오?"

"하하, 잡는 것 그 자체를 즐기는 거랍니다. 어차피 먹으려고 잡은 것이 아니……."

묵조영은 미처 말을 끝내지 못하고 노인의 뒤쪽 강 하구에서 힘겹게 올라오고 있는 나룻배를 응시했다.

"허허, 이제야 오는구나."

노인이 반색을 하며 소리쳤다.

"아는 분입니까?"

"내 아들놈이라오. 점심나절에 손님을 모시고 내려가더니 이제야 오는구려."

끼익! 끼익!

노 젓는 소리가 쉴 새 없이 들려왔다. 한데 요란한 소리와는 달리 배의 움직임은 너무나 굼떴다.

"하하, 아드님께서 꽤나 힘이 드는 모양입니다. 도착하려면 한나절은 더 걸리겠습니다. 하하하!"

조롱 섞인 웃음에 노인의 얼굴이 썩은 감자처럼 구겨졌다.

"젊은이가 잘 몰라서 그렇지 강을 거슬러 오르는 것은 원래 힘든 법이라오."

"그런가요? 하긴, 물의 흐름과 반대로 움직이는 것이니 그럴 만도 합니다만……."

잠시 말끝을 흐린 묵조영이 의미심장한 웃음을 지었다.

"노를 젓는다는 것은 손목과 팔을 적당히 교차하며 부드럽게 물을 끌어당기고 밀어내는 것이 아니던가요? 저렇게 무작정 힘으로만 휘두른다고 되는 것이 아닐 텐데요. 어허, 저런! 저리 배가 흔들려서야! 물보라가 이는 것이 꼭 풍랑을 만난 배 같습니다!"

"……."

노인은 말이 없었다. 그저 땀을 뻘뻘 흘리며 노를 젓느라 정신이 없는 사내에게 시선을 고정시킨 채 이를 악물 뿐이었다.

'머저리 같은 놈! 노 하나를 제대로 젓지 못해서!'

그렇게 한참의 시간이 지나고 간신히 나루터에 도착한 사내가 배를 고정시키는 둥 마는 둥 하며 달려왔다.

"다, 다녀왔습니다."

"애.썼.다."

억지로 분노를 삼키는 노인의 음성이 중년인의 가슴을 후벼 팠다. 그 시선을 재빨리 외면한 사내가 묵조영에게 다가와 말을 걸었다.

"나, 낚시를 하는 모양이오?"

"하하, 낚시라면 낚시지요."

"그래, 물고기는 많이 낚으셨소?"

"이제 겨우 첫수를 했습니다만 아무래도 더 이상 잡기는 힘들 것 같군요."

"어째서 그렇소? 원래 부춘강이 물 반 고기 반이라 하여 낚시하기엔 더없이 좋은 장소라오."

"그렇습니까? 그러나 쓸데없는 방해꾼이 있어서 모여들던 물고기들이 죄다 도망을 가는군요."

순간, 사내가 멋쩍은 웃음을 흘렸다.

"미안하오. 내가 시끄럽게 군 모양이오."

"뭐, 신경 쓸 건 없습니다. 정작 물고기를 쫓는 사람은 따로 있으니까!"

말이 끝남과 동시에 묵조영이 힘차게 천마조를 잡아챘다.

핑!

느슨하게 풀려 있던 낚싯줄이 팽팽히 당겨지며 날카로운 소성이 울렸다.

"월척이 걸린 모양이오!"

부러질 듯 휘어지는 천마조를 보며 사내가 소리를 질렀다.

"아무래도 그런 것 같습니다. 이 정도면 대단한 월척이라 할 수 있지요. 물고기가 아니라는 것이 문제지만!"

뜻 모를 외침이 끝나기도 전에 거센 물보라가 일어나며 네 명의 사내가 강물에서 솟구쳐 올랐다. 다만 그중 한 명은 중심을 잡지 못하고 다시금 강물에 처박히고 말았다. 그 사내의 볼에 낚싯바늘이 걸려 있었기 때문이다.

"으으으."

그는 볼을 통해 전해오는 고통에 낚싯줄을 움켜쥐고 몸부림쳤다.

"이거야 원. 인어는 바다에나 사는 것으로 아는데 강에도 있군. 생긴 것이 흉측해서 인어라 하기엔 좀 그렇지만."

천마조를 이리저리 흔들며 바늘을 빼내고자 하는 사내의 움직임을 방해하는 묵조영의 입가엔 웃음이 걸려 있었다. 하지만 차갑게 가라앉은 그의 눈은 물속에서 모습을 드러낸 이들과 어느새 좌우로 포위하고 있는 노인과 사내, 그리고 갈대숲에서 은신한 이들을 살피는 중이었다.

"크윽!"

고통의 신음성과 함께 강물에 처박혔던 사내가 몸을 일으켰다. 억지로 바늘을 빼냈는지 입가는 피투성이가 된 상태였다.

"죽인다!"

사내는 입가를 타고 흐르는 피를 닦을 생각도 하지 않고 묵조영을 향해 몸을 날렸다. 그러나 미처 칼을 휘두르기도 전에 그의 움직임은 갈대밭에서 두 명의 수하를 거느리고 퇴로를 차단하고 있다가 모습을 드러낸 밀은단의 부단주 화소호의 호통에 멈춰졌다.

"멈춰랏!"

감히 누구의 명이라고 어길까? 사내는 화소호의 싸늘한 음성에 흠칫 놀라 걸음을 멈췄다.

"병신 같은 놈! 낚싯바늘 따위에 걸린 놈이 어디서 설쳐!"

사내는 변명할 생각도 하지 못하고 고개를 떨어뜨렸다.

"예도보, 이게 네가 말한 작전이냐?"

어이가 없는 표정으로 묻는 질문에 노인으로 변장했던 예도보가 송구하다는 듯 머리를 조아렸다.

"죄, 죄송합니다."

"네놈이야 그렇다 쳐도 저놈은 도대체 뭐냐? 노 하나 제대로 저을 줄 모르는 놈을 사공이랍시고. 이거야 원, 쪽팔려서."

예도보와 함께 사공으로 위장했던 사내는 부끄러움에 고

개를 들지 못했다.

 얼마나 복장이 터졌으면 묵조영을 눈앞에 두고도 우선적으로 수하들에게 호통을 쳤을까?

 한참 동안이나 수하들에게 불호령을 내리던 화소호가 묵조영에게 시선을 던진 것은 제법 시간이 흐른 뒤였다.

 "제법 빠르더구나. 쫓느라 꽤나 고생했다."

 "무슨 일로 그러십니까?"

 묵조영이 천연덕스럽게 물었다.

 "무슨 일로 그러냐고? 흐흐, 그거야 네가 더 잘 알 것 아니냐?"

 "글쎄, 무슨 말씀을 하시는 건지······."

 "피차간 쓸데없는 소리는 하지 말자. 너는 그냥 묻는 말에나 대답하면 돼. 우선 하나만 묻자."

 "뭡니까?"

 "저 등신들이야 그렇다 쳐도 물속에 은신해 있는 아이들은 어찌 알았느냐? 그래도 제법 은밀히 숨어 있는 것 같던데."

 그러자 묵조영이 자신의 낚싯바늘에 걸린 사내를 힐끗 살피며 웃음을 흘렸다.

 "걸음마를 시작할 때부터 배운 것이 낚시요. 물의 파장만 봐도 어떤 물고기가 어떻게 움직이고 있는지 뻔히 보이지요. 물고기가 그러할진대 어찌 사람의 기척을 느끼지 못하겠소."

 "그도 그렇구나. 쯧쯧, 애당초 쓸데없는 작전이었어."

한 번 더 예도보에게 따가운 눈초리를 보낸 화소호가 다시 입을 열었다.

"본론으로 들어가서… 단도직입적으로 말하마. 제갈세가에서 네게 전한 비밀이 무엇이냐? 물건이냐, 아니면 은밀한 비어(秘語)냐?"

묵조영이 물끄러미 그를 바라봤다.

어차피 제갈세가에서부터 쫓아온 인물. 대충 둘러댄다고 통할 상대가 아니었다.

"난… 신객입니다."

짧으면서도 많은 뜻이 함축된 말이었다.

어떠한 일이 있어도 의뢰자와의 비밀을 지켜야 하는 것이 바로 신객의 숙명 아니던가. 설사 그것이 목숨을 위협받는 경우라도 예외는 아니었다.

"고집을 피우겠다는 말이렸다?"

"고집이 아니라 의무지요."

"좋아. 네 각오가 어디까지 계속될 수 있는지 지켜봐 주지."

그 말을 끝으로 화소호가 몸을 빙글 돌렸다. 그리곤 묵조영을 포위하고 있는 수하들에게 살짝 턱짓을 했다.

공격의 신호가 떨어지자 예도보가 힘찬 명을 내렸다.

"쳐랏!"

그 명령을 학수고대하고 있던 이는 다름 아닌 묵조영의 낚싯바늘에 걸려 비참하게 끌려온 사내였다.

볼을 타고 흐르는 피를 지혈할 생각도 없이 이를 악물고 있던 그는 예도보의 말이 떨어지기가 무섭게 몸을 날렸다.

"죽어랏!"

분노에 찬 외침과 함께 무시무시한 살기를 담은 칼이 날아들었다.

묵조영은 피할 생각도 없이 앞에 세워둔 천마조를 툭 찼다.

천마조는 그의 손을 부드럽게 빠져나가며 사내의 복부를 향해 움직였다.

발밑에서부터 맹렬하게 달려드는 천마조 때문에 사내는 공격을 멈추고 방어를 위해 칼을 휘두를 수밖에 없었다.

깡!

어울리지 않는 소리와 함께 사내의 걸음이 멈칫하고 어느새 방향을 틀어 제자리로 돌아간 천마조는 주인의 손에 들려 있었다.

"하앗!"

사내가 자세를 바로잡고 재차 공격을 가하기 전 힘찬 기합성과 함께 묵조영의 반격이 이어졌다.

위에서 아래로 내리 꽂히는 천마조.

사내는 조금도 방심하지 않고 칼을 치켜 올려 무서운 속도로 다가오는 천마조를 막아냈다. 하나 막았다고 생각하는 순간 칼과 부딪친 마디가 부드럽게 휘어지더니 사내의 등을 매섭게 후려쳤다.

"큭!"

등 쪽에서 뼈가 부러지는 듯한 엄청난 고통이 들이닥쳤다.

사내는 자신도 모르게 칼을 놓쳤다.

적을 눈앞에 두고 무기를 잃는다는 것은 목숨을 포기하는 것이나 다름없는 행동이었다.

깜짝 놀란 화소호가 뭐라 소리치기도 전, 사내는 순식간에 거리를 좁히며 접근한 묵조영의 무릎에 복부를 맞더니 대 자로 쓰러지고 말았다.

"뭣들 하느냐! 공격해!"

화가 머리끝까지 뻗친 화소호가 고래고래 소리를 지르고, 눈 깜짝할 사이에 동료를 잃은 밀은단원들의 공격이 시작됐다.

사방에서 위협을 가하며 다가오는 사내들을 보며 묵조영이 손목을 까딱였다. 그러자 하늘 높이 치솟았던 천마조가 다섯 자 길이의 한 마디로 줄어들었다.

그 순간 화소호는 생각했다. 아무래도 여러 사람을 상대할 때 길이가 긴 무기를 사용하게 되면 그만큼 동작이 늦어 대응하기가 힘들기 때문에 낚싯대를 줄인 것이라고. 그뿐만이 아니라 묵조영을 공격하던 밀은단원들의 생각 또한 그러했다.

하지만 그것이 크나큰 오판이라는 것은 의미심장한 웃음을 흘리며 낚싯대를 집어 던지는 묵조영의 행동으로 인해 곧 밝혀졌다.

손을 떠난 천마조가 한 사내를 노리며 화살처럼 날아갔다. 그런 식의 공격은 꿈에도 생각하지 못한 사내는 어떻게 대응해야 할지 몰라 당황하는 눈치였다.

"피, 피해!"

예도보가 다급하게 소리를 질렀다.

그의 외침이 전달되기도 전에 사내의 몸은 본능적으로 바닥을 구르고 있었다. 그러나 그것이 끝이 아니었다. 간발의 차이로 그의 몸을 비껴 나간 천마조가 갑자기 방향을 바꾸더니 예도보를 노리며 날아들었다.

"뭐, 뭐얏?!"

예도보의 눈이 경악으로 물들었다.

분명히 목표물을 벗어나는 것을 확인했다. 그리고 이제는 자신들이 반격해야 할 차례였다. 한데 땅에 처박혀야 할 낚싯대가 돌연 방향을 바꿔 자신을 공격해 왔다. 그것도 한 치의 오차도 없이. 마치 사냥을 하는 뱀의 움직임처럼 꿈틀거리며.

"컥!"

어찌 피해볼 방법을 떠올릴 사이도 없이 가슴을 얻어맞은 예도보는 이 장이나 뒤로 날아가며 꼴사납게 처박혔다.

꿈틀거리는 것이 치명상을 당한 것 같지는 않아도 무장 해제를 시키기엔 충분한 공격이었다.

한순간에 예도보를 바보로 만든 천마조가 유유히 날아와

묵조영의 손에 회수되었다.

"낚싯줄이로구나!"

예도보가 놀란 것만큼이나 놀라 두 눈을 부릅뜨고 쳐다보던 화소호가 묵조영의 손에 감겨 있는 낚싯줄을 보며 어이없는 탄성을 내뱉었다.

긴 줄에 갈고리를 매단, 비조(飛爪)라 부르기도 그렇고 유성추(遊星鎚)나 다절곤(多節棍)이라 부르기도 애매한 무기. 길이가 다섯 자로 줄어든 천마조를 빙글빙글 돌리며 웃고 있는 묵조영을 바라보는 화소호의 얼굴은 붉다 못해 시꺼먼 것이 당장에라도 폭발할 것 같은 화산을 연상시켰다.

"정녕 네놈이 나를 우습게보는구나!"

더 이상 참지 못한 화소호가 직접 검을 들고 전면으로 나섰다. 비록 밀은단의 주 업무가 감찰과 첩보인지라 순수하게 무공 면에서 따지면 마교의 여타 무력 단체들과 비할 바가 아니나 명색이 부단주인 화소호의 무공은 그래도 남다른 데가 있었다.

화소호가 본격적으로 나서자 처음 공격을 하다가 쓰러진 사내와 여전히 몸을 일으키지 못하고 있는 예도보를 제외한 여섯 명의 사내가 일제히 움직이며 다가왔다.

휘이익!

날카로운 파공성을 내며 천마조가 움직였다.

묵조영의 배후로 은밀하게 접근하는 사내를 노린 공격이

었다. 그 틈을 놓치지 않은 화소호가 포효하는 듯한 기합을 토해내며 검을 휘둘렀다.

묵조영의 고개가 홱 돌려졌다.

아직 거리가 있음에도 전신을 난도질할 듯 살벌한 기운을 느낀 것이었다.

망설일 시간이 없었다.

결코 만만히 볼 공격이 아님을 느낀 묵조영이 황급히 발걸음을 움직이며 천마조를 회수했다.

땅!

예의 금속성이 울리며 천마조가 춤을 췄다.

바로 그때, 바람을 가르며 날아드는 무언가가 있었다.

쐐애액!

하나둘이 아니었다.

무려 열댓 개가 넘는 암기가 그를 노리며 날아왔다.

위급한 상황이라 판단한 묵조영이 재빨리 손목을 비틀었다. 그러자 낚싯줄에 연결된 천마조가 풍차처럼 회전하기 시작하더니 곧 거센 바람을 일으켰다.

따따땅!

천마조가 일으킨 바람에 힘없이 이끌린 암기들이 사방으로 비산하며 먼지처럼 사라졌다.

더러는 역으로 밀은단원을 노리며 날아가 그들로 하여금 자신들의 암기를 피하게 하느라 당황케 만들었다.

"좋다, 이놈! 어디 그딴 잔재주 따위 계속 피워보거라!"

자신의 공격과 수하들의 암기가 그토록 허망하게 막힐 줄 몰랐던 화소호가 대노하여 다시 달려들었다.

육참마검(六斬魔劍)의 후반 삼 초식인 잔성희소(殘星稀疏), 잔풍비화(殘風飛花), 잔참난시(殘斬亂弑)의 끔찍할 살예가 뿜어져 나오기 시작했다.

숨이 턱턱 막힐 듯한 공포감이 폐부를 억누르고, 보기만 해도 오금이 저릴 듯 시뻘건 눈빛이 전신에 소름이 돋게 만들었다. 무엇보다 기쾌하다 못해 눈이 어지러울 정도로 현란하게 움직이는 발놀림이 정신을 혼란스럽게 만들었다.

'대단한 힘이군.'

무섭게 쏟아지는 전신의 압력을 통해서 묵조영은 지금부터는 단순한 기(技)와 기로써의 싸움이 아닌 기(氣)와 기가 더해진 치열한 싸움이 되리라는 것을 직감했다.

찰나지간 그의 입가에 희미한 미소가 그려졌다.

주변의 밀은단원들은 물론이고 공격을 하고 있는 화소호조차도 눈치 채지 못할 정도로 짧은 미소가 사라지고 묵조영의 눈에서도 검은 빛이 흘러나오기 시작했다.

오성의 천마호심공.

순간, 여전히 그의 앞에서 회전하던 천마조가 더욱더 엄청난 속도로 회전하기 시작했다.

바닥의 흙과 돌은 물론이고 주변의 공기와 소리없이 내리는 가랑비마저 빨아들일 정도로 대단한 힘. 삽시간에 그의 주변은 뿌연 습막으로 둘러싸였다.

비로소 상대가 결코 범상치 않은 인물임을 깨달은 화소호가 피가 배어 나올 정도로 힘껏 입을 다물고는 묵조영이 만들어낸 뿌연 습막으로 뛰어들었다.

꽝꽝꽝!

거센 충돌음이 연거푸 들리면서 묵조영을 에워싸고 있는 습막이 조금 흔들렸다. 단지 그뿐, 별다른 이상은 없는 것 같았다.

"으으으."

화소호의 입에서 괴이한 신음성이 흘러나왔다.

혼신을 다한 공격에도 별다른 충격을 받지 않는 상대를 보며 그는 울화가 치밀다 못해 당장 혀를 깨물고 죽고 싶은 심정이었다. 더구나 목숨을 걸고 싸우는 자신에 비해 멀뚱히 보고 있는 수하들을 보노라면 미칠 것만 같았다.

"도대체 뭣들 하는 거냐! 정신들 차리지 못해!"

벼락같은 호통으로 수하들을 질책한 화소호가 이글거리는 눈빛으로 묵조영을 쏘아보았다.

"놈! 뒈질 줄도 모르고 설쳐 대던 사공 늙은이처럼 사지를 찢어 죽여주마!"

순간, 맹렬히 돌던 천마조가 멈췄다. 자연적으로 묵조영을 에워싸고 있던 습막도 사라졌다.

"지금… 뭐라고 했습니까? 사공이라고 했습니까?"

"그렇다. 세상 물정 모르는 사공 늙은이. 하도 멍청하게 굴기에 손 좀 봐줬지."

"……."

손 좀 봐줬다는 말이 어떤 의미인지 모를 그가 아니었다.

"사공 노인과 아들을 죽인… 것입니까?"

"조금 전 사공 늙은이처럼 사지를 찢어 죽인다고 말했을 텐데?"

묵조영은 자신도 모르게 눈을 감았다.

천진난만하던 꼬마의 얼굴이 생각났다.

할아버지와 아버지가 사공이라며 강을 건너려면 다른 사람이 아니라 그들에게 부탁하라고 신신당부하던 꼬마. 그런 꼬마를 부르면서 수줍게 웃던 아낙의 얼굴이 떠올랐다.

사공 부자가 보이지 않는 것이 이상하기는 했어도 설마하니 죽임을 당했으리라고는 생각도 하지 않았다. 그저 어딘가에서 정신을 잃고 있겠거니, 시간이 지나면 자연적으로 정신을 차리고 집으로 돌아가겠거니 하고 생각했다.

너무나 순진하고 바보 같은 생각이 아니었는가!

"큭!"

그는 자신도 모르게 웃음을 터뜨리고 말았다.

한데 웃음의 의미가 묘했다.

묵조영의 웃음은 재미가 있어서, 기분이 좋아서 흘리는 그런 웃음이 아니라 화가 나서, 너무도 어처구니없는 상황에 직면하여 본의 아니게 터져 나오는 그런 웃음이었다.

"그랬군. 역시 그랬어."

혼잣말을 하듯 중얼거리는 묵조영. 그의 전신에서 묘한 기운이 일렁이기 시작했다.

"그러긴 뭐가 그랬단 말이……!"

소리를 지르려던 화소호가 흠칫 놀라 입을 다물었다.

자신을 쳐다보는 묵조영의 눈빛. 너무나 붉어 피가 흐르는 것은 아닌지 의심이 될 정도로 혈광이 폭사되는 눈빛에 당황한 것이었다.

혈광이라면 칠성의 천마호심공이었다.

묵조영은 조금 전과는 반대로 천마조를 잡고 낚싯줄을 늘어뜨렸다.

그가 또다시 어떤 해괴한 방법으로 공격할지 몰라 그에게 접근하던 밀은단원들이 주춤거리는 사이 화소호의 호통이 뒤따랐다.

"공격하라니까!"

동시에 그의 신형도 움직였다.

묵조영은 사방에서 접근하는 적을 냉정한 시선으로 바라보며 천천히 몸을 움직이기 시작했다.

만뢰구적.

한번 발동하면 세상의 그 어떤 보법보다도 빠르고 은밀하며 위협적인 보법은 그의 신형을 사막의 신기루처럼 신묘하게 만들었다.

가장 위협적이라 할 수 있는 화소호의 공격을 두어 번 발을 교차하는 것으로 물 흐르듯 자연스럽게 피해낸 묵조영이 천마조를 들고 있는 손목을 슬쩍 움직였다. 그러자 땅에 질질 끌리다시피 하던 낚싯줄이 슬그머니 자취를 감췄다. 아니, 감췄던 것으로 보였던 낚싯줄은 그와 정확하게 이 장 정도의 거리에서 달려들던 사내의 코앞에서 모습을 드러냈다.

"헉!"

사내가 기겁하며 낚싯줄을 쳐내려 했으나 묘하게 방향을 튼 낚싯줄이 사내의 손목에 친친 감겼다.

"뭐, 뭐야?!"

당황한 사내가 낚싯줄을 풀기 위해 칼로 끊어보고 힘으로 당겨보기도 하며 몸부림쳤으나 허사였다. 그러면 그럴수록 더욱 살 속으로 파고든 낚싯줄은 최후의 순간 그의 손목을 잘라 버렸다.

"으악!"

사내의 입에서 비명이 터져 나오고, 잘린 손목에서 핏줄기가 솟구쳤다.

그것은 시작에 불과했다.

손목의 움직임에 따라 삽시간에 사라졌다 나타나기를 반복한 낚싯줄은 또 다른 사내의 손목을 잘라 버렸고, 바로 옆에 있던 사내의 발목까지 절단한 후에야 묵조영에게 다시 회수되었다.

눈 깜짝할 사이에 절반의 수하를 잃은 화소호는 당황하기 시작했다.

"거, 겁먹지 마라! 눈 똑바로 뜨고 정신들 차려!"

하나, 그 역시 낚싯줄의 움직임을 미처 파악하지 못한 터. 언제 어디서 날아들지 모르는 낚싯줄 때문에 전전긍긍하는 모습이 역력했다.

"으아악!"

또다시 비명이 터져 나오고 한 사내의 어깨가 허공으로 치솟았다. 팔을 따라 붉은 핏줄기가 사방으로 뿌려졌다.

"죽어랏!"

동료들의 무참한 모습에 겁에 질린 나머지 인원이 미친 듯이 달려들고, 그들의 공격을 너무도 여유있게 피한 묵조영이 오른쪽 발을 슬쩍 움직였다.

우드득!

몸서리치듯 끔찍한 소리와 함께 그를 공격했던 두 사내가 그 자리에서 나뒹굴었다.

한 사내는 정강이를, 다른 한 사내는 발등을 부여잡고 있었다. 미처 한 번의 호흡이 끝나기도 전에 묵조영의 발이 두 사내의 정강이를 부러뜨리고 발등을 밟아 뼈를 뭉개 버린 것이다.

여섯 명의 밀은단원을 완전하게 무장 해제시킨 묵조영이 보이지도 않게 빠르게 움직이던 신형을 멈추고 화소호를 향해 천천히 걸어가기 시작했다.

"으으으!"

화소호는 미친 듯이 검을 휘둘렀다. 그러나 그의 공격은 미처 도달하기도 전에 묵조영이 일으킨 기운에 모래성처럼 사라지고 말았다.

더 이상은 싸움이 될 수 없었다.

"괴, 괴물 같은 놈!"

화소호는 자신도 모르게 뒷걸음질치고 있었다.

"괴물? 지금 나보고 한 소립니까?"

"다, 다가오지 마라!"

"그들이 무슨 죄가 있다고 목숨을 빼앗은 겁니까? 무슨 권리로?"

"그, 그들이 순순히 말을 들었으면 그, 그런 일은 없었다."

평소라면 상상도 하지 못할 변명을 늘어놓으며 화소호는 식은땀을 흘렸다.

"말을 듣지 않는다? 왜 그들이 당신의 말을 들어야 한다는 것입니까? 단지 힘이 세다는 이유로?"

화소호에게 다가가는 묵조영의 몸에서 이는 살기가 한층 더 강해졌다. 그것을 느꼈는지 화소호가 몸을 돌려 미친 듯이 달리기 시작했다. 그를 그렇게 보내고 싶은 마음이 눈곱만큼도 없었던 묵조영이 손목을 움직이고 마디를 감추고 있던 천마조가 일제히 펴지면서 그의 뒤를 쫓았다.

슈슈슉!

죽어라 도주하는 화소호의 신형도 충분히 빨랐으나 거리를 단숨에 좁히며 추격하는 천마조가 더 빨랐다.

"컥!"

작살을 맞은 고기마냥 화소호의 신형이 허공으로 펄떡 뛰어오르더니 그대로 땅에 처박혔다.

"당신의 논리대로라면 힘이 없으면 아무렇게나 해도 상관이 없다는 말이군요. 아닙니까?"

화소호의 허벅지를 관통했던 천마조를 회수하고 바닥을 기어 도주하려는 화소호를 향해 걸어가는 묵조영은 여전히 냉정한 얼굴을 하고 있었다.

"죽엇!"

화소호가 최후의 힘을 짜내 검을 휘둘렀다. 하지만 훌쩍 뛰어 그의 어깨를 밟아버리는 묵조영에겐 조금의 위협도 되지 못했다.

"목숨을 빼앗지는 않겠습니다. 하지만 다시는 그따위 힘자랑을 하지 못하게 해드리지요."

두려운 표정을 하고 있는 화소호에게 차갑게 내뱉은 묵조영이 그의 단전에 손을 갖다 댔다.

"으아아아아!"

화소호가 피를 토하듯 비명을 질러댔다.

무인에게 있어 단전을 파괴당한다는 것은 죽음보다 더한 치욕이자 절망이기 때문이었다.

그의 반응에도 상관없이 묵조영은 묵묵히 그의 단전을 파괴하려 했다.

바로 그 순간이었다.

쐐애액!

엄청난 파공성이 들리며 그를 향해 한줄기 빛이 날아들었다.

'창?'

흠칫 놀란 묵조영이 화소호에게서 떨어져 나가고, 화소호의 몸을 스치듯 지나간 장창이 허공에서 크게 선회하더니 오던 길을 되돌아갔다.

새로운 적의 출현을 알리는 공격에 묵조영의 표정이 어두워졌다.

*   *   *

"정녕, 이것이 정녕 제갈세가란 말이더냐?"

망연자실. 멍한 눈으로 잿더미를 응시하는 마국충(馬國忠)은 눈앞에 벌어진 참상을 어찌 수습해야 할지 감을 잡을 수가 없었다.

"제갈세가가… 천하의 제갈세가가 어찌 이런 꼴을 당했단 말이더냐?"

현재 의천맹을 이끌고 있는 원로원(元老院)의 명을 받아 제갈세가로 달려온 지 벌써 보름. 적의 공격이 목전에 다다랐음을 척후를 통해 전해 듣고는 이틀 동안 잠을 잊고 달려왔건만 결과는 너무나 처참했다.

비록 적보다 늦을 것이라 예상은 했어도 마국충은 그다지 걱정하지 않았다. 수백, 수천의 무인이 달려들어도 제갈세가라면 능히 버티리라 생각했다. 수없이 많은 기관매복과 신기막측한 절진들이 세가를 보호하고 있는 한 그 어떤 적에도 쉽게 점령을 허락할 곳이 아니라는 것을 굳게 믿은 것이었다.

하지만 그와 의천맹의 이백 무인들을 맞이한 것은 화려하지는 않아도 어딘지 모르게 단아하면서도 기품이 있는 제갈세가의 전각들이 아니라 새하얗게 변해 버린 잿더미와 무너지기 일보 직전의 몇몇 건물뿐이었다. 그나마도 볼썽사납게 타다 남은 흉측하기 그지없는 모습으로.

두두두두!

말발굽 소리가 요란하게 들려왔다.

이슬 맺힌 마국충의 노안이 그쪽으로 향했다.

주변으로 정찰을 내보냈던 고원후(高元煦)와 그의 수하들이었다.

그들이 말에서 내리기도 전에 물었다.

"어찌 되었느냐?"

"사방 십 리 안에 놈들의 흔적이 남아 있지 않습니다. 주민들 말에 따르면 어젯밤에 일단의 무리가 북쪽으로 움직였다고 합니다."

"북쪽으로?"

"그렇습니다."

"어째서냐?"

쓸데없는 질문이었다. 마을 주민이 마교의 움직임에 대해서 알 리 없었으니까.

"그 이유는 알지 못합니다. 다만 주의해야 할 점이 있었습니다."

"주의할 점? 무엇이냐?"

"금화부주가 병졸을 풀었습니다."

"병졸을?"

"예. 언뜻 듣기로 금화부주의 아들이 마교에 의해 목숨을 잃었다고 하는데 역시 자세한 것은 알 수 없었습니다."

"흠."

마국충의 눈가가 찌푸려졌다. 이유야 어쨌든 간에 관부가 움직여서 좋을 것은 없었기 때문이다.

"한 가지 더 말씀드릴 것이 있습니다."

"무엇이냐?"

"다행히 제갈세가의 상당수 식솔들은 놈들의 마수를 피한 듯싶습니다."

"마수를 피해? 그게 무슨 소리냐?"

"가주의 명으로 이미 한참 전부터 식솔들이 피신을 하였다고 합니다. 비록 전부는 아니나 최소 칠 할 정도는 목숨을 부지했다고 하였습니다."

"그나마 천만다행이로군. 그래도 너무 많은 사람이 목숨을 잃었어."

그사이 잿더미로 변해 버린 제갈세가로 들어갔던 능검당(能劍堂)의 당주 마창(馬昌)이 돌아왔다.

"살펴봤느냐?"

"예, 아버… 장로님."

"생존자는?"

"없습니다."

"……."

"실로 잔인한 놈들입니다. 시신을 수습하다 보니 아이들의 유골도 꽤 보였습니다."

마국충의 표정이 침통하게 변했다. 그리곤 잿더미로 변한 제갈세가를 물끄러미 바라보았다.

"수뇌들만 모이라 해라."

침묵을 깬 마국충이 명을 내리고, 주변에 흩어져 수하들을 단속하고 있던 수장들이 황급히 달려왔다.

원하는 사람이 모두 모였음을 확인한 마국충이 차분히 입을 열었다.

"자네들이 알다시피 원로원에서 우리에게 내린 명령은 위험에 빠진 제갈세가를 보호하고 검지의 비밀을 지켜내는 것이었네. 하나 보다시피 결과는 이렇게 나오고 말았군."

조금이라도 더 서둘렀으면 눈앞의 참상을 막을 수 있지 않았을까 하는 마음에 모두의 표정이 어두워졌다.

"자, 여기서 우리는 결정을 내려야 할 것 같군."

"어떤 결정을 말입니까?"

철검당(鐵劍堂)의 당주 풍기혜(風奇惠)가 물었다.

"마교를 쫓을 것인지 말 것인지."

"당연히 뒤쫓아야 합니다."

"제갈세가의 복수를 해야 하지 않겠습니까?"

저마다 분노를 터뜨리며 말했다.

"그렇게 간단한 문제가 아닐세. 우리가 받은 명령은 제갈세가를 보호하라는 것이었지 그들과 싸우라는 것은 아니었네."

"그게 그것 아닙니까?"

풍기혜가 다소 못마땅한 표정으로 되물었다.

"어쩌면 정마대전의 도화선이 될 수도 있어."

"놈들이 검지의 비밀을 노리고 제갈세가를 포위했을 때부터 이미 예견된 일이었습니다. 맹에서도 이미 준비를 하고 있는 것으로 압니다만……"

풍검당(豊劍堂)의 당주 사도추(司道秋)가 맞장구를 쳤다.

"무엇보다 중요한 것은 검지의 비밀이 어찌 되었는지를 확인하는 일입니다. 제갈세가에서 많은 신객들을 불러모은 것으로 알고 있습니다. 놈들이 그토록 서둘러 북쪽으로 향했다면 분명 뭔가가 있습니다."

"비밀이 이미 놈들의 수중에 들어갔을 수도 있네."

"그렇다면 놈들을 쫓는 것이 더욱 중요하지 않겠습니까? 검지를 마교에 넘길 수는 없습니다."

마국충은 대답을 하지 않고 좌중을 살폈다.

모두들 당장에라도 추격하여 제갈세가의 복수를 하겠다는 듯 노기가 충천한 모습이었다.

충분히 의견이 모아졌다고 생각했는지 마국충이 고개를 끄덕였다.

"자네들의 의견이 그러하거늘 어찌 따르지 않겠는가? 알겠네. 즉시 추격을 시작하도록 하지. 이보게, 사 당주."

"예, 장로님."

"자네 수하들 중 날랜 자들을 추려 척후로 삼게. 놈들의 흔적을 절대 놓쳐서는 안 될 것이야. 책임자는… 음, 고원후가 좋겠군."

"알겠습니다."

허리를 굽혀 명을 받은 사도추가 황급히 물러났다. 그러나 몸을 돌려 수하들을 향하는 그의 얼굴은 가히 좋지 않았다.

'후~ 장로님은 다 좋으신데 너무 물러.'

전장에서 수하들을 이끄는 수장은 때로는 과감하면서도 결단력있게 모든 것을 결정하고 명을 내려야 한다. 문제는 지금까지 지켜본 바에 의하면 마국충은 그런 면이 전혀 없다는 것. 어떠한 일을 결정하더라도 단독으로 하는 법이 없고 늘 수하들과 상의하여 처리했다. 일면 좋아 보이기는 해도 달리 생각해 보면 너무나 우유부단한 것일 수도 있었다.

'후~ 놈들과 대치하는 급박한 상황에서까지 그러시면 곤란한데……'

하나 왠지 그럴 것 같은 느낌에 사도추는 마음 한구석이 무거워짐을 느꼈다.

제18장

너, 뭐 하는 놈이냐?

두두두두!

지축을 울리는 말발굽 소리와 함께 일단의 무인들이 모습을 보였다.

어림잡아도 오십은 넘어 보이는 숫자에 묵조영도 잔뜩 긴장한 듯했다.

"호, 호교단이로구나!"

구사일생으로 단전이 파괴당할 위험에서 벗어난 화소호가 구세주를 만난 듯 기꺼워하며 소리쳤다.

"어이구, 이게 누구십니까? 천하를 공포에 떨게 한다는 밀은단의 화 부단주 아니십니까?"

말을 멈춘 범상이 활짝 웃으며 소리쳤다.

'망할 놈!'

그 웃음에 한껏 비웃음이 담겼음을 의식한 화소호가 이를 악물었다. 하나, 목숨을 구해준 사람에게 화를 낼 수도 없는 노릇. 억지로라도 웃으며 대꾸해야 했다.

"호교단의 맹호 범상이 아닌가? 부단주도 오셨구려."

화소호는 애써 웃음을 지으며 반겼다. 하나 그의 얼굴엔 누구라도 알아차릴 수 있는 썩은 미소가 자리하고 있었다.

"그나저나 어찌 된 겁니까? 신.객. 놈을 쫓고 있다고 들었습니다만……."

범상은 신객이라는 단어에 힘을 주었다. 하잘것없는 신객을 쫓는 데 무슨 꼴이냐는 비아냥이었다.

눈치 하나로 지금의 자리까지 오른 화소호가 그것을 눈치채지 못할 리 없었다.

"그, 그렇게 되었네."

명색이 밀은단의 부단주였다. 더 이상 화를 돋웠다간 장차 좋은 일이 없을 것이라 판단한 사마천이 재빨리 끼어들었다.

"부상은 어떠시오?"

"별것 아니오. 다리를 조금 다쳤을 뿐이오."

"홍, 별것 아닌 부상이라면서 왜 제대로 서지도 못할까?"

"이!"

툭하니 핀잔을 던졌던 범상은 불같이 쏘아보는 화소호의

시선을 의식하곤 슬그머니 고개를 돌렸다. 그런 그에게 눈치를 보낸 사마천이 최대한 정중하게 입을 열었다.

"고생하시었소. 우리가 왔으니 이제 여기는 우리에게 맡기시구려."

자신이 맡은 일을 스스로 해결하지 못하고 남에게 떠넘긴다는 것처럼 굴욕적인 일은 없었다. 그러나 데리고 간 수하들은 모조리 큰 부상을 당해 거동하기도 힘들 정도였고, 화소호 그 자신 역시 제법 심각한 부상을 당한 터라 어찌해 볼 여력이 없었다. 결국 치욕적이나마 물러서는 것이 최선이었다.

"부탁드리겠소."

고개를 끄덕이는 것으로 대답을 대신한 사마천이 묵조영에게 시선을 던졌다.

이십대 초반의 나이, 호리호리한 몸매에 그럭저럭 생긴 얼굴, 어디에서나 볼 수 있는 평범한 모습이었다. 그다지 날카로운 면도 느껴지지 않았고 강렬한 투기 따위는 더 더욱 찾아볼 수 없었다. 게다가 무기라고는 어디서 듣도 보도 못한 낚싯대 하나가 전부였다.

"이거야 원. 어이! 너, 뭐 하는 놈이냐?"

사마천과 마찬가지로 묵조영을 살피던 범상이 어이없다는 음성으로 물었다.

순간, 묵조영의 눈썹이 꿈틀거렸다.

나이를 따져도 자신보다 한두 살 어린 것 같아 보이는 범상이 다짜고짜 반말을 하는 것이 영 마음에 들지 않은 것이다.

"신객이다. 그러는 네놈은 뭐 하는 놈이냐?"

"놈? 하하하! 재밌는 자식이군. 좋다. 그 입담만큼이나 실력이 있는지 두고 보자."

묵조영이 그렇게 되받아칠 줄 몰랐다는 듯 오히려 한바탕 웃음을 터뜨린 범상이 곁에 있던 수하에게 턱짓을 했다. 그러자 두 명의 광룡대원이 슬금슬금 앞으로 나섰다.

"만만한 놈이 아닐세. 조심해야 할 것이야."

옷을 찢어 허벅지의 상처를 대충 싸맨 화소호가 다가오며 말했다. 나름대로 충고를 한 것이나 돌아온 것은 비웃음뿐이었다.

"내 수하들은 저따위 신객 한 놈을 처리하지 못해 전전긍긍하는 밀은단처럼 약하지 않습니다."

광룡대의 대주 야령이 차갑게 대꾸했다.

"크크크, 자신있다는군요."

고개조차 돌리지 않고 대꾸하는 야령의 오만한 자세와 능글거리며 속을 긁는 범상의 태도에 화소호의 얼굴이 또다시 일그러졌다.

목구멍까지 치미는 화를 억지로 집어삼킨 화소호는 천천히 자세를 잡는 묵조영을 바라봤다. 그리곤 자신도 모르게 두 주먹을 불끈 움켜쥐었다.

'본때를 보여줘라!'

묵조영이 자신과 수하들을 부상 입힌 것은 이미 뇌리에 남아 있지 않았다. 그저 건방지기가 하늘을 찌르는 범상과 그에 못지않은 야령의 콧대를 꺾어주기만을 바랄 뿐이었다.

그사이 묵조영에게 접근한 광룡대원들의 공격이 시작됐다.

그다지 날카로울 것도 없는 단조로운 움직임.

조금 전, 밀은단과의 싸움을 보지 못한 그들이 묵조영을 얕보고 있는 것이 틀림없었다.

'넌 할 수 있다. 힘을 내라.'

화소호의 간절한 응원 때문인지, 아니면 기선을 제압해야 한다는 생각 때문인지 천마조를 움직이는 묵조영의 자세는 그들을 상대할 때보다 훨씬 더 진지했다.

팟!

날카로운 소성과 함께 몸을 숨겼던 천마조가 모습을 드러냈다.

"뭐, 뭐야?"

"피해!"

단숨에 거리를 좁히고 다가오는 천마조에 건들거리며 다가서던 광룡대원들이 기겁했다. 황급히 몸을 틀며 좌우로 피했으나 천마조의 사정권을 완전하게 벗어나진 못했다.

묵조영이 손목을 움직이자 직선으로 뻗던 천마조가 급격히 방향을 틀었다. 아무래도 무게 때문인지 맨 끝마디의 움직임이 조금 느리기는 하였으나 공격에는 별 영향이 없었다.

공격을 받은 사내가 황급히 검을 들어 옆구리를 파고드는 천마조를 막아내려 했다. 하지만 바로 그 순간 천마호심공으로 인해 발동된 엄청난 기운이 주입되고, 갈대처럼 유연하게 흔들리던 천마조가 강철보다 더욱 단단하게 굳어 사내의 칼을 후려쳤다.

깡!

병장기 부딪치는 소리와 함께 천마조를 막기 위해 움직였던 검은 산산조각이 났다. 동시에 천마조에 옆구리를 직격당한 사내는 왼쪽 갈비뼈가 모조리 부러지며 무려 삼 장이나 날아가 처박혔다.

미처 비명을 지를 틈도 없이 나가떨어진 동료를 보며 광룡대원들은 두 눈을 부릅떴다.

믿기지 않는 결과에 입을 여는 사람도 없었다.

북풍한설처럼 냉랭한 기운이 좌중을 휩쓸었다.

오직 한 사람만은 예외였다.

'크크, 그럴 줄 알았지.'

주변의 반응을 살피는 화소호의 입가에 알 듯 모를 듯한 미소가 스치듯 나타났다 사라졌다. 그리곤 무척이나 염려스런 표정과 말투로 야령을 위로했다.

"안됐군. 쯧쯧, 그러게 조심하라고 하지 않았나. 무척이나 위험한 놈이라고."

푸르죽죽하게 변하는 야령의 얼굴을 보며 화소호는 쾌재를 불렀다. 언제 어떻게 변할지는 모르겠으나 지금 이 순간 묵조영은 그의 적이 아니었다.

"제법… 하는군."

한참 만에야 입을 뗀 범상이 침을 탁 뱉으며 말했다.

착 가라앉은 음성과 달라진 눈빛이 그도 상당히 놀랐음을 보여주고 있었다. 하나 그것은 곧 광룡대 대주 야령에 대한 질책의 성격도 담고 있었다.

"추태를 보였습니다."

단 한 마디를 남기고 몸을 돌린 야령이 묵조영을 향해 다가갔다. 수하 몇이 따라붙었으나 그는 손짓 한 번으로 그들을 자리로 돌려보냈다.

"조심해라. 화 부단주 말대로 결코 얕볼 자가 아니다."

사마천이 신중한 어조로 주의를 줬다.

직접 맞상대한 화소호를 제외하고 어쩌면 거의 유일하게 묵조영의 실력을 의식하고 있는 사람이 바로 그였다.

단 한 수에 불과했으나 그는 천마조를 휘두르는 묵조영의 움직임과 몸에서 뿜어져 나오는 기세가 예사롭지 않다는 것을 바로 알 수 있었다. 분명 그것은 고수만이 가질 수 있는 강함이었다.

'저런 자가 어째서 신객을?'

의문을 해소하기도 전 야령과 묵조영의 대결이 시작되었다.

"이놈, 어디 가진 재주를 모두 뽐내보거라."

당치도 않는 무기를 흔들거리며 자세를 잡는 묵조영을 가소롭다는 듯 바라보던 야령이 손을 뻗었다. 그 순간, 마치 휘파람을 부는 듯한 소리가 울려 퍼지고 천마조에 감겨 있던 낚싯줄이 허공을 갈랐다.

"헛!"

천마조만 신경 썼지 천마조에 감겨 있는 낚싯줄은 생각도 못한 야령은 깜짝 놀라 칼을 휘두르며 몸을 보호하고 그것도 모자라 재빨리 뒷걸음질쳤다. 하지만 마치 묵조영의 분신처럼 움직이는 낚싯줄은 그를 가만두지 않았다.

독사가 혓바닥을 날름거리며 사냥감에게 달려들 듯 교묘히 꿈틀거리며 쫓아온 낚싯줄이 그의 얼굴을 노렸다.

몸을 틀어 피하기엔 늦었다고 판단한 야령이 그 즉시 손을 뻗었다.

덕분에 얼굴은 무사할 수 있었지만 얼굴을 보호하기 위해 들어올린 팔은 완전히 무방비였다.

휘리릭!

낚싯줄이 팔에 감겼다.

"크으으!"

팔이 끊어질 듯한 통증에 황급히 줄을 풀었다.

하찮은 줄에 불과하리라 여긴 낚싯줄이 팔을 휘감고 지나가자 삼십여 년 무공으로 단련된 단단한 팔뚝에 보기 흉한 상처가 생겼다. 피부가 찢기고 살이 갈라지며 뼈가 드러날 정도로 깊은 상처를 입은 것이었다.

"뭐, 이런 지랄 맞은 경우가……."

도검도 아니었다. 아니, 그런 무기에 당했다면 그러려니 했을 것이다. 하지만 낚싯줄이었다. 웬만한 병장기 따위는 우습게 여기는 자신이 한낱 낚싯줄을 견디지 못하고 큰 상처를 입자 허탈한 웃음만 흘러나왔다.

그러나 묵조영의 공격은 이제 시작이었다.

단 한 번의 공격으로 야령에게 팔을 들지 못할 정도로 큰 상처를 입힌 묵조영이 손을 슬쩍 움직이자 허공에서 하늘거리던 낚싯줄이 이번엔 그의 얼굴을 노리며 날아들었다.

처음이야 황당하기도 하고 어이없는 공격에 당했으나 그것은 한 번으로 족했다. 한주먹거리도 안 될 것 같은 상대에게 상처를 입은 것도 자존심이 상하는데 마치 기선이라도 잡은 듯 연속적으로 공격을 해대는 것을 보니 부아가 치밀었다. 게다가 조금 전 당한 상처에서 밀려오는 통증이 제법 신경을 거슬리게 만들자 결국 호교단의 미친개 광룡대주 야령의 분노가 폭발했다.

"까불지 마랏!"

야령은 얼굴로 다가오는 낚싯줄에 다친 팔을 들었다. 어차피 부상으로 제대로 움직일 수도 없는 팔. 상대의 움직임을 잠시라도 멈칫거리게 만들면 그만이라는 극단적인 행동이었다. 그러나 그가 한 가지 간과한 것이 있었으니, 그것은 바로 팔을 휘감고 오는 낚싯줄이 예리한 칼날과 다르지 않다는 것.

"크윽!"

단숨에 살 속으로 파고들어 뼈까지 위협하는 낚싯줄의 위력에 그는 자신이 엄청난 실수를 했음을 인정하지 않을 수 없었다. 그렇다고 이대로 물러나면 팔은 팔대로 잘릴 것이고 상대에게 더욱 좋은 기회를 줄 터. 그는 자신도 모르게 기를 모아 낚싯줄을 움켜쥐었다. 그리곤 재빠른 걸음으로 묵조영을 향해 달려들었다.

혼신의 힘을 다한 공격이 묵조영의 전신으로 쇄도했다. 그러나 도대체 어디에 힘을 준 것인지 이해가 가지 않을 정도로 괴이한 몸동작으로 가볍게 공격을 흘려보낸 묵조영이 천마조를 힘차게 흔들고, 낚싯줄에 걸린 야령의 팔뚝은 너무도 허무하게 잘려 나갔다.

"으아아아! 죽인다!"

팔이 하나 잘린 것은 문제도 되지 않았다. 다만 팔을 잃을 정도의 부상을 당하면서도 상대에겐 생채기 하나 내지 못했다는 것에 자존심이 상한 야령의 분노가 머리끝까지 치솟았다.

분노는 잘린 팔을 낚싯줄에 매달고 있는 묵조영에게 향했다.

"죽어랏!"

야령의 무시무시한 힘이 담긴 칼이 묵조영에게 향했다.

묵조영은 정면으로 맞서지 않고 슬쩍 발걸음을 움직이며 공격을 피했다.

"도망을 가? 망할 놈! 어디 도망을 갈 테면 가봐라!"

야령은 진하디진한 살소와 함께 묵조영이 몸을 움직인 방향을 향해 칼을 휘둘렀다.

파스스스!

기묘한 파공성과 함께 칼에서 뭔가가 뿜어져 나오기 시작하더니 그와 묵조영 사이에 있는 수풀이 일제히 잘려 나가기 시작했다.

"호오~ 멋진 공격."

범상이 눈을 반짝이며 탄성을 내질렀다.

심각한 얼굴로 싸움을 지켜보던 사마천 역시 고개를 끄덕이는 것을 보면 꽤나 훌륭한 공격인 듯했다.

'검기(劍氣)?'

자신을 향해 물밀듯이 밀려드는 공격이 상당한 실력을 지니지 못하면 꿈도 꿔보지 못한다는 검기임을 알아본 묵조영의 얼굴이 살짝 굳어졌다.

까짓 피하고자 하면 못 피할 것은 없었다. 그런데 왠지 그러고 싶지 않았다.

뭔가를 결심한 듯한 표정.

반짝이는 그의 눈에 혈광이 더욱 짙어졌다.

천마호심공을 팔성까지 끌어올린 그의 전신에서 칼날 같은 예기가 뿜어져 나오기 시작했다.

조금씩 강해진 빗줄기가 감히 근접하지 못하고 튕겨 나갈 정도였지만 워낙 찰나지간이라 그것을 알아챈 사람은 아무도 없었다.

한껏 기운을 북돋은 묵조영이 군림전포의 한쪽 자락을 잡고 자신을 베기 위해 접근하는 검기와 맞서 휘둘렀다.

꽈광!

상당한 폭발음과 함께 검기에 잘린 수풀과 흙이 미친 듯이 비산했다. 삽시간에 주변을 덮은 수풀과 흙, 자갈 때문에 일순간 시야가 가려졌다.

바로 그때, 모든 이가 들을 수 있을 정도로 둔탁한 소리가 들려왔다. 나지막한 신음성과 함께.

"어찌 된 것이냐?"

범상이 신경질적으로 물었다. 하나, 그가 보지 못한 것을 수하들이 볼 리 만무했다. 그저 미친 듯이 춤을 추는 수풀이 가라앉기를 바랄 뿐이었다. 다만 사마천만은 어느 한곳을 뚫어져라 쳐다보며 주먹을 불끈 쥐고 있었다.

'괴물이로군.'

시야가 가려진 상황에서도 동물보다 더욱 정확한 감각은 그로 하여금 눈앞에 벌어진 상황을 똑똑히 알 수 있게 해주었다.

그 자신조차 무시하지 못할 정도의 검기를 단순히 전포를 휘두르는 동작 하나로 해소하고, 당황하는 야령과의 거리를 단숨에 좁혀 아랫배에 묵직한 주먹을 날리는 것은 직접 보지 않고는 믿기 힘들 정도로 대담하면서도 위협적인 능력이었다.

'무엇보다 그 움직임.'

야령과 묵조영의 거리는 무려 오 장. 하지만 그는 찰나지간 그 거리를 좁히고 야령이 어떤 반응을 보이기도 전에 공격을 성공시켰다. 실로 전광석화(電光石火)라는 말이 어울릴 정도로 엄청난 빠름이었다.

'빠져나갈 곳은 오직 강뿐인가?'

야령을 쓰러뜨림과 동시에 주변을 살핀 묵조영은 그를 중심으로 삼면이 완벽하게 포위되었음을 알 수 있었다.

비록 그를 얕보는 경향이 있어도 범상은 정면은 물론이고 좌우에도 적절히 수하들을 분산시켜 묵조영의 퇴로를 차단했다.

'강뿐이란 말이지……'

생각보다 일이 쉽지 않음을 느낀 것일까?

천마조를 더욱 힘차게 움켜쥐는 묵조영의 눈빛이 더욱 냉철하게 가라앉았다.

"대단하군, 대단해. 조금 전 내가 한 말은 취소한다. 신객이라……. 너 같은 신객이 있으리라고는 생각도 못했다."

범상은 죽은 듯이 누워 있는 야령을 보며 비로소 묵조영의 실력을 인정했다. 그리고 자신과 비슷한 연배의 그에게 더할 수 없는 호승심을 느꼈다.

"재밌겠어. 아주 재밌겠어."

그는 흠칫 놀라 말리려는 사마천에게 고개를 흔들곤 묵조영을 향해 걸음을 움직였다.

"너, 내가 상대해 주마."

장창을 휘휘 돌리며 다가오는 모습이 흡사 백만대군을 앞에 둔 장비의 모습 같았다.

"낚싯대라……. 아무튼 그걸 창처럼 사용하더군. 하나 진정한 창술이 어떤 것인지 보여주지."

장창을 지면과 수평으로 누이고 양 무릎을 살짝 굽힌 채 창을 잡은 손을 약간 뒤로 뺀 자세. 아무것도 들지 않은 왼손은 앞으로 뻗어 묵조영이 그의 눈을 보는 것을 어렵게 만들었다.

'찌르기인가?'

창을 이용한 전형적인 찌르기의 자세를 보면서 묵조영도 양손으로 천마조를 굳게 잡았다.

어림잡아 이 장에 이르는 천마조와 그 절반에도 미치지 못하는 창의 대결.

무기의 길이가 한 치라도 길면 유리하다는 무림의 속설을 생각해 보면 묵조영이 절대적으로 유리한 상황이었다. 하지만 그것은 접근을 허용하지 않았을 때 하는 말이고, 만약 접근을 허용하면 무기의 길이가 긴 만큼 행동 반경이 커 재빠른 움직임을 방해한다는 단점이 있었다.

범상의 몸이 미끄러지듯 앞으로 전진했다.

보통 양 무릎을 굽힌 자세에서 앞으로 전진하려면 한 발을 앞으로 전진하고 뒷발이 그 뒤를 따라 이동하게 마련이다. 한데 범상은 그렇지 않았다. 처음의 자세를 그대로 유지하면서 거리는 급격하게 좁히는, 공간 이동을 하는 것처럼 괴이한 보법을 사용했다.

지면을 물 흐르듯 스치며 접근하는 범상의 모습에 흠칫 놀란 묵조영이 훌쩍 뛰어 뒤로 물러났다. 사전 동작도 없이 빠르게 움직이는 모습이 꽤나 놀란 모습이었다.

"도망치지 마랏!"

날카로운 외침과 함께 범상의 몸이 다시 접근했다.

이번엔 묵조영도 피하지 않았다.

천마조의 길이를 생각해 보면 절대적으로 유리한 것은 그 자신. 그는 천마조를 쭉 뻗어 범상의 가슴을 찌르며 그를 물리치려 하였다.

바로 그 순간, 범상의 몸이 빙그르르 돌며 천마조를 뒤로 흘리고 그 탄력을 이용하여 크게 회전을 한 창이 묵조영의 목을 노리며 날아들었다.

"대단하다!"

묵조영은 거친 바람 소리와 함께 접근하는 창날을 보며 그렇게 순식간에 자세를 바꿀 수 있는 범상의 능력에 탄성을 보냈다. 그렇다고 그냥 두고 볼 수는 없는 일. 그도 손목을 비틀어 방향이 빗나간 천마조를 수평으로 휘둘렀다.

옆구리를 노리며 접근하는 천마조를 보며 범상의 눈썹이 꿈틀거렸다. 생각보다 반격이 너무 빨랐다.

"망할!"

범상이 창의 방향을 바꿔 옆구리를 보호했다.

묵조영과의 거리를 생각해 볼 때 자신의 공격이 성공하기 전에 먼저 당할 것 같았기 때문이다.

꽝!

병장기가 부딪치는 소리가 아니라 마치 폭탄이 터지는 것과 같은 폭음이 들리고 범상의 몸이 옆으로 이 장이나 밀려나갔다. 천마조에 실린 어마어마한 힘을 감당하지 못한 것이었다.

또 다른 공격이 이어지기 전에 황급히 자세를 가다듬는 범상의 눈에 황망한 기색이 떠올랐다. 상대의 공격을 정확하게 막아냈음에도 그렇게 속절없이 밀려나자 어이가 없었다. 더구나 많은 수하들이 보고 있는 상황에서 그런 꼴을 당하자 화가 머리끝까지 치솟았다.

"하앗!"

힘찬 기합성과 함께 범상의 몸이 힘차게 도약했다.

장창을 앞세우고 달려드는 모양새가 먹잇감을 노리는 당랑(螳螂)과 같았다.

"저, 저런!"

"무모한……."

싸움을 지켜보던 광룡대원들의 입에서 안타까운 신음성이 터져 나왔다. 범상의 공격이 너무나 무모하다고 여긴 것이다. 하나 어려서부터 조부와 부친으로부터 철저한 훈련을 받은 범상은 아무리 화가 난다 해도 흥분을 해서는 상대를 이길 수 없다는 것을 잘 알고 있었다. 겉으론 흥분한 듯해도 그의 눈은 냉철하게 상황을 살피고 있었다.

"창의 울음이 혼을 울릴지니!"

범상이 조용히 읊조리고, 창에서 흐느끼는 듯한 울림이 흘러나왔다.

우우우웅!

"명성유열(鳴聲幽咽)!"

"추혼창법(追魂槍法)이다!"

웅웅거리는 소리와 함께 범상의 창이 떨리는 것을 본 누군가가 소리쳤다.

그들의 반응이 아니더라도 이미 상대의 공격이 예사롭지 않다는 것을 몸으로 느낀 묵조영은 공격이 채 이루어지기도 전에 막을 생각으로 천마조를 움직였다.

범상이 접근하는 천마조를 보며 창을 휘돌렸다. 그러자 장창의 움직임을 따라 거대한 막이 그의 주변을 에워쌌다.

팅!

천마조가 창에 가로막혀 튕겨 나오고 어느새 상당한 거리까지 접근한 범상이 창을 찔렀다.

쐐애액!

하늘에서 운석이 떨어지는가!

보통 사람이라면 귀를 막아야 할 정도로 거대한 파공성이 들리고 희뿌연 빛으로 변한 창날이 묵조영의 가슴팍을 노리며 짓쳐들었다.

그런데 창날이 하나가 아니었다.

처음 시작은 하나였을지 몰라도 하나둘 늘어난 지금은 사방팔방이 모두 창영(槍影)으로 가득 찼다.

운사요몽(雲沙繞夢).

사막을 휘감는 신기루처럼 신비롭고 그 정체를 알 수 없다 하여 붙여진 추혼창법의 두 번째 초식이었다.

하늘을 가득 뒤덮은 창영은 그것 하나만으로도 모든 이들이 입을 쩍 벌리며 탄성을 내지르게 만들 만큼 장관이었다.

묵조영은 차분히 마음을 가라앉혔다. 문득 천마조에 새겨진 글귀 하나가 떠올랐다.

조급하지 않고, 애써 찾지 않으며, 어디에도 얽매이지 않는 여유로움을 가지게 되었을 때 비로소 자유스러움이 생길지니……

그는 눈을 감았다.

귀도 닫았다.

미친 듯이 경고를 보내는 전신의 감각을 잠재웠다.

그냥 그대로, 마음이 가는 대로 최대한 편안한 자세를 취했다.

그런 묵조영을 보며 모두들 삶을 포기한 것이라 생각했다.

그들은 범상의 창에 목이 잘려 쓰러질 묵조영의 모습을 떠올렸다.

'비밀을 캐기 위해선 죽이지 말아야 하는데' 하고 걱정하는 사람도 있었다.

단 한 사람, 예외가 있다면 역시 사마천이었다.

'뭔가 이상해. 저대로 당할 실력이 아닌데.'

비록 범상의 무공이 뛰어난 것이긴 해도 그가 보기엔 여러모로 허점이 있었다.

과거 그는 범상의 부친인 범우가 마도십병 중 하나인 추혼귀창을 들고 추혼창법을 시전하는 것을 본 적이 있었다. 그때의 놀람은 지금도 잊혀지지 않았다. 비슷하기는 했어도 지금 범상이 시전하는 것과는 하늘과 땅만큼이나 차이가 있었다.

아니나 다를까.

번쩍 눈을 뜬 묵조영의 반격이 시작됐다.

이미 마음의 눈으로 허실(虛實)을 파악한 그에게 범상의 공격은 더 이상 위협적인 것이 될 수 없었다.

묵조영은 양손으로 단단히 잡은 천마조를 어느 한 지점으로 찔러 넣었다.

땅!

낭랑한 소리와 함께 허공을 누볐던 창영이 삽시간에 사라졌다. 그리고 드러난 광경에 너나 할 것 없이 입을 다물지 못했다.

범상의 창이 천마조의 끝과 정확하게 맞닿아 있는 것이 아닌가!

실로 믿기 힘든 괴사였다.

깨알만큼이나 작은 접점을 공유하고 있는 창과 천마조는 떨어질 줄을 몰랐다. 자연적으로 범상의 몸은 허공에 멈춰져 있었다. 정확하게 말하자면 묵조영에 의해 지탱되고 있는 것이었다.

묵조영의 공력이 담겨 있기 때문인지 물고기 한 마리에도 휘청거리는 천마조는 범상의 무거운 몸을 받치면서도 조금도 흔들리지 않았다.

"이, 이런 개 같은!"

회심의 일격이 이렇게 막힐 줄은 꿈에도 생각지 못한 범상은 피가 거꾸로 솟을 지경이었다. 무엇보다 화가 나는 것은 빙긋이 웃고 있는 묵조영의 태도였다.

"네, 네놈 따위가 감히!"

황급히 땅으로 내려선 그는 있는 대로 힘을 끌어 모았다. 그리곤 묵조영을 향해 미친 듯이 창을 휘둘렀다.

파스스스슷.

조금 전, 야령이 최후의 공격을 할 때처럼 괴이한 소성이 울려 퍼지더니 창에서 푸르스름한 광채가 뿜어져 나오기 시작했다. 그것은 대기를 가르고, 땅을 가르고, 주변의 모든 사물을 박살 내며 묵조영을 향해 몰려들었다.

그것을 본 사마천이 기겁하며 소리를 질렀다.

"아, 안 돼!"

지금 범상이 사용하는 무공은 뇌붕천멸(雷鵬天滅)이라는 초식으로 추혼창법에서도 강맹하기가 으뜸인 공격. 그만큼 엄청난 공력이 필요하고 소모되는 것이었다.

문제는 그런 희생을 감수하고 공격을 했음에도 묵조영이 별문제없이 막아낸다면 자존심에 치명적인 타격을 받는 것은 물론이고 잘못하다간 목숨까지 위험에 빠질 수 있다는 점이었다. 그리고 지금까지 지켜본 바로는 십중팔구 그리될 것이 틀림없었다.

급했다.

더 이상 머뭇거릴 시간이 없었다.

황급히 검을 빼 든 사마천이 범상을 돕기 위해 달려들었다. 천지를 가를 듯 맹렬하게 다가오는 기운에 대응하기 위해 묵조영은 천마조를 짧게 접었다. 아무래도 끝까지 퍼진 천마조는 자유자재로 움직이기에 무리가 있었기 때문이다.

정확히 반으로 접힌 천마조가 움직이기 시작했다.

위에서 아래로, 아래에서 위로, 때로는 사선으로…….

흥미로운 것은 천마조가 움직인 횟수가 범상이 창을 휘두른 것과 똑같은 숫자라는 것. 이유는 금방 밝혀졌다.

묵조영이 천마조를 휘두를 때마다 한줄기 기운이 뻗어 나오더니 범상이 만들어낸 청광과 정면으로 맞부딪치는 것이었다.

꽝! 꽝! 꽝!

연속적으로 폭음이 터지고, 허공에서 맞부딪친 두 기운은 무수한 파편들을 만들어내며 사라졌다.

"으으으."

두 눈이 붉어졌다.

이빨이 딱딱 부딪쳤다.

비릿한 무언가가 목구멍까지 치고 올라왔지만 억지로 삼켰다.

전력을 다해 연거푸 창을 휘두른 범상은 한없는 절망감을 느끼며 창을 늘어뜨렸다.

자신은 위험을 감수하면서까지 공격을 퍼부었건만 상대는 너무나도 쉽게, 마치 집 앞 먼지를 쓸 듯 그렇게 간단히 해소해 버렸다.

넘을 수 없는 벽이 눈앞에 있는 듯했다.

그런 생각이 든다는 것 자체가 참을 수 없는 모욕이었으나 어찌해 볼 방법이 없었다.

묵조영은 천마조의 끝을 빙글빙글 돌리며 범상에게 다가갔다. 끝장을 보려는 것이었다.

바로 그때, 그와 범상 사이로 검 하나가 끼어들었다.

묵조영의 고개가 검의 주인에게 향하고, 어느새 범상의 앞에 선 사마천이 되돌아온 검을 잡아챘다.

"대단하군."

단 한 마디였다.

하나 서늘한 눈빛 하며 차분한 발걸음, 살짝 검을 늘어뜨린 자세에서 다가오는 엄청난 위압감이 오감을 자극했다.

'고수다.'

사마천이 범상과는 비교도 할 수 없는 고수라는 것을 직감적으로 느낀 묵조영이 자신도 모르게 침을 꿀꺽 삼켰다.

지금까지 화소호를 비롯하여 야령, 그리고 범상까지 짧은 시간 동안 숨 돌릴 틈도 없이 싸움을 했다. 지난 이 년 동안 계속된 수련과 하나둘씩 쌓은 경험을 통해 그는 자신의 실력에 대해 믿음이 있었고, 조그만 부상도 없이 적을 꺾으면서 충분히 입증을 했다. 솔직히 지금까지는 부담을 가질 만한 싸움이 없었다. 마지막에 싸웠던 범상의 실력이 나름대로 뛰어나기는 했지만 뭔가가 미진했다. 그러나 사마천은 달랐다. 지금껏 그와 같은 위압감을 주는 고수를 만난 적이 없었다.
 "자네 이름이 묵조영이 맞는가?"
 "그렇습니다. 한데 그걸 어찌?"
 "제갈세가에서 들었네."
 묵조영의 얼굴이 심각하게 변했다.
 "제갈세가라면……?"
 "제갈선이라는 사람이 말해줬다!"
 다소간 충격에서 벗어났는지 사마천과 어깨를 나란히 한 범상이 소리쳤다.
 "그분은 어찌 되었나?"
 "어찌 되긴, 뒈졌지. 그자뿐만 아니라 제갈세가에 있는 것은 풀 한 포기조차 남기지 않았다."
 "……."
 말이 떨어지지 않았다.
 자세히는 몰라도 그가 본 제갈세가의 식솔만 하더라도 수십은 되었다. 그들 모두가 목숨을 잃었다 하니 얼마나 끔찍한 참상이 벌어졌을지는 상상을 하지 않아도 알 수 있었다.
 안타까움에 절로 한숨이 흘러나왔다.
 "내 공격을 간단히 막아내다니 대단하구나."
 범상이 지금도 믿기지 않는다는 표정으로 말했다.
 "옛날, 신행을 하다가 만난 계양산(鷄陽山)의 산적도 네놈보다는 강했다."

"네… 놈!"

계양산의 산적이 녹림의 십대고수였다는 것을 묵조영 그 자신도 몰랐으니 범상이 알 리는 만무한 일. 발작적으로 소리치려던 그는 억지로 입술을 깨물며 화를 억눌렀다.

"내가 네놈을 너무 얕본 것 같다. 아니, 솔직히 인정하마. 네놈은 나보다 강하다. 하지만 단지 그뿐이다. 변하는 것은 아무것도 없다."

"그건 두고 보면 알 것이고."

"그렇지. 두고 보면 알겠지."

차갑게 웃은 범상이 한 발 뒤로 물러나고, 둘의 대화를 가만히 듣던 사마천이 검을 지그시 들어올렸다.

"헛!"

검을 자신에게 세웠을 뿐인데도 전신을 위협하는 기운이라니!

황급히 물러나는 묵조영은 전신의 피가 싸늘하게 식는 느낌이었다.

"오라!"

사마천이 조용히 소리쳤다.

몸에서 뿜어져 나온 기세가 검을 타고 묵조영을 압박했다.

묵조영도 기세를 올렸다.

눈빛은 어느새 혈광을 띠고, 팔성의 천마호심공의 공력은 무형강기와도 같은 사마천의 기세를 간단히 해소해 버렸다.

사마천의 눈빛이 경악으로 물들었다.

'역시 만만치 않은 실력. 도대체 누구란 말인가?'

천하를 노리는 만큼 마교에서는 수십, 수백 년에 걸쳐 이름난 고수, 또는 새롭게 이름을 떨치고 있는 고수들에 대해 세밀한 조사를 해왔다. 하지만 아무리 생각해 봐도 묵조영이란 이름은 들어본 적이 없었다.

'서, 설마?'

불현듯 하나의 이름이 떠올랐다.

"혹시… 십비(十秘)냐?"

"시, 십비?!"

범상도 깜짝 놀라는 눈치였다. 하나 정작 묵조영은 그 말이 무엇을 뜻하는지 알지 못했다.

"그게 뭡니까?"

묵조영은 영문 모를 질문에 두 눈만 깜빡였다.

십비.

당금 무림에서 마교와 유일하게 대응할 수 있는 의천맹의 비밀병기로 오직 맹주만을 호위하며 맹주의 명만을 받는다고 알려진 전사들.

그들이 누구인지 아무도 알지 못했다.

나이가 어떤지, 성별은 무엇인지, 의천맹의 어떤 조직에 속해 있는지, 어느 문파 출신인지 알려진 것은 아무것도 없었다. 있다면 그 인원이 정확히 열 명이라는 것과 하나같이 엄청난 무공을 지니고 있다는 것.

'아닌가? 하긴, 십비가 이런 곳에 나타난다는 것이 이상하기는 하군.'

마음 한구석의 찜찜한 기분은 여전했다. 그러나 그의 생각은 더 이상 이어지지 않았다. 천마조를 앞세운 묵조영의 공격이 시작되었기 때문이다.

상대의 실력을 알아볼 생각이었는지 처음의 공격은 비교적 단순했다.

묵조영은 천마조를 이용해 사마천의 급소들을 창처럼 찌르며 공격했다. 처음엔 목을, 다음엔 가슴을, 이어 단전, 허벅지 등을 연속적으로 공격했다.

사마천은 비교적 쉽게 공격을 막아냈다.

"그 정도의 공격으로 나를 어찌할 수는 없다."

상대가 최선을 다하지 않음을 알고 있는 사마천이 나직이 소리쳤다.

묵조영은 차분히 호흡을 가다듬고는 천마조를 잡고 있는 손에 힘을 실었다. 그리고 마침내 천마호심공의 기운을 빌린 천마조가 사마천을 노리며 달려들었다.

번개가 내리치듯 단숨에 거리를 점하고 달려드는 천마조는 인간의 눈으로 파악하고 피하기가 절대로 불가능할 것처럼 보였다. 하지만 바로 앞까지 접근하는 천마조를 노려보는 사마천의 눈에선 조금의 두려움이나 동요도 보이지 않았다.

그저 몸을 비틀어 흘려보냈을 뿐이다.

천마조는 사마천의 옷을 살짝 스치며 지나쳤다.

그런데 그것이 끝이 아니었다.

거의 일직선으로 뻗은 천마조가 눈이라도 달린 듯 재빨리 방향을 틀더니 옆구리를 노리며 접근했다.

"조심을!"

자신에게 공격했던 것과 똑같은 방식이라는 것을 알아본 범상이 황급히 소리쳤다. 하나 쓸데없는 소리였다. 지금 공격을 당하는 사람은 그가 아니라 사마천. 이미 그와 같은 공격을 목도했고, 설령 보지 못했다고 하더라도 그 정도에 당할 인물이 아니었다.

그의 옆구리는 어느새 수직으로 세워진 검이 보호하고 있었다.

땅!

천마조가 검에 부딪치며 튕겨 나갔다. 순간 사마천의 몸이 휘청거렸다. 찡그린 얼굴에 은은한 놀람이 깃들었다.

'굉장한 내공.'

그제야 비로소 범상이 깜짝 놀라 소리친 이유를 알 수 있을 것 같았다.

사마천의 놀란 눈이 아래로 향했다.

범상처럼 몸이 밀려 나가진 않았지만 그 힘을 버텨내기 위해 슬그머니 옆으로 뺀 왼쪽 발이 무릎까지 흙에 파묻혀 있었다.

"타핫!"

힘찬 기합과 함께 묵조영의 신형이 허공으로 도약하고 가히 번개와도 같은 찌르기가 이어졌다.

"빠르다!"

범상은 자신도 모르게 탄성을 내뱉었다.

쐐애액!

엄청난 파공성을 내며 짓쳐드는 천마조.

허공에서부터 내리 꽂히는 천마조엔 가히 천만 근의 힘이 담겨 있었다. 함부로 막아선 결코 감당하지 못한다는 것을 직감한 사마천이 황급히 몸을 피했다.

꽝!

커다란 굉음이 들려오고 사마천이 있던 자리에 조그만 구덩이가 패었다.

꽝꽝꽝!

연거푸 이어진 공격에 사마천은 정신을 차릴 수가 없었다. 이리저리 몸을 피하는 그는 반격할 엄두를 내지 못했다. 천마조가 한번 지나간 자리에 여지없이 구덩이가 만들어졌다.

'진정 괴물이로군.'

노도와 같이 이어진 공격을 피해 간신히 한숨 돌린 사마천이 질린 표정으로 묵조영을 바라보았다.

자신이 지금처럼 밀린 적이 있었던가?

아무리 기억을 더듬어도 근 십 년 이래엔 없었다.

"과연 내 눈이 틀리지 않았군. 진정 대단해. 하지만!"

사마천의 반격이 시작되었다.

파스스슷!

예리한 파공성과 함께 희뿌연 검기가 묵조영을 향해 쇄도했다. 한데 사마천이 발출한 검기는 야령이나 범상이 사용한 것과는 차원이 달랐다. 빠르기가 두 배 이상이었고 위력은 단순히 비교조차 하기 힘들었다. 게다가 꿈틀거리며 살아 움직이는 것이 피하기가 몹시 까다로웠다.

묵조영은 침착하게 천마조를 줄여 잡더니 서서히 회전시켰다.

회전하는 속도가 점점 빨라지고, 맹렬히 회전하는 천마조는 사마천이 발출한 검기를 단 하나도 놓치지 않고 모조리 무위로 만들었다. 하지만 애당초 사마천이 노린 것은 그것이 아니었다.

어느새 묵조영의 코앞까지 파고든 사마천이 검을 휘둘렀다.

'아뿔싸!'

시퍼런 날을 드러내며 옆구리를 파고드는 검의 기척에 묵조영도 당황하지 않을 수 없었다. 그는 황급히 천마조를 움직여 공격을 막았다.

꽝!

엄청난 충돌음과 함께 묵조영의 몸이 휘청거렸다.

막아내기는 했어도 자세도 불안정한 상태인 데다가 검에 실린 힘이 워낙 막강해 두어 걸음을 물러서고 말았다.

'대단하군.'

검기도 아니고 단순히 휘두른 검에 그만한 힘이 실릴 줄은 생각도 못한 묵조영은 절호의 기회를 놓쳤음에도 무표정한 얼굴로 다음 공격을 시도해 오는 사마천을 바라보며 질린 표정을 지었다.

"운이 좋은 놈이로구나!"

범상이 아깝다는 듯 무릎을 쳤다.

그사이 접근에 성공한 사마천의 날카로운 공격이 계속됐다.

연속적인 공격.

사마천의 검은 첫 번째보다는 두 번째가, 두 번째보다는 세 번째, 네 번째로 갈수록 점점 더 빨라지고 강맹했다.

엉성하게 대처하다가는 큰 낭패를 당할 것이란 생각에 추호도 방심할 수가 없었다.

검의 움직임 하나하나가 유기적으로 엮이며 정신을 혼란케 했고, 모든 방위를 차단하고 짓쳐 오는 기운에 피할 곳을 찾지 못했다. 그저 최선을 다해 정면으로 맞부딪치는 것뿐이었다.

꽈꽈꽝!

엄청난 폭음이 주변을 뒤흔들었다.

검광이 솟구쳐 흐린 날을 무색케 만들었고, 둘 사이에 몰아치는 회오리는 사막의 용권풍을 미풍이라 부르게 만들 만큼 무시무시했다. 어찌나 빨리 움직이는지 눈으로 따라잡기가 힘들 정도였다.

얼마를 그렇게 싸웠을까.

"큭!"

외마디 비명과 함께 누군가의 신형이 뒤로 물러났다.

묵조영이었다.

순간, 주변은 떠나갈 듯한 함성으로 뒤덮였다. 치열한 싸움에서 사마천이 마침내 우위를 점한 것이라 여긴 것이다. 하지만 거친 숨을 몰아쉬는 사마천의 표정은 승기를 잡은 사람치고는 너무나 어두웠다. 그에 반해 가슴을 쓱쓱 문지르는 묵조영은 오히려 담담하기 그지없어 도대체 누가 승기를 잡은 것인지 알 수 없게 만들었다.

싸움은 잠시 소강상태를 맞이했다.

묵조영과 사마천은 서로에게 무기를 겨누고 잠시 호흡을 가다듬었다.

사마천은 지금 죽을 맛이었다.

우선 그는 본신의 실력을 제대로 발휘할 수가 없었다. 묵조영에게서 비밀을 캐야 한다는 이유 때문에 치명적인 실수를 구사할 수 없다는 것이 크나큰 약점으로 작용했다. 또한 상대적으로 체력이 열세인 데다가 무엇보다 내공에서도 밀린다는 것이 치명적이었다.

평생 동안의 수련을 통해 얻은 내력이 이 갑자에 육박했으나 어찌 된 영문인지 상대는 그런 내력에 간단히 대응하는 것은 물론이고 오히려 압도하려 했다. 게다가 요상한 물건까지 지니고 있어 공격하기가 만만치 않았다.

사실 완벽하지는 않아도 사마천은 왼쪽 어깨와 등을 비롯하여 꽤나 많은 공격을 성공했다. 그런데 어찌 된 영문인지 묵조영의 몸에는 상처 하나 나지 않았다. 몸에 두르고 있는 전포 때문이라는 생각을 잠시 했으나 그런 물건이 있다는 것은 듣도 보도 못한 터. 황당하지 않을 수 없었다. 결국 견디지 못하고 임기응변으로 가슴에 일장을 날려 물러나게 하는 데는 성공했지만 따지고 보면 부끄러운 일이 아닐 수 없었다.

"도대체 자네는 누군가?"

사마천이 너무도 궁금하다는 듯 또다시 물었다.

"묵조영입니다. 신객이지요."

"그… 후~ 좋아, 좋아. 누가 됐든 간에 엄청난 실력이군."

"뭘요. 선배님이야말로 대단하십니다."

"훗, 내 오늘과 같이 낭패를 당한 것이 얼마 만인지 모르겠군. 의형과의 싸움에서도 이렇지는 않았는데 말이야."

"과찬입니다. 어쨌든 잠시 쉬었으니 다시 해볼까요?"

"오게!"

가슴을 펴며 당당하게 말했으나 사마천은 바짝 긴장했다. 그도 그럴 것이, 그는 지금 꽤나 많은 내력을 소모하여 전력을 다하기가 힘들었다. 그에 반해 묵조영은 마치 지금부터가 본격적인 싸움이라는 듯 기운이 넘쳐 보였기 때문이다.

획획!

수평으로 누운 천마조의 끝마디가 빙글빙글 돌며 내는 소리에 범상은 침을 꿀꺽 삼켰다. 간단히 끝나리라는 예상과 다르게 너무나도 고전하는 사마천의 모습에 당황한 것이었다.

하지만 그가 모르는 것이 있었다.

지금의 묵조영은 야령과 그를 상대할 때의 묵조영이 아니었다. 그들과의 싸움에서는 어느 정도 여유를 두고 싸움에 임했으나 상대가 상대이니만큼 사마천을 상대로는 나름대로 최선을 다하고 있었다. 어쩌면 지금의 그와 다시 싸움을 한다면 야령 정도는 삼초지적, 범상은 십 초 이내에 무릎을 꿇릴 수 있을 정도로 엄청난 무위를 드러내고 있는 것이다.

획획거리는 소리가 끝나는 것과 동시에 묵조영의 찌르기가 시작됐다.

목을 노리고, 가슴을 노리고, 배를 노리고, 허벅지를 찔러가는 공격.

맨 처음 공격과 같은 방법에 사마천은 자신도 모르게 의혹을 느꼈다.

'이상한걸.'

같은 찌르기인 것 같은데 뭔가가 다른 공격.

그랬다.

시간이 가면 갈수록 첫 번째와 지금의 공격이 확연히 차이가 났다. 처음 공격할 때엔 여느 창과 마찬가지로 아무런 움직임도 없던 천마조의 끝마디가 미친 듯이 꿈틀거리기 시작한 것이다.

가슴을 노린 듯하여 그쪽을 막으면 코앞에서 흔들거리며 배를 노렸고, 배를 노리는 듯하여 그쪽을 막으면 어느샌가 어깨를 찔러왔다. 게다가 끝마디만 움직이는 것이 아니라 천마조 전체가 흔들리며 찔러오자 그 방향을 도저히 파악할 수가 없는 지경에 이르렀다.

"빌어먹을!"

초조하게 지켜보던 범상이 참으로 지랄 맞은 공격이란 생각에 욕지거리를 내뱉는 순간 수풀에 발이 걸린 사마천의 몸에 허점이 생겼다.

삽시간에 접근하는 천마조.

사마천이 대경실색하여 몸을 피하려 했다.

그러나 묵조영은 허락하지 않았다.

싸움이란 한번 기회를 잡았을 때 단숨에 몰아쳐야만 쉽게 승리를 얻을 수 있는 법. 그는 생각보다 그 기회가 너무 쉽게 왔다고 여겼다.

"이런!"

움직일 방위를 모두 차단하며 접근하는 천마조의 위용에 사마천의 입에서 다급한 헛바람이 토해졌다.

"저, 저, 저!"

발을 동동 구르며 지켜보던 범상이 사마천에게 닥친 위기에 두 주먹을 움켜쥐며 어쩔 줄을 몰라 했다.

'너무 안이하게 대처했다.'

단 한 번의 방심으로 절체절명의 위기에 빠진 사마천은 자신의 경솔함을 책망했다. 그러나 그렇게 쉽게 당할 수만은 없다고 생각한 그는 혼신의 힘을 다해 몸을 움직였다.

"타하!"

사마천은 검을 비스듬히 뉘어 가슴으로 쇄도해 오는 천마조를 막았다.

취리릭!

검의 옆면에 부딪친 천마조는 괴이하게 꿈틀거리며 더욱 거세게 밀어붙였다.

사마천은 생각할 겨를도 없이 최대한으로 호신강기(護身剛氣)를 펼쳤다.

천마조는 정확하게 그의 가슴을 찔렀다.

"큭!"

호신강기를 뚫고 들어오는 천마조로 인해 엄청난 통증이 엄습했다.

가슴팍의 고통을 의식하기도 전 사마천은 충돌의 반발력을 빌어 천마조의 사정권에서 벗어나려 하였다.

그걸 놓칠 묵조영이 아니었다.

그는 허공에 떠 있는 사마천을 향해 천마조를 휘둘렀다. 그러자 새하얀 빛줄기가 그를 노리며 날아갔다.

쉬익!

엄청난 속도로 접근한 낚싯줄이 사마천의 몸을 옭아매려 했다. 공중에 떠 있는 관계로 재빠른 반응을 할 수 없었던 사마천은 본능적으로 검을 내밀었다.

취리리릭!

낚싯줄은 날카로운 소리와 함께 검에 엮였다.

사마천의 얼굴이 일그러졌다.

낚싯줄에 엮인 검이 자꾸만 손을 빠져나가려 했기 때문이다. 무인에게 자신의 무기를 빼앗긴다는 것만큼 치욕적인 일이 없기에 그는 최선을 다해 버티려 했다. 그러나 공중에 몸을 띄운 상황에서 그가 낼 수 있는 힘은 한계가 있었고, 천마호심공의 공능으로 막강한 내력을 발출하고 있는 묵조영의 힘은 가히 상상을 불허하는 것이었다. 그 힘에 사마천은 결국 굴복할 수밖에 없었다.

"으으으."

간신히 공격에서 벗어난 사마천의 꼴은 가관도 아니었다. 핏기가 사라진 얼굴, 머리는 산발이 되고 가슴에서 흘러나온 피가 의복을 적셨다. 게다가 무기를 빼앗긴 손은 빈손.

누가 보아도 사마천의 패배였다.

"공격해랏!"

지금의 상황을 도저히 인정할 수 없었던 범상이 발작적으로 소리를 질렀다.

"와아!"

우레와도 같은 함성과 함께 묵조영을 포위하고 있던 광룡대의 공격이 시작됐다.

슈욱!

바람을 가르며 자신에게 날아오는 암기에 미리 긴장하고 있던 묵조영이 재빨리 몸을 날렸다.

생각할 틈이 없었다. 절대적인 위기를 감지한 그는 천마조를 휘두르기 시작했다.

쉬이익!

날카로운 소리와 함께 천마조가 움직였다.

천마조를 따라 낚싯줄이, 그리고 거기에 엮인 사마천의 검이 움직였다.

"헛!"

자신에게 다가오는 천마조를 향해 검을 들이대려던 사내는 사마천의 검이 무시무시한 속도로 날아오자 크게 당황했다.

쌔애액!

"망할!"

그 한마디와 함께 그는 허무하게 쓰러지고 말았다. 자신이 상관으로 모시는 사마천의 검에 심장이 갈라진 채로.

묵조영이 계속해서 천마조를 휘둘렀다.

쐐액!

대기를 찢어발길 듯한 기세로 쏘아져 오는 천마조와 낚싯줄, 그리고 낚싯줄에 걸린 검에 기겁한 광룡대는 미처 대응할 엄두도 못 내고 전전긍긍했다.

"공격! 공격해랏!"

범상이 미친 듯이 소리를 질렀다.

뒷걸음질치던 광룡대원 하나가 그에 의해 피를 토하며 쓰러졌다.

"접근전이다! 접근하면 놈도 어쩌지 못해!"

피라는 것은 불가능도 가능케 하는 묘한 힘이 있었다.

살기를 풀풀 풍기는 범상의 기세에 광룡대원들도 더 이상 물러서지 않았다. 더구나 주변의 동료들이 하나둘씩 쓰러지자 다음은 자기 차례가 될 수 있다는 공포감이 자리 잡았다.

그들의 눈빛이 변했다.

어느 순간부터 광룡대원들은 몸을 사리지 않고 달려들기 시작했다.

묵조영은 그들의 전의를 꺾기 위해 조금 더 잔인해지기로 했다.

사마천의 검을 앞서 달려오는 자의 목에 박아 넣은 후 보다 자유스러워진 천마조를 맹렬하게 움직였다.

주인의 의도에 따라 천마조가 춤을 추었다.

팔이 잘려 나갔다.

다리가 잘려 나갔다.

"크악!"

"커!"

피가 튀고 비명이 난무하기 시작했다.

하늘마저 고개를 돌리는지 갑작스레 천둥이 치고 부슬거리던 비가 폭우로 변했다.

'곤란하군.'

잔인한 공격도 그다지 소용이 없었다. 동료들이 상처를 입고 쓰러지면 더욱 눈에 불을 켜고 달려들었다. 비록 개개인의 무공이 범상이나 야령에 비할 바가 아니더라도 다수의 힘은 때로 엄청난 폭발력을 갖는 법이었다. 그들은 천마조의 움직임에 따라 뒤로 물러나기도 하고 때로는 앞으로 나서면서 재빠른 대응을 하였다.

아직까지는 접근을 허용하지 않아 조금의 여유가 있었으나 그것이 언제까지 갈 수 있을지 몰랐다. 제아무리 막강한 내공을 지닌 그라 하더라도 언젠가는 지치게 마련. 이후의 결과는 불을 보듯 뻔했다.

'빨리 이곳을 빠져나가야지 이러다 큰일나겠다.'

묵조영은 자신을 점점 옥죄어오는 위협감을 절실히 느끼는 중이었다.

위기를 느낀 그가 나름대로 포위망을 뚫어보려 하였으나 인의 장막을 친 그들에게 허점은 보이지 않았다. 무엇보다 수하들의 희생을 더 이상 볼 수 없었던 사마천이 다시금 검을 집어 드는 모습은 엄청난 부담이었다.

'하지만 방법이……'

눈동자를 굴리며 은밀히 포위망을 벗어날 방법을 찾던 그에게 강가에서 십여 장이나 흘러나간 나룻배가 보였다. 다른 하나가 그대로 나루터에 묶여 있는 것을 보면 제대로 결박이 되지 않아 물살에 쓸려 나간 것 같았다.

게다가 강에 막혀 도주가 불가능하다고 생각했는지 방어막이 겹겹이 쳐진 다른 곳에 비해 유난히 포위망이 약하다는 것도 다행이라면 다행이었다.

'저거다!'

방법을 찾은 묵조영은 그 즉시 움직였다.

"하아앗!"

힘찬 기합성과 함께 사방을 막아내던 천마조가 한쪽으로 방향을 틀더니 닥치는 대로 쓸고 지나갔다. 찌르고 휘두르면서 단숨에 길을 튼 묵조영은 포위망이 재차 구성되기 전 몸을 날렸다.

"잡아랏!"

범상이 눈에 불을 켜고 소리쳤다. 하지만 밀려오는 공격을 간단히 몸을 틀어 피한 묵조영은 묶여 있는 배를 향해 천마조를 휘둘렀다.

꽈직!

요란한 소리와 함께 뱃머리가 박살이 났다.

배가 부서지는 것을 확인한 묵조영은 달리던 탄력을 이용해 떠내려가는 배를 향해 힘껏 도약했다. 배가 꽤나 멀리 떨어져 있어 한 번의 도약으로 도착하기엔 거의 불가능한 거리였으나 무슨 생각이 있는지 조금도 머뭇거림이 없었다.

"놈이 헤엄을 치려 한다! 모두 강으로 뛰어들어랏!"

당연히 강에 빠질 것이라 생각한 범상이 수하들에게 강으로 뛰어들 것을 명하고, 몇몇은 벌써부터 준비를 하는 듯했다. 그러나 그의 말을 비웃기라도 하듯 우아한 호선을 그리며 날아가던 묵조영은 어느 지점에 이르러 몸이 하강을 시작하자 천마조를 강에 꽂았다.

몸이 거의 수면에 닿을 정도로 급격하게 휘어지는 천마조.

어느 순간 굽혀졌던 천마조가 힘껏 펴지더니 묵조영의 몸이 다시금 하늘로 비상했다.

"이놈!"

번번이 예상을 빗나가는 묵조영의 행동에 더 이상 참지 못한 범상이 괴성을 지르며 창을 던졌다. 뒤따라온 사마천도 그대로 보낼 수 없었는지 검을 날렸다.

쐐애액!

창과 검이 하나가 되어 묵조영을 노리며 날아갔다.

"헛!"

배에 도착하기 바로 직전, 뒤쪽에서 쇄도하는 무기의 존재를 느낀 묵조영의 입에서 다급한 외침이 터져 나왔다. 그는 황급히 천마조를 뒤로 틀며 몸을 보호했다. 하나 아무래도 허공에 떠 있는 데다가 몸의 진행 방향이 무기가 날아오는 곳과 정반대이다 보니 자유자재로 움직일 수가 없었다. 결국 창과 검 두 가지 모두를 막을 수가 없어 하나를 선택해야만 했다.

땅!

천마조에 부딪친 사마천의 검이 힘을 잃고 강물로 떨어졌다.

아무런 제지도 받지 않은 창이 그의 등을 꿰뚫었다.

급격하게 흔들린 묵조영의 신형이 급격히 추락했다. 다행히 강이 아닌 배에 떨어졌으나 누가 보더라도 큰 부상을 당한 것이 틀림없었다. 하지만 배에 누워 안도의 한숨을 내쉬는 묵조영의 모습은 한결 여유가 있었다. 창이 그의 등을 꿰뚫는 순간 그의 몸에서 자연스럽게 호신강기가 발동하였고, 군림전포 역시 그 신비한 힘으로 충격을 최소한으로 줄인 것이다.

그것을 알 길 없는 범상은 자신의 공격이 제대로 먹혔음을 확신하고는 나루터가 떠나가라 웃음을 터뜨렸다.

"하하하! 맛이 어떠냐, 빌어먹을 놈아!"

그리곤 어깨를 으쓱하며 수하들에게 명을 내렸다.

"당장 가서 배를 끌고 와라. 심장을 피했으니 뒈지진 않았……!"

그는 말을 끝내지 못했다.

간신히 중심을 잡은 배에서 누군가의 머리가 쑥 올라왔기 때문이다. 그것이 누구의 머리인지는 묻지 않아도 알 수 있는 일. 범상의 얼굴이 처참하게 일그러졌다.

"이번 건 꽤나 아팠다."

묵조영이 씨익 웃으며 약을 올렸다.

"……."

상당한 충격을 받았는지 멍한 눈의 범상에게선 대꾸가 없었다.

묵조영은 자신의 등을 강타한 장창을 냅다 던지며 손을 흔들었다.

"이건 돌려주마."

범상이 던졌을 때완 비교도 안 될 정도의 속력으로 날아오는 창을 보며 사마천이 손을 뻗었다.

"크윽!"

손에 엄청난 고통이 느껴졌다.

일곱 걸음이나 뒤로 물러나 창에 실린 힘을 해소한 사마천은 두려운 눈빛으로 천천히 노를 젓는 묵조영을 바라보았다.

'언젠가 다시 만날 날이 있겠지.'

그때는 결코 오늘과 같은 싸움을 하지 않겠다는 다짐을 하는 사마천의 얼굴은 패배의 쓴잔을 마신 사람의 모습치고는 꽤나 담담했다.

"만리조(萬里鳥)를 날려라!"

배도 없는 상황에서 헤엄을 쳐 쫓아갈 수도 없는 상황. 일단 추격을 단념한 범상이 뒤를 보며 소리쳤다. 그러자 누군가의 대답과 함께 뭔가가 하늘로 날아올랐다.

"놈, 도망을 치려거든 어디 한번 해보거라. 세상 끝까지라도 쫓아갈 테니."

까마득한 하늘로 날아올라 묵조영의 머리 위에서 빙글빙글 선회하는 만리조를 보며 범상은 부득부득 이를 갈았다.

제19장

누구에게 죽는 것인가?

사천성과 귀주성의 접경인 금불산(金佛山) 자락에 위치한 광명촌(光明村).

탁불승과 그가 이끄는 광명단의 정예가 금불산에 도착한 것은 땅거미가 내려앉기 바로 직전이었다.

인원만 어림잡아 오십이 넘고, 똑같은 핏빛의 붉은 무복에 마찬가지로 붉은 머리띠를 한 그들이 내뿜는 기운은 주변의 수풀들을 시들게 만들 정도로 대단한 것이었다.

"후~ 결국 해야 한단 말이지."

바위에 앉아 다리를 꼰 자세로 한참 동안이나 물끄러미 마을을 바라보는 탁불승의 얼굴에 안타까움이 스쳐 지나갔다.

비록 명을 받고 마을을 지워 버리기 위해 오긴 했지만 그들 역시 마교도. 아무래도 마음이 편치 않은 것이다.

"망할 놈의 늙은이들! 그러게 굿이나 보고 떡이나 처먹으면 되는 것이지 뭘 그리 설쳐 대서."

이 모든 상황이 성녀의 재림을 틈타 쓸데없이 신도들을 끌어 모은 몇몇 장로들 때문이라는 것을 생각하자 짜증이 솟구쳤다.

"어이!"

그의 부름에 수하들을 살피던 한 사내가 조용히 다가왔.

삼십 초반의 나이, 오 척 단구에 다소 왜소한 체격이었으나 어느 한곳 약점을 찾을 수 없을 것같이 다부진 기운이 느껴지는 사내였다.

광명단의 부단주이자 탁불승 스스로 가장 믿을 만한 수하라고 말하는 하록(夏綠)이 바로 그였다.

"그들은 어찌 처리했느냐?"

방금 전 산에서 사로잡은 경계병을 말함이었다.

"침묵시켰습니다."

"도망간 놈은?"

"없습니다."

"준비는 됐겠지?"

"예."

하록이 무표정한 얼굴로 대답했다. 그러나 그들의 인연이 하루 이틀이 아닌 터. 그 속에 드러난 불만을 모를 리 없었다.

"너무 그러지 마라. 나도 마음에 들지 않으니까."

"장로들은 어찌합니까?"

하록이 상당히 조심스런 어투로 물었다.

"누가 있다고 했지?"

"해 장로와 목 장로가 있습니다."

"흠……."

탁불승의 이마에 주름이 생겼다.

선뜻 명령을 내리기가 쉽지 않았다.

그들의 실력이 두렵다거나 겁을 내서는 아니었다.

과거엔 상당한 실력으로 명성을 날렸으나 나이가 들어 기력이 쇠한 지금은 이빨 빠진 호랑이나 다름없었다. 그들의 이빨이 건재하다 하더라도 두려워할 정도는 아니었다. 다만 그들이 마교 내에서는 꽤나 인망을 얻고 있었고 마교를 진정으로 사랑하고 염려하는 사람들이라는 것이 영 마음에 걸렸다. 그러나 명령이 떨어졌고, 대의(?)를 위해서라도 반드시 해야 했다.

"어쩔 수 없는 일이다."

한참 만에 탁불승이 탄식하듯 내뱉었다.

"알겠습니다."

"생존자가 있어서는 안 된다."

"예."

"알고 있겠지? 바로 이곳에서부터 무림을 향한 본 교의 발걸음이 시작된다. 어차피 하게 된 일, 끝장을 내버려. 적에 대한 분노가 상승하면 상승할수록 우리의 전력은 강해질 터. 그걸 위해서라도 오늘 하루는 우리가 더러운 의천맹 놈들이 된다."

"명심하겠습니다."

"가자."

탁불승이 바위에서 일어났다.

그의 손에 들린 파천혈궁이 앞으로 다가올 싸움의 처참한 결과를 미리 보여주는 것 같았다.

"누, 누구냐?"

"죽는 마당에 그런 것을 알 필요는 없겠지."

사내의 가슴을 밟고 있는 광명단원의 복면 사이로 보이는 눈빛은 잔인하기 그지없었다.

"도, 도대체 우리와 무슨 원한… 이 있어서……."

가슴에 박힌 검이 죽음을 재촉하는지 사내의 눈은 점점 감기고 있었다.

"나야 모르지. 우리야 그저 위에서 시키는 일을 할 뿐. 하지만 하나는 확실하게 말해줄 수 있다. 지금 이 시간 이후 이곳에 있는 모든 이들이 죽는다는 것."

"서, 설마?!"

뭔가를 떠올렸는지 사내의 동공이 더없이 커졌다.

"의, 의천맹이냐?"

"……."

무언의 침묵은 곧 긍정과 같은 것. 사내는 눈앞의 광명단원을 의천맹에서 보낸 살수로 단정 지었다.

"이, 이곳을 어찌 알고 네……."

"시끄럽고! 그냥 죽어라!"

그는 귀찮다는 듯 사내의 가슴에 박힌 검을 아랫배까지 끌어 내렸다.

"으아악!"

사내는 찢어지는 듯한 단말마를 내뱉으며 그대로 절명했다.

그것이 신호였다.

경계병을 단숨에 제압한 광명단원들이 일제히 모습을 드러냈다. 그리곤 닥치는 대로 살수를 휘두르기 시작했다. 같은 마교도를 베고 있음에도 그들의 손속에는 추호의 망설임도 죄책감도 느껴지지 않았다.

"끄아악!"

"적이다!"

마을 곳곳에서 동시 다발적으로 울려 퍼지는 비명 소리에 머리를 맞대고 앞으로 모습을 드러낼 성녀에 대해 이런저런 대화를 나누던 해인월(海寅月)과 목산(睦山)이 화들짝 놀라며 밖으로 달려나왔다.

"무슨 일이냐?!"

"장로님, 기습… 컥!"

대답을 하던 사내는 미처 말을 끝맺지 못하고 앞으로 고꾸라졌다.

두 장로의 눈빛이 서늘해졌다.

그의 등 뒤에 칙칙한 빛깔의 화살 하나가 꽂혀 있는 것을 본 것이다.

"기습이라니?! 도대체 누가?"

"감히 어떤 놈들이!"

목산이 이를 바득바득 갈며 비명이 들려오는 곳으로 달려갔다.

해인월이 황급히 그 뒤를 따르고, 둘은 한 호흡도 되지 않아 싸움의 중심에 도착할 수 있었다.

그들 눈에 연신 뒤로 밀리는 위태로운 모습의 수하들과 미친 듯이 비명을 지르며 도망치려는 아낙네와 아이들, 그리고 그들을 쫓아 잔인하게 살수를 뿌리는 무리가 들어왔다.

"어찌 된 일이냐?"

목산이 자신을 향해 헐레벌떡 달려오는 수하에게 물었다. 큰 부상을 당했는지 그는 이미 피투성이였다.

"모, 모르겠습니다. 난데없이 몰려와 닥치는 대로 살인을 하고 있습니다."

그는 자신의 공격을 너무나 간단히 막아내고 단 한 번의 칼질로 치명상을 입힌 적을 떠올리며 몸서리를 쳤다.

"상황은 어떠냐?"

"최악입니다. 아무런 대비도 없이 당한 기습이라 어찌해 볼 방법도 없이 일방적으로 도륙당하고 있습니다. 게다가 공격을 하는 놈들이 하나같이 고수들인지라……."

목산은 무거운 표정으로 입을 다물었다. 이미 한눈에 보기에도 광명촌을 공격한 적의 수준이 감당하기 힘들 정도로 뛰어나 보였기 때문이다.

"가세."

이번엔 해인월이 앞장을 서고 목산이 뒤를 따랐다.

광명촌은 이미 지옥이었다. 경악에 찬 눈으로 주변을 살피던 목산의 눈에서 한광이 피어올랐다. 그리고 광명촌이 떠나갈 정도로 큰 일갈과 함께 손을 뻗었다.

엄청난 힘이 실린 장력(掌力)이 이제 겨우 젖이나 떼었을까 싶은 아이의 목숨을 거두려는 광명단원의 몸에 작렬했다.

"크헉!"

정확하게 가슴을 강타당한 사내는 비명과 함께 무려 오 장이나 뒤로 밀려 나간 뒤 한 사발이 넘는 피를 토해낸 다음에야 한쪽 무릎을 꿇으며 중심을 잡았다. 제법 큰 부상을 당한 듯 꼼짝을 하지 못했으나 독기를 풀풀 풍기는 눈은 보기만 해도 섬뜩했다.

"허!"

어이가 없다는 듯 목산의 입에서 헛바람이 새어 나왔다. 비록 다급하게 공격하느라 제대로 힘이 실리진 않았어도 호랑이라도 능히 절명시킬 위력이었다. 목숨을 부지하리라고는 생각도 하지 못한 것이다. 게다가 우두머리도 아닌 졸개가 그 정도라는 것은 마을을 습격한 적이 얼마나 강한 것인지 단적으로 보여주었다.

"최악이군."

"그래도 어떻게든 해봐야지."

"아무렴."

해인월이 고개를 끄덕였다.

그때였다.

슬금슬금 다가와 기회를 노리고 있던 광명단원 하나가 괴성을 지르며 그들에게 덤벼들었다.

빙글 몸을 돌린 해인월의 검이 움직였다.

번쩍!

이제 막 얼굴을 내비친 달빛을 받은 검이 허공에서 빛나자 그를 향해 기세 좋게 달려들던 광명단원의 몸이 급살을 맞은 듯 떨리더니 목을 부여잡고 허무하게 무너져 내렸다.

"일검살(一劍殺). 훗, 아직 죽지 않았군 그래."

목산의 칭찬에 해인월이 피식 웃으며 대꾸했다.

"그리 보이나? 난 굼벵이가 칼을 휘두르는 줄 알았건만."

"헐, 자네가 굼벵이면 조금 전의 난 뭐란 말인가?"

자신의 일장을 정확히 맞고도 목숨을 부지한 사람이 있었다는 것이 못내 분한지 목산의 얼굴이 벌겋게 달아올랐다.

"자네가 아직 살아 있음을 보여주면 되는 것이지."

"안 그래도 그럴 생각일세."

그 말을 끝으로 해인월과 목산은 각자의 상대를 찾아 지면을 박차고 뛰어올랐다.

일선에서 물러난 시간이 제법 되고 갑자기 나타난 적의 기세에 잠시 당황하기는 했어도 그들은 강자존의 마교에서 장로의 지위까지 올라간 사람들이었다. 다가오는 적을 마주하는 그들의 전신에서 결코 무시할 수 없는 살기가 쏟아져 나왔다.

"대단한 기세. 노병은 죽지 않았다… 이건가?"

멀리서 전황을 살펴보던 탁불승의 눈이 반짝인 것은 목산이 무시무시한 살기를 쏟아내며 자신을 공격하는 사내를 향해 장력을 발출한 직후였다.

약간의 탄성이 섞이긴 했으나 분위기는 그것과는 상반되는 연민이 깃들어 있었다.

"상대는?"

"섬풍대(閃風隊)의 부대주 같습니다."

"맹소훈(孟素熏)?"

"예."

"감당할 수 있을까?"

"옛날의 목 장로라면 힘들겠지만 지금은… 솔직히 잘 모르겠습니다."

"두고 봐야 한단 말이로군."

그 역시 동의한다는 듯 탁불승이 고개를 끄덕였다.

쉬이익!

맹소훈의 검이 크게 반원을 그리며 목산을 노렸다.

상대의 공격이 목전에 이르렀음에도 목산은 아무런 움직임도 없었다. 아니, 그렇게 생각하던 순간 왼쪽 발이 대각선으로 반 발자국 정도 이동했다. 맹소훈의 검이 딱 반 치의 차이로 목덜미를 비껴가고 거의 동시에 축 늘어져 있던 목산의 팔이 슬며시 움직이는가 싶더니 어느새 거대한 장력을 일으켰다.

"헛!"

품 안을 파고드는 장력에 기겁한 맹소훈이 다급히 몸을 틀었다. 그리곤 빗나갔던 검을 다시 끌어당겨 연이은 공격에 대비했다.

목산이 양손을 교차하며 연거푸 몇 번의 장력을 발출하고 맹소훈이 필사적으로 검을 흔들며 몸을 보호했다.

꽝꽝꽝!

목산의 장력과 맹소훈의 검이 부딪치며 요란한 충돌음이 터져 나왔다.

상대가 명색이 마교의 장로였으나 세월의 힘이란 그 누구도 거스를 수 없는 것. 지는 해가 아니라 이미 져버린 해라 여긴 맹소훈은 나름대로 자신이 있었다. 그랬기에 수하의 복수를 하고자 당당히 나선 것이었다.

그러나 그것은 엄청난 오산이었다.

'이런 낭패가 있나!'

맹소훈의 표정이 일그러졌다.

입술을 깨물고 참아내야 할 정도의 고통이 검을 통해, 손목을 통해 전신으로 퍼져 나갔다. 상대의 힘을 감당하지 못하고 연거푸 밀려나는 신형은 위태롭기 짝이 없었다.

승기를 잡은 목산은 무섭게 몰아치기 시작했다.

전신에서 뿜어져 나오는 기운에 미친 듯이 회오리가 일었다. 양손에서 발출되는 장력은 태산이라도 무너뜨릴 정도로 대단한 기세였다. 발걸음을 움직일 때마다 땅이 푹푹 파였고 너울너울 춤을 추는 소맷자락은 눈이 부실 만큼 아름다웠다.

완전히 기선을 제압당한 맹소훈은 반격은 생각도 못하고 겨우겨우 방어를 하면서 목숨을 부지하는 것이 전부였다.

누가 보더라도 목산의 우위. 싸움은 당장 끝날 듯했다.

그러나 당장 목숨이 끊어질 위험에 직면했으면서도 맹소훈의 눈빛은 죽지 않았다.

'한 번, 한 번의 기회는 온다.'

그 한 번의 기회가 언제 올지도 몰랐고, 기회를 잡기도 전에 목숨이 끊어질 수도 있었지만 그는 동요하지 않았다. 그저 침착하게 방어하며 기회를 엿볼 뿐.

"호~ 대단한걸."

목산과 맹소훈의 싸움을 주의 깊게 지켜보던 탁불승이 탄성을 내질렀다.

"예, 생각 이상으로 강합니다. 이렇게 지켜만 볼 것이 아니라 도와줘야겠습니다."

하록이 걱정스런 표정으로 대꾸했다.

"뭔가 착각을 하고 있군. 내가 칭찬한 사람은 목 장로가 아니라 맹소훈이야. 도대체 언제 저렇게 실력이 늘었지?"

"예?"

"두고 봐. 목 장로가 기세를 올리는 것은 여기까지니까."

그의 말이 끝나기가 무섭게 맹소훈의 반격이 시작됐다.

목산이 철통같은 수비에 막혀 힘을 소비하다 잠시 호흡을 돌리는 사이를 놓치지 않고 파고든 것이었다.

움찔 놀란 목산이 팔을 휘둘렀다. 예의 강맹한 장력이 맹소훈의 얼굴로 들이닥쳤다. 하나 단 한 번의 기회를 잡기 위해 숨을 죽였던 맹소훈의 기세를 꺾지는 못했다.

"타핫!"

목산이 발출한 장력을 완벽하게 파괴한 뒤에도 맹소훈의

검은 멈출 줄을 몰랐다.

검이 가슴을 찔러왔다.

'허허.'

자신의 장력을 가르며 들이치는 검을 보며 목산은 세월의 무상함을 원망할 수밖에 없었다.

푹!

"크윽!"

혼신의 힘을 다해 피하려고 했으나 어깨가 관통당하는 것까지는 막지 못했다.

목산의 입에서 신음성이 터져 나왔다.

'성공이다!'

맹소훈은 손을 통해 전해오는 묵직한 느낌에 속으로 환호성을 질렀다.

그래도 방심이란 있을 수 없었다. 그는 아예 끝장을 보겠다는 듯 검을 잡은 손에 재차 힘을 가했다.

어깨를 관통한 검이 심장을 향해 움직이려는 순간,

번쩍!

일그러진 목산의 눈에서 번개가 치는 것과 동시에 몸이 갑자기 전진했다.

몸을 관통한 검이 손잡이까지 뚫고 들어와도, 검을 타고 흐른 피가 땅을 적셔도, 뼛속까지 고통이 스며들어 와도 그는 아랑곳하지 않았다. 그리고 마침내 거리를 좁혔다고 생각되자 최후의 힘을 실은 일장을 맹소훈의 머리를 향해 내려쳤다.

피할 길이 없다고 여긴 맹소훈은 필사적으로 머리를 틀며 어깨를 치켜 올렸다.

"크악!"

"컥!"

동시에 비명이 터졌다.

오른쪽 어깨가 완전히 뭉개져 버린 맹소훈이 비틀거리며 물러났다. 고통으로 물든 얼굴은 목산의 집요함에 질린 듯한 표정이었다. 하나 억울하지는 않았다. 만약 고개를 트는 동작이 조금만 늦었다면, 절체절명의 위기에 빠졌음에도 검을 움직여 목산의 움직임을 조금이라도 늦추지 못했다면 머리가 깨져 그대로 절명했을 터. 어깨가 뭉개진 것에 비할 바가 아니었다.

'이 정도면 다행인가…….'

바로 그때였다.

목산의 공격을 막아냈다고 스스로를 자위하던 맹소훈이 갑자기 중심을 잃고 비틀거렸다. 입에선 한줄기 선혈이 비치고 전신을 부르르 떠는 것이 무슨 문제가 있는 것이 틀림없었다.

"저런!"

탁불승이 두 눈을 치켜떴다.

아무도 느끼지 못하는 사이 멀리서 지켜보는 사람들은 물론이고 맹소훈 스스로도 알아차리지 못할 정도로 은밀한 공격이 목산의 손에서 펼쳐진 것을 본 것이다.

"혈운장(血雲掌)! 과연 명불허전이군, 목 장로. 그 와중에 저런 절초를 펼치다니."

"당한 겁니까?"

"그래, 당했다. 아까운 수하 하나를 잃고 말았어. 내 잘못이다. 세월의 흐름만을 믿고 목 장로의 실력을 너무 과소평가했구나."

솔직히 맹소훈의 우세를 점쳤던 자신의 안목이 그의 죽음을 불렀다는 것을 알기에 탁불승의 심기는 가히 좋지 않았다.

털썩!

자신이 어째서 죽어야 하는지도 모른 채 맹소훈은 힘없이 무너져 내렸다.

"그대로 당할 줄 알았느냐? 내가 아무리 늙었다지만 너무 쉽게 생각했어. 어디, 네놈들 얼굴이나 보자."

맹소훈의 죽음을 확인한 목산이 그의 복면을 벗겼다.

뭔가 이상했다.

낯익은 얼굴.

정확하지는 않아도 꽤나 익숙한 얼굴이었다.

'누구······.'

생각은 거기까지였다.

쐐애액!

대기를 찢어발기는 듯한 파공성이 들리고 엄청난 압력이 밀려들었다.

'피, 피해야!'

하지만 맹소훈과의 싸움으로 지칠 대로 지친 몸은 그의 의지를 따라주지 않았다. 미처 걸음을 내딛기도 전 그는 허벅지에서 느껴지는 극렬한 통증과 함께 그대로 무릎을 꿇고 말았다. 그리고 뭔가가 자신의 미간에 닿는다는 것을 최후의 기억으로 목숨이 끊어졌다. 숨 쉴 틈도 없이 순식간에 벌어진 상황이었다.

"모, 목 장로!"

멀리서 치열한 싸움을 벌이던 해인월이 목산의 죽음을 보았다.

아무것도 생각할 수 없었다.

훌쩍 몸을 날린 그가 목산에게 다가왔다.

"목… 장… 로."

해인월이 목산의 몸을 안아 들었다.

몸의 온기가 빠르게 빠져나가는 중이었으나 아직은 따뜻했다.

팔십 평생을 함께했던 친우의 죽음에 엄청난 충격을 받았는지 그는 탁불승과 하록이 다가옴에도 목산의 가슴에 고개를 떨구곤 아무런 반응을 보이지 않았다.

공격이 가능한 지점에 이르자 하록의 손이 검의 손잡이에 닿았다.

"움직이지 마라."

탁불승의 한마디에 그의 움직임이 멎었다.

비로소 적을 인식한 해인월이 고개를 쳐들었다. 그리곤 인간의 것이라곤 여겨지지 않는 싸늘한 음성으로 물었다.

"네놈들 짓이냐?"

탁불승은 고개를 끄덕였다.

해인월이 목산의 시신을 조용히 누이더니 몸을 일으켰다. 주변으로 살기가 구름처럼 몰려왔다.

"네놈이 우리와 무슨 원한이 있는지는 모른다. 아니, 알고 싶지도 않다. 다만 네놈들이 한 짓에 대한 대가……."

해인월의 말이 갑자기 끊어졌다.

별다른 장식도 없는, 그저 활화산과 같이 전신이 붉다는 것만을 제외하면 아무 병기점이나 가면 만날 수 있을 것 같은 보잘것없는 철궁에 그의 눈이 찢어질 듯 부릅떠져 있었다.

마교도라면 절대로 잊을 수가 없는 병기가 떠오른 것이다.

"파, 파천혈궁?"

있을 수 없는, 아니, 도저히 있어서는 안 되는 일이었다.

"서, 설마?"

오한이라도 든 듯 전신을 덜덜 떨며 입을 여는 해인월의 얼굴은 처참했다. 그가 생각하는 대답이 아니길, 설사 맞더라도 제발 아니라고 해주길 간절히 바라는 모습.

"후~"

탁불승은 땅이 꺼져라 한숨을 내쉬었다.

가슴이 아팠다. 정말 못할 짓이란 생각에 회의감마저 들었다. 그럼에도 할 수밖에 없다는 것에 미치도록 화가 났다.

"교주의 명인가?"

어느 정도 안정을 찾은 해인월이 낮은 음성으로 물었다.

힘이 하나도 없는 목소리. 배신감을 넘어 허탈한 지경에 이른 그의 물음에 탁불승은 차마 거짓말을 할 수 없었다.

끄덕.

탁불승의 고개가 끄덕여지고, 순간 해인월의 얼굴엔 참담함과 안타까움, 분노, 슬픔, 허무함이 한데 뒤엉켜 딱히 이것이라고 도저히 정의를 내릴 수 없는 표정들이 나타났다가 사라졌다.

"이유를 물어도 되겠나? 아니, 그전에 그 복면이나 벗게나. 자네에겐 복면이 어울리지 않아, 탁 단주."

탁불승은 아무런 대꾸 없이 복면을 벗어 던졌다.

"어째서인가? 죽을 때 죽더라도 그 이유라도 알고 싶군. 자네와 광명단이 친히 나설 정도면 꽤나 중대한 이유일 것 같은데 아무리 생각해도 이 늙은이들이 그 정도로 교에 잘못을 한 것 같지는 않아서 말이야."

"잘못이랄 게 뭐 있겠습니까? 다만……."

"다만?"

"지금의 마교가 옛날과 다르다는 것이 이유라면 이유지요."
"다르다?"
"옛날로 돌아갈 수 없다는 말입니다. 무엇보다 교의 중심은 성녀가 아니라 교주라는 것."
"하면 성녀가 다시 재림한다는 것도……."
"필요에 의해서일 뿐 그 이상도 이하도 아닙니다."
순간, 인상 좋은 얼굴 뒤에 야망을 감춘 교주의 얼굴이 떠올랐다. 그리고 곧 닥쳐올 의천맹과의 싸움도.
"하나만 더 묻지. 우리는 누구에게 죽는 것인가?"
"……."
"누구에게 죽는 것인가?"
"이곳에서 죽어야 할 몇 놈을 준비시켜 놨습니다."
"의천맹의 무인?"
"예."
"역시 오늘 일이 바로 도화선이 되는 것이겠지?"
"아마도 그럴 것입니다."
"그렇… 군. 바로 그거였어."
금방 이해가 갔다.
해인월의 입가에 씁쓸한 미소가 지어졌다.
자신이 무엇 때문에 지금껏 마교를 위해 그토록 애를 썼는지 너무도 허망했다. 무엇보다 자신으로 인해 많은 이들이 목숨을 잃어야 한다는 것이 못 견디게 괴로웠다.

"아무것도 모르는 순순한 사람들이네. 그저 성녀의 재림만을 기쁘게 받아들이는."

"……."

"자비를 베풀 수는 없겠나? 이들 역시 마교도들이야."

"죄송합니다."

이미 그럴 줄 알았다는 듯 해인월은 담담히 웃고 있었다. 그러나 그 웃음이 어찌나 슬퍼 보이던지 탁불승은 자신도 모르게 주먹을 꽉 움켜쥐었다.

"이보게, 목 장로. 어쩌면 자네는 나보다 운이 좋군. 차라리 모르는 것이 좋았을 텐데 말이야."

해인월은 차디찬 시신으로 변해 버린 목산을 바라보며 조용히 읊조렸다.

처연히 웃는 해인월의 눈에서 급격하게 생기가 사라지기 시작했다.

그가 이미 스스로 전신의 심맥을 끊었다는 것을 알고 있던 탁불승은 차마 볼 수 없어 고개를 돌렸다.

해인월은 혼미해지는 정신 속에서 환하게 웃고 있는 소녀를 보았다. 너무나도 맑고 깨끗하며 순수한 영혼을 지닌 소녀.

"쓸데없는 꿈을 꾼 것일지도……."

그녀가 장차 받아야 할 시련에 가슴이 저미었다.

해인월의 볼을 타고 한줄기 눈물이 흘러내렸다. 그 눈물이 땅에 떨어질 즈음 그는 조용히 눈을 감았다.

그의 죽음 이후에도 한동안 계속되던 광란의 살육은 어느 여인의 째지는 듯한 비명을 마지막으로 끝이 났다.

"끝… 인가?"

탁불승이 핏빛으로 변해 버린 달을 응시하며 중얼거렸다. 하지만 광명촌의 비극은 그저 시작에 불과한 것. 장차 수백, 수천의 목숨을 앗아갈, 그들이 흘린 피가 산을 적시고 내를 만들 끔찍한 싸움이 기다리고 있다는 것을 그는 모르지 않았다.

제삼차 마정대전은 그렇게 막이 올랐다.

제20장

사과는 원래 이렇게 먹어야 제 맛

소주는 물과 정원의 도시다.

수없이 많은 수로가 도시를 가로지르며 거미줄처럼 엮여 있고, 그 수로를 끼고 온갖 정원들이 아름다운 자태를 뽐낸다.

사방팔방 눈을 돌려보아도 물이요, 정원이니 지나가는 나그네의 혼을 빼앗기 일쑤고, 시인묵객이라면 그 운치에 취해 저절로 시를 읊게 되는 곳. 또한 주당이라면 몇 날 며칠이고 술에 파묻혀 인생사 시름을 잊게 만드는 곳이 바로 소주였다. 그리고 운학과 곡운은 바로 그런 유혹을 절대 물리치지 못하는, 아니, 일부러 푹 빠져드는 사람들이었다.

"오늘은 유난히 술맛이 좋군. 그렇지 않은가?"

운학이 불그스름해진 얼굴로 잔을 건네며 말했다.

"그러게요. 죽엽청에 이런 맛이 숨어 있을 줄은 꿈에도 몰랐습니다."

살짝 취한 것인지 약간은 흐리멍텅한 눈빛의 곡운이 단숨에 술잔을 비우며 대꾸했다.

"그런데 안주가 영 부실합니다."

곡운이 눈앞의 탕국을 바라보며 인상을 찌푸렸다.

조금 전 송정에서 십여 장 정도 떨어진 주루에서 가져온 탕국이 어깨를 으쓱하며 자랑하던 주인의 말과는 달리 영 형편없었기 때문이다.

"그래? 난 제법 괜찮은 것 같은데."

그러자 운학이 모락모락 김이 나는 탕국을 떠 마시며 고개를 갸웃거렸다.

"괜찮기는 뭐가 괜찮아요? 맛대가리가 하나도 없는데."

"하하하, 사제의 입맛이 너무 까다로운 것 아닌가? 내 비록 산에 살고 규율에 얽매여 탕국을 많이 접해보지는 않았으나 이 정도면 손에 꼽을 수 있을 정도의 맛이야. 태호삼백(太湖三白)이 괜히 유명한 것이 아니라니까."

"태호삼백이요?"

곡운이 시큰둥하게 되물었다.

"백어(白魚:흰색 잉어), 은어(銀魚), 백하(白蝦:백색의 민물새

우)를 일컬어 태호삼백이라 하지. 하나같이 은빛을 띠고 있는 데다가 그 맛이 유난히 좋아 명성이 자자하다네. 산속에 처박혀 있는 내가 알고 있을 정도면 말 다한 것이지. 하하하하!"

크게 웃음을 터뜨리는 운학을 보면서도 곡운은 도저히 인정할 수 없다는 표정이었다.

"태호삼백이 유명한지 어떤지는 모르겠지만 이건 정말 아닙니다. 이따위 탕국은 내 친구 녀석이 발로 끓여도 따라오지 못할 맛이라니까요."

"친… 구? 아! 그 묵조영이라는 친구?"

무릎을 탁 친 운학은 탕국 때문에 연신 인상을 써대는 곡운을 보며 기묘한 표정을 지었다.

묵조영이라는 이름.

지난 닷새 동안 수십, 아니, 수백 번도 더 들은 이름이었다.

곡운의 대화의 중심은 언제나 묵조영과 관계된 일이었다. 심할 때는 하루 종일 그에 대해 떠들어대기도 했다.

"그 친구가 그렇게 요리를 잘하나?"

순간 흐리멍텅하던 곡운의 눈이 반짝거렸다.

'허, 저 봐.'

운학은 자기도 모르게 쓴웃음을 지었다.

"잘하냐고요? 내가 누누이 얘기했지만 잘하는 정도가 아니라니까요. 장담하건대 물고기로 하는 찜과 탕에서 녀석을 능가할 요리사는 아무도 없을 겁니다."

"도대체 어떤 맛이기에?"

"언제고 기회가 되면 한번 맛을 보여 드리지요. 분명히 제 말이 틀리지 않았다는 것을 알게 될 겁니다."

"꼭 그랬으면 좋겠군. 자, 그런 의미로 또 한잔하세나."

운학이 잔을 들었다. 하지만 곡운은 잔을 들지 않고 잠시 멍한 눈으로 물끄러미 수로만 바라보았다.

'쯧쯧, 또 생각하는군. 정말 궁금하군. 하루 이틀도 아니고 대체 어떤 인물이기에 이리도 그리워한단 말인가.'

묵조영을 언급한 뒤에 곡운은 항상 같은 반응을 보였다.

그것을 알기에 운학은 잠자코 홀로 술잔을 기울였다.

'망할 놈. 아무리 바빠도 그렇지, 작년 이맘때 한번 다녀가더니 코빼기도 보이지 않아.'

신객이 된 후 서너 달에 한 번씩 집에 돌아오던 묵조영이 연락을 끊은 지 벌써 일 년이 넘었다. 그러나 이해 못할 일도 아니었다. 그가 얼마나 애타는 마음으로 하선고를 찾고 있는지 다른 누구보다 잘 알고 있었기에.

바로 그때였다.

멍한 눈으로 수로를 보던 곡운이 고개를 흔들고 눈을 비볐다. 갑작스런 행동에 놀란 운학이 물었다.

"왜 그러나?"

"아니요. 제가 좀 취한 모양입니다, 헛것이 보이는 걸 보니. 술이나 마셔야겠어요."

곡운이 잔으로는 성이 차지 않는지 술병을 들더니 병째로 술을 마시기 시작했다.

"헛것?"

운학이 곡운이 바라보던 곳을 향해 고개를 돌렸다.

수로에는 두어 척의 배가 다니고 있었다.

하나는 제법 많은 사람과 짐이 실린 것으로 보아 수로를 이용해 장사를 하는 상인들의 배인 것 같았고, 다른 한 배에는 사공으로 보이는 사람과 손님으로 보이는 듯한 사내가 앉아 있었다. 특이한 것은 뱃전에 앉아 있던 사내가 낚싯대 비슷한 것을 드리우고 있다는 것.

"하하, 재밌는 친구로군. 움직이는 배에서 낚시를 하다니."

순간, 미친 듯이 술을 들이키던 곡운의 행동이 딱 멈추고 그 자세에서 고개가 움직였다.

잠깐의 시간이 흘렀다.

툭.

술병이 바닥으로 떨어져 내렸다.

미처 삼키지 못한 술이 입을 타고 가슴을 적셨다.

하나 곡운은 그런 것에 신경 쓰지 않았다.

그저 더할 나위 없이 커진 눈으로 수로, 정확히 말해 낚시를 하고 있는 사내를 살폈다.

조금 전에 본 것이 헛것이 아닌 것이다.

"빌어먹을 놈!"

벌떡 일어난 곡운이 목이 터져라 소리를 질렀다.

"야, 이 인정머리없는 신객 놈아!"

"언제까지 두고만 보실 생각입니까, 사숙?"

운정이 입을 내밀며 물었다. 불만이 어리다 못해 터지기 일보 직전의 표정이었다.

"글쎄다."

명진 도장은 넉넉한 웃음으로 운정의 불만을 받아넘겼다.

"술자리가 시작된 지 닷새째입니다. 무림에 난리가 났다는데 이렇게 한가로이 술만 마시고 있으니……."

폭발하듯 불만을 토해내던 운정은 운호의 표정이 험악하게 변하는 것을 보고는 잠시 입을 다물었다. 그러나 더 이상은 안 되겠던지 다시 입을 열었다.

"제갈세가가 마교 놈들에게 유린당했다는 소식을 접한 지 벌써 사흘째고 정마대전이 벌어진다는 소식이 곳곳에서 들려오고 있습니다."

"그만 해라!"

운호가 짧게 소리쳤다.

평소 같으면 그 한마디로 끝났을 것이나 작심하고 입을 연 운정을 침묵시킬 수는 없었다.

"무림의 분위기가 심상치 않게 돌아가고 있다는 건 사형도 알잖아요. 이렇게 여유 부릴 때가 아니란 말입니다."

"그만 하래도."

운호의 눈매가 매서워졌다.

더 이상 방치해서는 안 되겠다고 생각한 명진 도장이 조용히 입을 열었다.

"그만들 하여라."

아무리 흥분을 했다 하더라도 사숙 앞에서 함부로 언성을 높이는 무례를 범할 수는 없는 노릇. 운호와 운정이 머리를 조아리며 용서를 구했다.

"죄송합니다."

명진 도장이 풀이 죽은 운정의 어깨를 살포시 두드렸다.

"네 마음을 어찌 모르겠느냐? 솔직히 나도 답답하기는 하구나. 그래도 네 사형이 하는 일이다. 분명 그 이유가 있을 것이야."

"그래도……."

"일단 조금만 기다려 보자꾸나. 네 사제들이 돌아오면 무림이 어찌 돌아가고 있는지 자세하게 알 수 있을 터. 그때 다시 논의해도 늦지는 않을 게야. 허, 녀석들. 호랑이도 제 말하면 온다더니."

명진 도장이 웃음을 터뜨리며 손가락으로 한쪽 방향을 가리켰다. 운호와 운정은 저 멀리서부터 헐레벌떡 뛰어오는 두 청년이 자신들의 사제임을 금방 알아봤다.

거리를 좁히며 한달음에 달려온 운선과 운종은 땀을 뻘뻘 흘리고 있었다.

운정은 도착한 그들이 미처 숨을 돌리기도 전에 질문부터 하였다.

"어떠냐?"

"좋지 않아요."

거친 호흡을 하며 대답하는 운선의 표정이 예사롭지 않았다.

"좋지 않다니? 심각하냐?"

"심각한 정도가 아니에요. 결국 터졌습니다."

"하면?"

"예, 마교가 의천맹에 선전포고를 했습니다."

"망할!"

운정의 입에서 도가의 제자답지 않은 욕설이 튀어나왔다.

"누구에게 들은 소식이냐?"

운호가 재차 물었다. 사안의 심각성 때문인지 그의 표정도 딱딱하게 굳어 있었다.

"누구에게라고 할 것도 없어요. 이미 온 무림에 쫙 퍼진 모양이던데요."

운호가 명진 도장에게 고개를 돌렸다.

"사숙."

"그래, 결국 걱정하던 일이 벌어지고 말았구나."

과거 두 차례의 정마대전이 어떠한 참극을 불러왔는지는 새삼 거론하지 않아도 알고 있는 일. 또다시 시작된 피의 수레바퀴에 명진 도장은 한참 동안이나 도호를 외웠다.

"운학은 지금 어디 있느냐?"

명진 도장이 지그시 감았던 눈을 뜨고 물었다.

"송정(松亭)에 있을 겁니다."

"불러오너라."

"무당의 운학이라고 합니다. 한잔하시지요."

운학이 묵조영에게 술을 따르며 자신을 소개했다.

"감사합니다. 소생은 묵……."

"하하! 알고 있습니다, 묵조영 공자."

"예?"

묵조영이 영문을 몰라 눈을 동그랗게 뜨자 운학이 소리 높여 웃음을 터뜨렸다.

"사제가 어찌나 묵 공자 얘기를 하던지 귀에 인이 박힐 지경입니다."

"아, 예."

고개를 끄덕인 묵조영이 곡운에게 눈을 흘겼다.

"어쩐지 허구한 날 귀가 간지럽다 했다. 내가 그렇게 보고 싶었냐?"

"미친놈. 징글맞은 소리 하지 마라. 계집도 아닌데 보고 싶기는 뭐가 보고 싶어!"

곡운이 버럭 소리를 질렀다.

"아니면 그만이지 괜히 열은 내고 그래?"

"시끄러! 헛소리하지 말고 술이나 처먹어!"

"말 안 해도 열심히 마시고 있다."

아닌 게 아니라 곡운과 말을 주고받으면서도 연거푸 넉 잔의 술을 비운 상태였다.

"그동안 일은 안 하고 술만 마셨냐? 뭔 술을 그리 퍼마셔, 아깝게시리."

"내 마음이지. 고깟 술 가지고 쪼잔하기는. 너나 천천히 마셔, 술독에 빠질 듯이 마시지 말고."

퉁명하게 내뱉는 듯싶었지만 곡운으로부터 묵조영의 술버릇이 폭주가 아니라 천천히 즐기며 마신다는 것을 익히 들어 알고 있던 운학은 자신도 모르게 슬며시 미소를 지었다. 서로에게 툴툴대는 말투 속에 담긴 따뜻한 마음이 그의 가슴까지 전해졌기 때문이다.

[한데 무당이라니?]

묵조영이 넌지시 전음을 보냈다.

[얘기하려면 기니까 그냥 그렇게 알고 있어라.]

[그러든지.]

묵조영은 두 번 묻지 않았다. 그의 반응에 곡운이 오히려 황당해했다.

[안 궁금하냐?]

[그럼 나중에 얘기해 주든지.]

[넌 정말 무심한 놈이야.]

[처음부터 감춘 사람이 누구더라?]

[알았다. 관두자. 조만간 자세하게 얘기해 주마.]

전음은 더 이상 이어지지 않았다.

"참, 그런데 무이산에 있어야 할 네가 여기까지는 어쩐 일이냐?"

"일이 있으니까 왔지."

"일?"

대답은 곡운이 아니라 운학의 입에서 흘러나왔다.

"제가 운이 좋아 곡운의 사형이 되었습니다, 묵조영 공자."

"공자는 무슨 공자. 그냥 동생이라고 해요."

곡운이 손을 내저으며 소리쳤다.

"그럴 수야 있나."

운학이 고개를 흔들었다.

"아니요. 곡운의 사형이면 제겐 형님이나 마찬가지지요. 편하게 대하세요."

"그래도……."

"그렇게 하세요. 그게 이 녀석도 편할 겁니다."

운학이 뭐라 대꾸하기도 전에 관계를 정리해 버린 곡운이 되려 물었다.

사과는 원래 이렇게 먹어야 제 맛 343

"그러는 너는 뭐 하러 여기까지 왔냐? 모양새를 보아하니 가히 상태가 좋아 보이지도 않는데."

"뭐 하러 오긴, 일하러 왔지."

"일이면 신행?"

"그래."

"이번엔 뭔 일인데?"

잠시 망설이던 묵조영이 한숨을 내쉬며 말을 했다.

"그냥 제갈세가에서 왔다는 것만 알아둬라."

"제갈세가?!"

운학과 곡운이 동시에 소리쳤다.

아무리 술에 빠져 있어도 그들도 세상 돌아가는 상황은 대충 알고 있는 터. 자연스레 심각한 표정이 되었다.

멸문지화를 당한 제갈세가가 신객을 불러들인 일과 제갈세가를 떠난 신객을 모두 잡아들인 마교가 단 한 명의 신객을 놓친 뒤 눈에 불을 켜고 찾고 있다는 것은 공공연한 비밀이었다. 또한 그가 검지의 비밀을 쥐고 있다는 것도. 설마하니 묵조영이 최후의 신객일 줄은 꿈에도 생각하지 못한 것이다.

"꽤나 고생한 모양이다."

곡운이 묵조영의 행색을 다시금 살피며 말했다.

"말도 마라. 지독해도 그렇게 지독한 놈들이 없어. 요 며칠 동안 잠 한숨 자지 못했다. 따돌렸는가 싶으면 어느새 다가와 뒤통수를 치려 하니 이건 도대체가 안심을 할 수가 있어야지."

"그런데도 태연히 낚시질이냐?"

"아니면? 어차피 배에 앉아 할 일도 없었고."

"그렇게 느긋하게 움직이니까 놈들을 따돌리지 못하는 것이지. 목적지까지 죽어라 달렸어야 할 것 아냐?"

곡운의 힐난에 묵조영은 빙그레 웃음을 지었다.

그는 모르고 있는 것이다. 자신이 그 짧은 시간에 얼마나 많은 포위망과 적의 공격을 뚫으며 이곳까지 왔는지를.

"이야, 맛 좋은데?"

분위기를 바꾸기 위함인지, 아니면 진짜로 맛이 괜찮은지 미지근하게 식어버린 탕국을 떠먹은 묵조영이 다소 과장스런 몸짓을 했다.

"맛있기는 개뿔."

"하하, 사제는 묵 공자… 아니, 자네가 해준 것에 비하면 맛도 아니라고 투덜대더군."

"배가 불러서 그렇습니다. 미지근한 것이 이 정도면 따뜻했을 때의 맛이란 꽤나 훌륭했겠는데요."

"나도 그렇게 생각은 하네만 도통 동의를 하지 않으니."

너털웃음을 지은 운학이 곡운을 보며 말했다.

"원래 쓸데없이 고집만 센 녀석입니다."

"흥, 시끄럽고, 말 나온 김에 한 마리 잡아서 솜씨 좀 보여 봐. 찜도 좋고 탕도 좋다. 오랜만에 제대로 된 안주로 술 좀 마시게."

묵조영이 기도 안 찬다는 듯 소리쳤다.

"어이구, 인간아! 내 사정 뻔히 들었으면서 그런 말이 나오냐?"

"얼마나 걸린다고 그래? 마교 놈들 때문에 그래? 까짓 사형하고 나하고 해결해 주면 되잖아."

"됐다. 목적지가 코앞인데 지체할 수야 없지. 몇 잔만 더 마시고 일어나련다."

"어딘데?"

곡운이 다소 조심스레 물었다. 아무리 친구라도 신행에 나선 그에게 함부로 물을 수는 없었기 때문이다. 그러나 묵조영은 그다지 개의치 않고 대답을 해주었다.

"의천맹 소주지부."

"검지의 비밀을 전하려는 것이지?"

"그건 알아서 뭐 하게?"

순간, 곡운은 자신의 실수를 깨달았다.

그 즉시 장난스럽게 되받아쳤다.

"뭐 하긴, 국 끓여 먹으려고 그러지."

"에라이!"

"하하하, 그렇게 안 봤는데 곡 사제의 농담도 제법 쓸 만한 걸."

"쓸 만하긴요. 유치하기 그지없는데."

묵조영은 입을 삐죽 내미는 곡운을 보며 고개를 절레절레 흔들었다.
"이럴 게 아니라 우리와 같이 가는 게 어떤가?"
운학이 다소 진지하게 물었다.
"같이요?"
"술도 마실 만큼 마셨고, 무림의 움직임이 영 수상한 것이 어차피 한번쯤 가볼 생각이었네."
"뭐, 그다지 상관은 없지만……."
그래도 신객으로서 썩 내키는 제안은 아니었다.
"그렇게 하자. 너도 가야 하고 우리도 가야 하는데 같이 가면 좋지 뭘 그래."
곡운이 거절하면 당장에라도 주먹을 날릴 기세로 말했다.
피식 웃음을 터뜨린 묵조영이 고개를 끄덕였다.
"알았다."
"자, 그러면 바로 움직여 볼까나?"
운학이 자리에서 일어나자 곡운이 슬며시 그의 손을 잡았다.
"그래도 마시던 술은 다 비워야지요. 안 그러냐, 조영?"
하지만 물을 것도 없었다. 묵조영의 손은 어느새 남은 술병을 더듬고 있었으니까.

*　　　*　　　*

배 한 척이 포구에 닿았다.

일단의 무인들이 배에서 쏟아져 나오기 시작했다.

먼지 하나 없는 백색 상, 하의에 청색 장삼을 걸친 이들의 수는 정확히 삼십 명이었다.

배에서 내린 그들은 좌우로 정렬했다. 그리고 누군가를 기다렸다.

잠시 후, 두 명의 선남선녀가 모습을 드러냈다.

그들은 앞선 이들과 마찬가지로 백색 상, 하의를 착용했다. 다만 다른 것이 있다면 남자는 녹색 장삼을, 여자는 자색 장삼을 걸친 것이었다. 극명하게 대비되는 두 색은 이질감을 주면서도 묘하게 잘 어울렸다. 하나 무엇보다도 그 둘을 빛내고 있는 것은 따로 있었다.

사내는 마치 조각을 해놓은 듯 이목구비가 뚜렷한 데다가 누구라도 부러워할 만한 당당한 체구를 지니고 있었다. 서글서글한 눈매, 오뚝 솟은 코, 다부진 입술은 뭇 여인들의 가슴을 뒤흔들기에 조금의 손색도 없었다. 전설로 내려오는 미남자의 모습이 과연 이러할까 하고 여길 정도로 대단한 용모였다. 그럼에도 불구하고 그 역시도 곁의 여인에 비한다면 다소 손색이 있었다.

칠흑과도 같은 머리카락은 폭포처럼 아래로 흘러내렸고, 초승달을 닮은 눈썹은 우아함의 극치였다. 수정보다 영롱한 눈동자는 밤하늘의 은하수와 비교할 만했다. 타오르듯 붉은 입술과 살짝 벌린 입술 사이로 드러나는 상아빛 치아, 만년설보다 더 새하얀 피부는 보는 이로 하여금 절로 눈을 감게 만들 정도였다. 어찌나 아름다운지 침어낙안(沈魚落雁)이니 폐월수화(閉月羞花)니 하는 말들은 모두 그녀를 위한 미사여구 같았다.

"후~ 뭍의 냄새는 언제 맡아도 좋아. 그렇지 않아, 사매?"

배에서 내린 사내가 천천히 숨을 들이마시며 물었다.

"그런가요? 난 잘 모르겠는데요."

"어쨌든 난 뭍이 좋아. 섬은 조금 갑갑하다니까."

"갑갑하기는 해도 이런 냄새는 나지 않아요."

포구 주변에 버려진 생선에서 풍기는 썩은 비린내에 여인은 한껏 얼굴을 찡그리고 있었다.

"음, 조금 심하긴 한가?"

그제야 사내도 코를 씰룩이며 인상을 찌푸렸다.

"뭍의 냄새는 언제 맡아도 좋다면서요?"

"하하하, 그냥 그렇다는 것이지. 자자, 그만 가도록 하자고. 갈 길이 멀어."

멋쩍은 미소를 흘린 사내는 행여나 여인의 입에서 또 다른 소리가 나올까 두려워하며 황급히 걸음을 움직였다.

"말이나 못하면……."

살짝 눈을 흘긴 그녀가 사내의 뒤를 따르고, 도열해 있던 무인들도 일제히 걸음을 움직였다.

그렇게 얼마를 이동했을까?

앞서 가던 사내가 문득 걸음을 멈췄다.

"또 왜요?"

"간단히 요기라도 하고 가자고."

"난 별로 생각이 없는데……."

"하루 반나절은 꼬박 달려야 하는 거리야. 중간에 마땅한 곳이 있으리라는 법도 없고."

"그도 그렇군요."

여인이 고개를 끄덕였다.

허락이 떨어지자 사내가 눈짓을 하고, 뒤를 따르던 무리 중 다섯이 적당한 장소를 찾기 위해 움직였다.

"사매는 무슨 음식이 먹고 싶어?"

"저요?"

"응."

"글쎄요."

"말해봐. 원한다면 이 사형이 무슨 음식이라도 구해줄 테니까."

"딱히 생각나는 음식은……."

대답을 하던 그녀의 눈이 살짝 빛났다. 길가에서 자라고 있는 사과나무를 본 것이다.

무엇에라도 끌린 듯 손을 뻗은 그녀가 탐스럽게 익은 사과한 개를 땄다.

"난 이거면 충분할 것 같아요."

"사과? 사매는 사과를 안 먹었잖아."

"옛날엔 그랬지요. 하지만 사람의 식성은 변한다고 하잖아요. 폐관 수련을 하면서 나도 많이 변한 모양이지요. 요즘은 종종 먹어요. 때때로 생각도 나고."

"허, 이거야."

과거 과일이라고는 복숭아, 그것도 황금빛으로 제대로 익은 황도만 먹던 그녀의 모습을 생각해 보면 꽤나 놀랄 일이었다. 하지만 정작 놀랄 일은 따로 있었다.

그녀가 사과를 팔소매에 쓱쓱 문지르고 있었다.

늘 그랬던 것처럼 여길 정도로 너무도 자연스런 행동에 사형이란 사내는 물론이고 뒤에 도열해 있던 이들 모두 기절할 듯 놀라고 있었다. 끔찍하게 깔끔한 것을 좋아하는 그녀의 평소 성격과 행동을 떠올릴 때 지금의 행동은 절대로 있을 수 없는 일이었기 때문이다.

"사, 사매."

놀란 토끼마냥 눈을 뜬 사내가 여인을 불렀다.

"예?"

"괘, 괜찮아?"

"뭐가요?"

뜬금없는 질문에 영문을 모르겠다는 표정이었다.

사과는 원래 이렇게 먹어야 제 맛

"사과 말이야. 그렇게 옷에다 문질러도……."
"아, 사과요? 이게 어때서요?"
"그, 그게 아니라 먼지도 묻을 수 있고……."
"사과는 원래 이렇게 먹어야 제 맛이라고 그랬어요."
점입가경(漸入佳境)이었다.
"누, 누가 그래?"
"누가 그랬더라?"
사내의 물음에 그녀는 머리를 갸웃거렸다. 매우 익숙한 말이건만 누가 그런 말을 해줬는지 기억이 나지 않았다.
"아무튼 그렇다고 했어요."
싱긋 웃으며 대답을 한 그녀가 사과를 덥석 베어 물었다.
싱그러운 과즙이 그녀의 입술을 살짝 타고 흘렀다.
반면 놀라 입을 쩍 벌린 사내의 입가에선 그 자신도 모르게 침이 흘러내리고 있었다.
사내의 이름은 매화월(每火月). 검각의 수석제자였다.

『마도십병』 제2권 끝